创意写作书系

视角

[美]莉萨·蔡德纳 著
(Lisa Zeidner)
唐 奇 译

WHO SAYS?

MASTERING POINT
OF VIEW IN FICTION

中国人民大学出版社
·北京·

"创意写作书系"顾问委员会

（按姓氏笔画排名）

刁克利　　中国人民大学
王安忆　　复旦大学
刘震云　　中国人民大学
孙　郁　　中国人民大学
劳　马　　中国人民大学
陈思和　　复旦大学
格　非　　清华大学
曹文轩　　北京大学
阎连科　　中国人民大学
梁　鸿　　中国人民大学
葛红兵　　上海大学

推荐语

莉萨·蔡德纳的《视角》是一本实用的手册,而且文笔优美、引人入胜,令人手不释卷。蔡德纳在本书中构建了自己独特的视角,既旁征博引又饶有趣味,本身就非常值得学习。无论对教师还是学生、作家还是读者,这本书都是重要的参考资料。

——凯伦·拉塞尔(Karen Russell)

《橙色世界故事集》(*Orange World and Other Stories*)的作者

莉萨·蔡德纳是一位经验丰富的教师和风趣迷人的小说家,对小说的生命力有着透彻的理解,也知道这种生命力会从谁的角度产生。视角是一个复杂而重要的问题,对于想要理解这个问题的读者来说,她的书无疑是优秀的参考读物。

——梅格·沃利策(Meg Wolitzer)

《女性的引领》(*The Female Persuasion*)的作者

读蔡德纳的书是一种享受。市面上有许多打着传授小说创作技巧旗号的书,通常这些书在我手里都积了灰,但是这本书真的很有趣。它内容丰富,见解深刻,而且非常通俗易懂,对处于职业生涯任何阶段的作家都有帮助。

——帕西瓦尔·埃弗里特(Percival Everett)

《电话》(*Telephone*)的作者

莉萨·蔡德纳这本关于视角的杰作既生动又富于洞察力,是所有层次的作家不可或缺的指南。阅读这本书的一大乐趣在于，它会让你重新思考许多你最喜欢的小说和故事。强烈推荐！

——安·帕克（Ann Packer）

《儿童十字军》（The Children's Crusade）的作者

三十多年前，我刚刚开始当老师时，发现对于大多数新手作家来说，最大的障碍就是他们完全忽视了小说中的视角。从那以后，我一直在课堂上讲授这一观点。也就是说，我跟莉萨·蔡德纳不谋而合！不仅是这个问题的重要性，还有她在《视角》中提出的主要观点。这本条理清晰的手册是一笔巨大的财富，尤其是其中还包括数百个例子。蔡德纳的博学令人肃然起敬，她一贯的轻松和机智又拉近了与读者的距离。

——麦迪逊·斯马特·贝尔（Madison Smartt Bell）

《夜色》（The Color of Night）的作者

莉萨·蔡德纳以幽默诙谐、通俗易懂的笔触，从生动的小说世界中汲取例证，剖析了小说写作中的透视学。这本书清楚地解释了我们在阅读时那些说不清道不明的感受，对那些想要赢得读者的兴趣和信任的作家来说是一件瑰宝。作家、学生、读者和学者都能通过这本书更好地理解如何从各种视角写作：他们的、我们的，甚至你们的。

——阿萨利·所罗门（Asali Solomon）

《不满》（Disgruntled）的作者

本书虽然以视角为主题，但涵盖了十分广泛的内容。这本书围绕故事本身展开，将我们带入叙事的核心，同时提供了对语言、人物、声音和结构的洞察。本书的阅读过程令人愉悦、鼓舞人心——对新作家和求新求变的老作家都很有帮助。

——奥雷利·希恩（Aurelie Sheehan）

《夜深人静》（Once into the Night）的作者

作者的其他作品

小说

《爱情炸弹》(*Love Bomb*)

《临时滞留》(*Layover*)

《有限伙伴关系》(*Limited Partnerships*)

《亚历山德拉·弗里德》(*Alexandra Freed*)

《习惯》(*Customs*)

诗歌

《口袋日晷》(*Pocket Sundial*)

《谈话疗法》(*Talking Cure*)

献给约翰

目录

第1章　引言

第2章　开头的句子和段落
　　练习　　　　　　　　　　　　　　　　　　　　　　／32

第3章　全知视角
　　用全知视角建立期待　　　　　　　　　　　　　　　／43
　　表达言外之意　　　　　　　　　　　　　　　　　　／51
　　全知视角与"通俗"小说　　　　　　　　　　　　　／57
　　练习　　　　　　　　　　　　　　　　　　　　　　／64

第4章　第三人称有限视角
　　她知道什么，是什么时候知道的　　　　　　　　　　／68
　　不善于表达的人物，（主要）为他们自己发声　　　　／71
　　自传、挪用和有限第三人称的真实性　　　　　　　　／76
　　进入人物，然后走出人物　　　　　　　　　　　　　／83
　　双重第三人称有限视角　　　　　　　　　　　　　　／87
　　多多益善：多人物第三人称视角　　　　　　　　　　／93
　　练习　　　　　　　　　　　　　　　　　　　　　　／98

第 5 章　第一人称视角

不可靠的第一人称叙事　　　　　　　　　　　　　　　　／ 106

可靠的（或至少讨人喜欢的）第一人称叙述者　　　　　　／ 112

第一人称的时间距离　　　　　　　　　　　　　　　　　／ 118

自觉的叙述者　　　　　　　　　　　　　　　　　　　　／ 124

说话的人（滔滔不绝的人）　　　　　　　　　　　　　　／ 126

练习　　　　　　　　　　　　　　　　　　　　　　　　／ 131

第 6 章　童年和动物视角

爆炸废墟中的孩子　　　　　　　　　　　　　　　　　　／ 142

第三人称中的孩子　　　　　　　　　　　　　　　　　　／ 145

狮子、老虎和熊（实际上，主要是狗和黑猩猩）　　　　　／ 147

练习　　　　　　　　　　　　　　　　　　　　　　　　／ 153

第 7 章　叙事创新

第二人称　　　　　　　　　　　　　　　　　　　　　　／ 157

"我们"和共同视角　　　　　　　　　　　　　　　　　／ 160

切换视角　　　　　　　　　　　　　　　　　　　　　　／ 164

书信、日记、文件、票证、作中作，以及平底锅模样的人类灵魂　／ 168

插图　　　　　　　　　　　　　　　　　　　　　　　　／ 172

小说中的时尚和美食　　　　　　　　　　　　　　　　　／ 174

练习　　　　　　　　　　　　　　　　　　　　　　　　／ 179

第 8 章　小说的视角与电影的视角

全员出演的大场面　　　　　　　　　　　　　　　　　　／ 196

练习　　　　　　　　　　　　　　　　　　　　　　　　／ 202

第 9 章　关于修订

消除默认的全知视角 / 205

总结与场景 / 208

舞台指导:"然后他点燃一支香烟" / 211

耶稣(或你的人物)会做什么 / 215

自传体素材的使用:"但是这真的发生了" / 219

改变视角,改变重点 / 223

结尾:著名的结束语 / 226

练习 / 232

致谢 / 233

参考书目 / 234

引用信息 / 245

第 1 章　引　言

"你在和我说话吗?"

当你阅读时，总是伴随着一个三人组：你、作者和人物。

至少是这样一个三人组。在宏大的史诗中，这个三人组还可能演变成一个庞大的、部落式的、一夫多妻制的家庭。

你可能置身巴黎或匹兹堡；可以躺在床上，也可以待在咖啡馆；可以捧着纸质书，也可以拿着电子设备；你的眼睛扫过页面，可以紧闭着嘴巴，也可以无声地跟读。即使加入了读书俱乐部，你也会有一个人阅读的时候。除非詹姆斯·帕特森（James Patterson）有一个圣诞老人的工作室，里面到处是代笔的精灵，一刻不停地为他不知餍足的粉丝炮制惊悚小说，否则作者在创作人物的时候也是孤独的。

本质上，人物是不存在的，除非作者像弗兰肯斯坦博士那样为他们注入生命。有时候，人物是作者本人的一个几乎不加掩饰的替身，比如：一个神经质但挺可爱的书呆子，每次都把约会搞得一团糟；或者一个在战争中失去双腿的老兵，努力适应战后的平民生活。但是即便如此，大家都默认：人物是艺术加工的产物。

不过，我们都同意，小说家的任务是让我们对人物产生某种感觉，这个人物可以是他想象中的朋友，也可以是在他耳边低语、说他一定做了什么可怕的事情的邪恶双胞胎。我们可以对人物抱有同情和关心，期盼他的成功，痛惜他的损失，甚至对他产生病态的迷恋——如果这个家伙刚好是一个连环杀手的话。

如果你喜欢文氏图①，想象三个漂亮的泡泡，彼此分开，每一个都安全地漂浮在自己的封闭世界中，分别代表"读者""作者"和"人物"，然后想象这些气泡会有多少重叠。同情正是从它们彼此之间的渗透和重叠中产生的——你可以自己选择别的比喻，或者指定泡泡的

---

① 一种用于表示集合的草图，通常以几个相交或相互分离的圆形表示。——译者注

颜色。

有时候，作者和读者组成自己的兄弟会，对人物冷眼旁观，嘲笑他的行为，评判他的缺点，看着他笨拙地摸索。有时候，作者完全从人物的角度向你展示这个世界，以至于你几乎忘记了作者的存在。仿佛你和人物一起坐在打烊后空荡荡的餐厅里，沐浴在聚光灯下，像一幅爱德华·霍珀（Edward Hopper）的画作。当然，你知道这不是真的，因为无论他们多想让你"停止怀疑"，你都知道作者已经写好了整个故事。但是，你对人物的认同是完整的，就好像你们三个——作者、人物、读者——在参加一场花样游泳表演。或者，像电影《成为约翰·马尔科维奇》（*Being John Malkovich*）那样，你可以通过七楼半那扇奇怪的小传送门，直接爬进主人公的大脑。

假设故事的主题是一场不愉快的离婚。作者可以选择立场，比如诺拉·爱弗朗（Nora Ephron）的《心痛》（*Heartburn*），主人公是遭到背叛的妻子。如果主要人物是剑拔弩张的夫妻双方，作者可以充当中间人，给双方同等的时间来讲述故事，让你保持中立，也可以让你直面婚姻中残酷的一面并大摇其头。作者可以选择一个可靠的仲裁者来确保公平，沃伦·阿德勒（Warren Adler）的《玫瑰战争》（*The War of the Roses*）中，离婚律师扮演的就是这个角色。或者，作者也可以选择儿童的视角，比如亨利·詹姆斯（Henry James）的《梅西的世界》（*What Maisie Knew*），在这场离婚大战中可怜的孩子成了夫妻俩争夺的目标，虽然她还太小，不明白究竟发生了什么。在讨论离婚时，视角的选择基本上决定了这是一个怎样的故事。这部小说如果取得了成功，那么既不会是堆砌事实的法庭纪要，也不会是对出轨配偶的满腹牢骚。

如果这部小说的演员阵容很强大，作者可以扮演派对策划人的角色，陪你东转转西转转，把你介绍给可能感兴趣的人，展现他丰富的想象力和宽阔的视野。他可以给你一张登场人物表，帮你把人物关系捋清楚。他还可能给你一条历史时间线。在《狼厅》（*Wolf Hall*）的开头，希拉里·曼特尔（Hilary Mantel）给了你一份人物表和一份都铎王朝（Tudors）的历史年表。她做了功课，这当然值得称道。不过你也知道，无论多么费心研究，她都不可能知道克伦威尔（Cromwell）早餐吃的是什么。

作者是中间人。他是向导和翻译——即便是以第一人称讲述故事，或者涉及真实事件或历史事件时也是如此（我们稍后会看到，这类故事尤其如此）。

视角的选择关系到如何有技巧地操纵和调整你与人物的联盟。事实上，在这本书中我的观点是，这种操纵是小说的核心，比情节更核心、更关键——只有激发你对作者和人物的忠诚，小说才能真正获得成功。我们大多数人在写作时，会出于本能自动地对视角做出选择，通过分解和认真审视这些选择，能够更好地了解我们的目标和实现目标的最佳方式。

我们可以憎恨或不信任人物。叙述者可以是值得怀疑，甚至极度不可靠的。但我们不能憎恨或不信任作者。如果我们讨厌作者，我们就讨厌这本书。当作者把我们带到座位上，我们相信他不会让我们坐在一根巨大的混凝土柱子后面，视线完全被挡住。我们也不想看彩排。我们希望演员知道台词，穿好戏服。作者和读者的契约中隐含着大量的信任。我们不希望得到的承诺是洞悉人心，看到的却是虐杀色情。我们不希望得到的承诺是一个"前卫的"故事，看到的却是贺曼卡片[①]上的陈词滥调。

你可以把视角当成光谱或计算尺上的坐标：

近处……远处

同情……评判

内部……外部

主观……客观

[①] 美国著名贺卡品牌。——译者注

视角取决于你是在朝着靠近目标还是远离目标的方向移动。你既可以鼓励读者共享人物的世界观，也可以提供互补的甚至是竞争的世界观。

为什么这件事情这么棘手？当然，有一种绝对有效的方法能够帮助我们了解人物的感受，那就是让我们进入他们的思想和灵魂——归根结底，这就是我们读小说而不是读报纸的原因。正如《杀死一只知更鸟》(*To Kill a Mockingbird*) 中的阿迪克斯·芬奇（Atticus Finch）所说的："要了解一个人，就必须设身处地从他的角度去考虑问题，否则，你就不可能真正了解他。"这本书的要义之一就是如何实现对人物的认同。但是，沉浸和亲近并不总是移情的最佳途径。矛盾的是，在某些情况下，如果你靠得太近，反而会适得其反。有时候，你需要后退一步，扩大视野，才能真正感受到想要的效果。也并非所有远距离的客观观察都是冷漠无情的。有时候，它们也能引起强烈的反应。

用电影的术语来说，如果你在拍摄一个浪漫的吻，你不会想要离得太近，以至于连他们的鼻毛都看得清。把镜头对准他们身后港口里闪烁的灯光，气氛可能更浪漫。不过，如果你用一个疯狂旋转的升降镜头，配上突然响起的小提琴曲，这种过于俗套的手法可能令观众嗤之以鼻，而不是发出满足的叹息。在性爱场景中找到正确的视角尤其困难，因为这样的场景几乎默认把读者变成了偷窥者——这种行为（至少在大多数时候）是隐私性的，挑逗可能达不到预期的效果。这种场景也有可能变成作者炫耀自己的舞台。我指的是某些男性作家：看看诺曼·梅勒（Norman Mailer）和某些自命不凡的作家吧，有时候，人们指责他们是在吹嘘自己不可抗拒的魅力和取悦女性的天赋，而不是在描写他们的主人公。回到我们的文氏图：读者不喜欢人物和作者之间夹缠不清——作者在炫耀或意淫，像《王牌大贱谍》(*Austin Powers*) 一样，是对男性气概的拙劣模仿。(不，你不是一个伏在笔记本电脑上的呆子！宝贝，你是个身手矫健、充满神秘感的男人！)

类似地，如果你想展示战场的恐怖，比起一个被炸断腿的人哀嚎的特写镜头（或许还是慢镜头），成千上万的士兵趴在地上翻滚的远景镜头可能效果更好——至少在后者成为表现"战争的恐怖"的俗套之前。一旦成为俗套，我们就没什么感觉了。假如你想表现《呼啸山庄》（Wuthering Heights）中的这一幕：凯瑟琳（Catherine）终于鼓起勇气逃离希斯克利夫（Heathcliff），在暴风雨之夜独自穿过荒野。给我们一个长镜头，让我们看到她置身的环境是多么空旷、多么寒冷，效果可能不错。

当然，也有可能效果并不好。关于视角的选择，一个不争的事实就是：视情况而定。

一向如此。

看看埃米莉·勃朗特（Emily Brontë）把《呼啸山庄》的视角搞得多复杂：她讲述了凯瑟琳和希斯克利夫狂风骤雨般的爱情故事，她没有选择这对恋人中任何一个的视角，而是让洛克伍德（Lockwood）来讲述这个故事。洛克伍德是一个从大都市伦敦来的租客，他的故事大多是从奈莉（Nelly）那里听来的；奈莉是本地的一个仆人，从凯瑟琳还是个孩子时就认识她了，奈莉的故事也有一部分是从其他仆人和旁观者那里听来的。勃朗特时刻让你保持警觉，任何时刻，你都很难完全相信听到的故事。事实上，与几乎所有的电影版本相比，小说都没有那么强烈的哥特风格。如果你有一流的平面设计能力，不妨试试给这组关系绘制文氏图。

经过这么多人口口相传，作者的身影几乎消失了。如果不特别留心，你就可能忽略这样一个事实：是勃朗特在塑造凯瑟琳和希斯克利夫。让我们以为那些事件是真实发生过的，而我们了解了它们的不同版本，这是一种魔术。

因为它们没有真实发生过。

但奴隶制是真实发生过的。如何让我们真切地体会到奴隶制的恐怖？你可以选择直接让我们体验耻辱和痛苦，不经过转述或中介，描写一个被铁链锁住的奴隶，在一场肆虐的洪水中，像马一样戴着嚼子，或者戴着脚镣，被关在泥泞中的笼子里。给我们全部的直观感受。但是，这样做可能给读者一种说教的感觉，甚至让他们对痛苦感到麻木。托妮·莫里森（Toni Morrison）的《宠儿》是一部以南北战争为背景的小说，以饱含同情的笔触描写了奴隶的遭遇。上面这个段落出现在小说的后半段，为我们提供了一系列非常亲密的有限第三人称叙事，展现了不同的人物如何面对奴隶制的遗留问题。这部小说是关于我们如何看待悲伤和愤怒的，而不仅仅是关于恐怖的经历本身。在建立作者的可靠性和力场范围时，时间距离和物理距离同样重要。莫里森笔下的人物刻画得栩栩如生，但与我们建立联系的首先是莫里森本人，是她的洞察力和远见卓识。这部小说既有鲜明的个人色彩，又能引起广泛的共鸣——正如封面上的宣传语说的那样，讲述了一个"像《出埃及记》一样雄浑、像《摇篮曲》一样亲密"的故事。

在辛西娅·欧芝克（Cynthia Ozick）令人心碎的短篇小说《大披巾》（The Shawl）中，作者有意识地没有后退一步、选择更广阔的视角。主人公罗莎（Rosa）在纳粹的死亡行军中前往集中营，胸前的披巾下藏着她的婴儿。她又冷又饿，没有奶水；她的女儿玛格达（Magda）吮吸着让她保持安静和生命力的"魔法披巾"。罗莎的意识收缩到一个点上，就是保证婴儿玛格达的安全，我们不仅受困于罗莎的视角，也受困于这个隐藏的秘密角落。我们可能同情罗莎，但与我们建立联系的还是欧芝克，她相信我们能够理解祈祷巾在犹太教中的意义，赋予了这个故事隐喻的分量。然后，她让我们注意到，她精心创作了这个七页的故事，通过让我们与一个人物建立完全的身份认同，表现了在集中营惨无人道的大屠杀中失去一条生命造成的创伤。你如果想看大背景，可以去参观大屠杀纪念馆（Holocaust Museum），或者去看纪录片《浩劫》（Shoah）。欧芝克这个故事的深刻之处，不仅在于让我们对盖世太保的残酷感同身受（在他们制造的 600 万亡魂中，一个人的死亡是怎样的悲剧？或者更糟糕的是，一个孩子的死亡对她的母亲来说是怎样的悲剧？），而且在于让我们思考小说与现实的关系：一部短篇小说能够承载多少痛苦和悲伤？

有些故事的主题要平和得多，戏剧性也没这么强，让我们以一种截然不同的方式听到作者的声音，比如艾丽斯·麦克德莫特（Alice McDermott）的长篇小说《迷人的比利》（*Charming Billy*）。在阅读的过程中，我们会渐渐爱上这个皇后区的爱尔兰家庭，发自内心地关心他们。他们可能是我们的邻居，无论我们是不是爱尔兰人，或者是不是来自皇后区。麦克德莫特给了我们另一种承诺。她向我们保证，普通人平静而绝望的生活很重要。我们感谢她鼓励我们靠得这样近。我们也欣赏作者在叙事中的谦逊和忘我。麦克德莫特像一位出色的心理医生，站在后方，让人物充分地展现他们自己。

有时候，我们与人物同时灵光一现、发现真相；有时候，作者鼓励我们去注意人物没有注意到的东西。我们会讨论伏笔和其他技巧，通过这些技巧，作者在依附于人物对事件的感知的同时向读者发出信号，提醒他们必须超越人物自身的感知。线索如果太乍眼，就会显得突兀；如果太隐蔽，就会被读者忽略，这样当他们读到结尾时，不会感到认知的冲击，而是会感到恼火和背叛。在约翰·契佛（John Cheever）的短篇小说《游泳的人》（*The Swimmer*）中，我们和唐纳德·韦思特梅泽（Donald Westerhazy）在绿树成荫的郊区，从一家的游泳池跳到另一家的游泳池。他喝醉了，而且神经兮兮的。但我们的头脑是清醒的，这个故事的部分乐趣就在于，抢在韦思特梅泽之前意识到他的田园生活出了问题。线索堆积如山。乐趣在于契佛揭示真相的技巧。回到我们的文氏图：在这个故事中，你和作者肩并肩地跟在韦思特梅泽旁边游泳，但我们的泡泡和他的泡泡并没有完全重叠。就好像你能用余光看到故事表面框架之外的东西。

然后，你可以重读一遍，仔细品味。线索又以不同的方式出现。"剧透"对欣赏一部好小说毫无影响。事实上，恰恰相反：当你知道接下来会发生什么时，紧张感会更强烈。弗兰纳里·奥康纳（Flannery O'Connor）的短篇小说《好人难寻》（*A Good Man Is Hard to Find*）

中，所有的人物都在冲向死亡。知道结局之后，我又把这个故事重读了很多遍。我不觉得被骗，也不觉得无聊。

阿尔弗雷德·希区柯克（Alfred Hitchcock）曾经谈到惊吓和悬念之间的区别，以及为什么在电影中悬念更重要。如果我们看到四个人坐在一张桌子旁玩扑克牌，场面越来越无聊，然后突然"砰"的一声，炸弹爆炸了，这是惊吓。但是，"如果我们再一次观看同样的场景，一个重要的区别是，我们看到桌子底下有个炸弹，定时器设置在上午11点，然后背景中有一块表，相同的场景就会变得非常刺激，让人坐立不安……这就是悬念"。

电影和小说中的视角有着本质的区别，这一点我们将在第8章讨论。不过，希区柯克的理论同样适用于小说。给读者充分理解一个场景所需要的线索，是对读者智慧及敏锐的尊重。这意味着情节本身包含了关于视角的关键决策：向读者展示多少内容，以及何时展示。

关于伏笔，很明显也很重要的一点是：伏笔的存在意味着作者知道将会发生什么。他不是一边写一边瞎编的。小说因此获得了一种层次感和致密度，感觉不再那么像人工制品，而是更像生活——有一个真实的人，在眼前这个场景前后都存在。我们不仅从一开始就参与其中（这一点我们将在第2章讨论），而且相信这种参与会有结果。作者不会像一个蹩脚的重金属乐队一样反复敲打同一个音符，你会听到变奏、动机和新的编曲；而且，事情最终会得到解决，即使最后的解决方案是让我们看到不存在任何解决方案。

伟大的作家知道什么时候开始、什么时候结束。他们操纵着与读者的距离。他们不会沉湎于撩拨心弦，因为那几乎一定会沦为多愁善感。他们也知道如果提供过量的信息，那么即使在这段情节中事实至关重要，你得到的也将是一本历史教科书，而不是一部小说。

关于作者和人物就说这么多。那么，你呢？

我之前说过，读者也就是"你"在阅读时总是孤独的。这是事实，不过只是一部分事实。你也可能感觉你是在和志同道合之人分享这本书。阅读一本轰动一时的畅销书就是如此——数百万人为哈利·波特（Harry Potter）的故事疯狂，很难想象 J. K. 罗琳（J. K. Rowling）创作哈利只是为了取悦你一个人。也有一些小众小说家，他们的读者拥有某些共同的特质或信念：有些人喜欢安妮·拉莫特（Anne Lamott）的虔诚和幽默，有些单身女性喜欢坎达丝·布什内尔（Candace Bushnell）在《欲望都市》（*Sex and the City*）中描写的状况百出的约会，有些硬汉则认同科马克·麦卡锡（Cormac McCarthy）想象中阴暗的反乌托邦。对于特定类型的幽默，你在阅读时可能带着作者是在开玩笑的预设。这跟脱口秀不尽相同，在脱口秀表演中，你可以得到现场观众的反馈；不过归根结底，作者仍然需要你接受一套预设——世界是如此荒谬，你和作者都这么想。

作为读者，你期待被关注、被讨好、被引诱。法国理论家罗兰·巴特（Roland Barthes）在《文之悦》（*The Pleasure of the Text*）中写道：

> 倘若读此句子、此故事或此辞语，我悦，则以其写于悦中之故（这悦与作者的郁结不平之气不矛盾）。然则反过来呢？写于悦中便向我（作者）确保了我的读者的悦么？并不。这读者，我需去觅寻（需去"钓住"他），尚不知他在何处。一个醉的空间便营造而出。我所必要者，非读者"本人"，而是这空间：欲的辩证法的可能性，醉的无以预见的潜在性——赌注尚未掷下，游戏仍可进行。①

我们能否把巴特所谓的"空间"理解为文氏图中作者和读者"达成共识"的部分？感觉作者在与你对话——让你理解——是至关重要

---

① 译文摘自：巴特. 文之悦. 屠友祥, 译. 上海：上海人民出版社, 2002. 本书中凡引文下注明中译本的，均采用中译本之译文。另外，多次引用同一部作品，只在第一次出现时作注。——译者注

的。作者对你的评价是什么？你的词汇量有多大？对文学典故和历史知识的了解有多少？你的经历、信仰和关注点是怎样的？

即使作者不是直接写给你的，你也要相信，他会意识到你的存在、尊重你的存在，并追踪你的反应。你不喜欢飞机上坐在旁边的陌生人对你喋喋不休；你也不想听一个蛇油推销员的花言巧语（在我们这个时代，或许可以换成推销伟哥的垃圾邮件）。我经常听到学生抱怨说，一些特别出色的小说是垃圾，他们蒙上眼睛、喝得烂醉也能写出更好的来。但事实上，成功地"写下来"是极其困难的，甚至几乎不可能。回到与读者的约定：这样的努力往往显得不真诚。如果你想当然地以为情节或语言"对他们来说足够好了"，读者是会看出来的。奥普拉（Oprah）对她推荐的书深信不疑，她从不屈就她的观众。你的读者可能没有世界上最精妙的味觉，但这并不意味着他会为在儿童餐桌上吃快乐儿童餐感到荣幸。

所以，你——是的，我在和你说话。你认真创作的小说已经写到500页，但是，你还不确定故事将如何发展，也不确定应该删掉哪些内容。而且这个故事是从两个视角讲述的，一个是第一人称，另一个是第三人称。你的教授坚持认为你应该修改，但你不明白为什么；很多你崇拜的作家都写过交替视角，为什么你不能？这部作品像你的自传吗（童年遭受性虐待，逃离家乡，与毒瘾作斗争）？为了讲述故事，你不得不揭开伤疤，这让你感到恶心，但是又没有别的办法来虚构这个故事，至少没有令人信服的办法。

我猜，当我说"我在和你说话"时，你就想到了电影《出租车司机》(*Taxi Driver*)。你如果没看过这部电影，可以上网搜索视频片段看一看。我在这本书中引用了许多小说做例子，但我不想复述每一个故事，那样会把这本书搞得冗长。如果某一篇小说与你自己写作的关注点特别相关，我相信你可以自己找到原作。这本书不可能引用到所有的作家，我自己最喜欢的一些作家就没有，但是我也不打算把它搞成一部百科全书。

另外，我相信在好的写作中，每个句子都是好的，视角的选择嵌入了每一个短语、每一幅画面，没有用来充数的东西。我不仅相信你可以从一小段文字中看出很多东西，而且相信这是学习这项技艺的不二法门。致力于微观层面迫使你真正专注。你永远不会把一个马塞尔·普鲁斯特（Marcel Proust）的句子和一个斯蒂芬·金（Stephen King）的句子搞混。你能够从普鲁斯特或斯蒂芬·金的这个句子中推断出整个作品，就像考古学家从一块化石重建雷龙骨架，或者凶案组的侦探把现场散落的头发送到法医那里提取DNA一样。

下面是一个本科生写的短篇小说的第一句话，几十年来我一直铭记于心：

> 那个人跑过迷雾笼罩的森林。

正是因为这句话，让我想要讲授一门新闻写作课，我会在导论部分讨论五个"W"：谁？什么？什么时候？在哪里？为什么？（Who? What? When? Where? Why?）也正是这句话，让我思考小说与新闻有什么不同。最主要的是，它让我思考视角的问题。那个人是谁？谁在看？这是一个童话吗？（不知道出于什么原因，我想象那是个裹着毛皮缠腰布的家伙。）还有，亲爱的作者，你打算什么时候告诉我们他在逃避什么？

仔细想来，作为开头，这句话很精彩，我会想接着阅读下一句。这就是下一章的主题。至于你，我希望你继续阅读下去。

第 2 章　开头的句子和段落

"这段话熟悉吗?"

第 2 章　开头的句子和段落

在这一章中，让我们从头开始，把开头第一段放在显微镜下观察。我们将把一段话掰开揉碎了分析，通常是作品开头的段落。通过这些段落，是最容易了解如何建立视角的。我的观点是，在一部优秀的小说中，视角应该嵌入每一项关于风格、描写和措辞的选择，甚至关于情节和节奏的选择，而且必须迅速建立起来。

创意写作课上有一个老生常谈的说法：必须从小说的第一句话就抓住读者。我们听说，编辑被淹没在海量的投稿中，没有耐心，也就看看第一段，甚至第一句话，就把你的作品扔到一边。如果把让别人注意你的作品比作追求异性，那么第一句话就是搭讪。第一句话可以是随意的、亲切的，给读者的感觉就像下班后去酒吧喝一杯，比如雷蒙德·卡佛（Raymond Carver）的《大教堂》（*Cathedral*）："这个正赶过来到我家过夜的盲人，是我妻子的一个老朋友。"或者，第一句话也可以用来让人卸下防备、迷失方向，比如库尔特·冯内古特（Kurt Vonnegut）的《五号屠场》（*Slaughterhouse-Five*）："下面的这一切基本上是实情。"这两句话都有效地将作者和读者之间的关系规范化，让双方就接下来的内容达成某种共识。

糟糕的小说就像所有糟糕的作品一样——糟糕的大学申请书、糟糕的学期论文，甚至糟糕的情书——遵循某些一知半解的公式，想象有一个严厉、顽固、武断的委员会，试图投其所好，或许还装出一副自信满满的样子。比如，下面的例子来自一篇真实的本科生投稿，编辑可能连第一句话都不会看完：

> 阿曼达醒来时，脸朝下趴在自己的呕吐物中，床上和地上到处都是秽物。

这句话的问题非常明显，包括但不限于作者忽视了一条基本规则：

永远不要让人物在故事开始时醒来,除非他发现自己变成了一只巨大的甲虫。创意写作课的老师常说:"所有的规则都是用来打破的。"诚然,但总是能找到反例,稍后我就会举一个成功的例子:人物在故事开始时醒来,没有变成甲虫。但是,我们都看过汽车广告——某品牌的汽车在雪天的弯道上飞驰。经验丰富的专业人士在打破规则时,或许应该像这些广告一样配上警示语:"专业司机在封闭道路上拍摄。请勿模仿。"

我会说,这句话的核心问题是视角问题。作者选择了一种自动的、默认的第三人称视角。但是,谁在告诉我们阿曼达(Amanda)的故事?作者希望我们对她产生什么样的感觉?我们为什么要关心她?我们应该如何关心她?我们应该嘲笑她是一个酒鬼,还是说她遇到了什么糟糕的事?她被强奸了?被下药了?还是被割肾了?

可能都不是。"阿曼达"这个名字暗示,故事发生在现实中今天的美国,一个宿醉的大学生把自己搞得一团糟。我们不会到一个盗窃人体器官和进行黑市交易的世界中冒险。但我想说的是,我们从第一个单词就知道了。从作者选择了阿曼达,而不是艾伯塔(Alberta)或阿夫辛(Afsheen)这个名字,我们就知道了。我认为,我们还可以进一步凭直觉推断,作者本人是一位年轻女性,有过类似的经历。但是,通过标准的第三人称视角,从外部呈现这个人物,她试图将自己与阿曼达剥离,用某种权威来掩饰自己——嗯哼,通过成为作家。我们还怀疑,她缺乏世俗的智慧、距离感或洞察力,无法为阿曼达的社交障碍创造一个值得读者花时间阅读的背景。

第一人称会有帮助。如果由阿曼达给我们讲述她自己的故事,读者可能会更感兴趣,因为她可能从内部人的角度表达对大学派对的真实看法。阿曼达可能成为这样一个人物:我们喜欢她、认可她,或者对她大摇其头,或者更理想的情况是二者兼而有之。接下来,作者有无数种方法可以去塑造人物、点明人物的问题。但关键在于,我们必须尽快知道她的问题是什么。

下面是马丁·艾米斯（Martin Amis）的《雷切尔文件》（*The Rachel Papers*）的开头，19岁的叙述者迅速地让我们知道他是谁，以及他在和我们说话：

> 我的名字叫查尔斯·海威，或许你觉得这个名字和我本人毫无共同之处。[1]

我们马上知道，这部小说要求我们与叙述者亲密接触。我们马上知道了一些关于他的事——一些足以吸引我们继续读下去的事。我们看到了他的直率。但我们也相信，他会把事情搞复杂，即使是很简单的事情，比如他的名字。"或许你觉得这个名字和我本人毫无共同之处"，这句陈述看起来简单，但是仔细想想，你会发现：（1）实际上，你看不到他的样子，因为这是一本书，而不是一部电影；（2）查尔斯·海威（Charles Highway）看起来应该什么样？这个悬念足以让你想要接着读下去：

> 因为那是一个让人想起又高又瘦、经常旅行、去过好多地方、老二挺大的家伙的名字。可是瞧瞧我，跟这些玩意儿一点儿都不沾边。

这个名字显然是非现实的、虚构的。与刚才那个呕吐物的例子一样，马丁·艾米斯是一名年轻男性，描写作为一名年轻男性的经历，但我们更相信他的话。我们听懂了作者——叙述者——的反讽。我们相信"老二挺大"这样直白的俚语。我们欣赏这种自嘲：从第一段话开始，叙述者就向我们保证，他不会像其他年轻人那样自吹自擂，这意味着人物（即年轻的叙述者）能够站在客观的立场上，做出诚实的自我评价。

我们进一步得知，这部小说的戏剧性就在于自我评价。当然，也

---

[1] 译文摘自：艾米斯. 雷切尔文件. 李尧，译. 上海：上海译文出版社，2016.——译者注

在于雷切尔。这部小说将讲述这个爱上雷切尔的年轻人是如何看待自己的,作者是如何看待他的,我们又是如何看待他的。我们在英语课上受过严厉的警告:第一人称叙事的叙述者不是作者,只有最初级的读者才会把作者和人物混为一谈——我们将在第 5 章讨论这个问题。但事实上,如果能让读者在阅读时感觉作者和人物融为一体,可以使作品更加真实可信。比如,杰伊·麦金纳尼(Jay McInerney)的《如此灿烂,这个城市》(*Bright Lights, Big City*)中,主人公是《纽约客》(*New Yorker*)的一个事实调查员,在自己的作品中描写了在《纽约客》当事实调查员的艰辛;汤姆·琼斯(Thom Jones)的《寒流》(*Cold Snap*)中,主人公是一个嗑药、酗酒的援非医生,创作了一系列关于嗑药、酗酒的援非医生们的故事。但并非总是如此。并非所有第一人称叙事的小说都是影射小说。〔参见下文中的《洛丽塔》(*Lolita*):弗拉基米尔·纳博科夫(Vladimir Nabokov)的确曾把蝴蝶钉在标本盘上,但他不是一个猥亵儿童的罪犯。〕

艾米斯的开头看似直截了当,带有"叫我以实玛利(Ishmael)"①似的老派风格,但是,这部小说的第一句话也带有时髦的后现代色彩。我们知道,它不仅会探讨成长中的自我意识,而且会探讨成长小说的惯例。

从第一句话能够得到很多信息。但我认为,优秀的小说就应该从一开始给出这么多信息。每个开头都是一幅蓝图,告诉我们如何阅读这部小说、我们应该期望从中得到什么,让我们对作者能够传达多少信息抱有信心。剩下的乐趣在于,看作者设计制造的这套组合能够孕育出什么结果。

作者是想让我们死心塌地地信任人物,还是相反,想让我们心存怀疑?作者让我们看到人性中不为人知的一面,是让我们感觉醍醐灌顶,还是让我们感觉受到了鄙视?随着情节的发展,我们对人物的态

---

① 赫尔曼·梅尔维尔的长篇小说《白鲸》的开头。——译者注

度会发生变化吗？这种变化是细微的，还是彻底的？在叙述中，能听到多少作者自己的声音？作者是想要像间谍那样销声匿迹，还是像体育解说员那样喋喋不休？

这些是关于视角的核心问题。在某种意义上，理解视角能够让作者控制作品的戏剧性，因为优秀的小说总是出乎我们的意料，而不是看了开头就猜到结尾。

接下来，让我们以一些名著的开头为例，看看我们是如何凭直觉判断视角的。

> 凡是有钱的单身汉，总想娶位太太，这已经成了一条举世公认的真理。①

这是简·奥斯汀（Jane Austen）的《傲慢与偏见》（*Pride and Prejudice*）的第一句话。谁在和我们说话？显然是作者本人。她跟我们打招呼，向我们介绍她的演员。她直言不讳地告诉我们，这将是一部关于婚姻和金钱的小说。她希望我们从一开始就知道——部分是因为幽默的被动语态，部分是凭借我们自己的判断力——"举世公认的"真理可能并不是那么可靠。小说出版两个多世纪后，我们仍然能清晰地感受到那种狡黠的幽默感，不需要脚注。这是一部关于人类偏见的小说，一部关于在缺乏了解的情况下，通过外表而不是内心评判人物的小说——她有效地点出了小说的主题。

在接下来的段落里，她将注意力从"普遍和一般"转移到一个特定的家庭——班纳特家（Bennets），之后进一步集中在正值适婚年龄的伊丽莎白（Elizabeth）身上；然后，她会把舞台留给丽萃（Lizzie）②，让这个年轻姑娘犯错误（也让读者犯错误——因为我们无疑是这出戏的一部分，遗漏线索，错误地评判丽萃的追求者，就像她自己一样）。

---

① 译文摘自：奥斯汀. 傲慢与偏见. 王科一，译. 上海：上海译文出版社，2010. ——译者注

② 伊丽莎白的昵称。——译者注

奥斯汀是一个向导，但她是一个安静的、不张扬的向导。她告诫我们要仔细观察。她让我们为自己的误判感到惊讶。

下面这段话采用了第三人称叙事，但是毫无疑问，这个声音不是查尔斯·狄更斯（Charles Dickens）自己的：

> 那是最美好的时代，那是最糟糕的时代。那是个睿智的年月，那是个蒙昧的年月。那是信心百倍的时期，那是疑虑重重的时期。那是阳光普照的季节，那是黑暗笼罩的季节。那是充满希望的春天，那是令人绝望的冬天。我们面前无所不有，我们面前一无所有。我们大家都在直升天堂，我们大家都在直下地狱。……简而言之，那个时代和当今这个时代是如此相似，因此一些争论不休的权威们也一致认为，无论是好是坏，都只能用"最"来形容它。①

和奥斯汀一样，狄更斯迅速确立了《双城记》（*A Tale of Two Cities*）的主题：巴黎和伦敦——历史剧变中的大城市——对立。而且，从书名和文字中不难看出，火花笔记（SparkNotes）也会这样告诉你："对仗的语句也引出了这部小说在主题和结构方面最突出的一个特征——双重性。"狄更斯还向你保证，尽管小说的故事发生在过去，但你肯定会发现，过去与现在息息相关，"那个时代和当今这个时代是如此相似"。

和奥斯汀一样，狄更斯相信你的智慧。你会发现其中的模式。但是作为一个向导，狄更斯并没有巧妙地暗示自己的存在，而是站在讲台上拿着扩音器大声疾呼。他的语气几乎像在给马戏团招揽顾客。"嘿，过来，过来，"他说，"靠近点，来听听我的故事。这个故事会很长——毕竟，我是按字数收费的——我保证会一直陪着你，帮助你理解大背景。"

---

① 译文摘自：狄更斯. 双城记. 宋兆霖，译. 北京：作家出版社，2015. ——译者注

在狄更斯的例子中，承诺很宏大，也很友好。他称赞他的读者远离了那些"争论不休的权威"。更重要的是，他针对的是一群读者，煤气灯下不只有你和查尔斯。

托尔斯泰（Tolstoy）的《安娜·卡列尼娜》（*Anna Karenina*）有一个非常著名的开头，叙述者的语气又不一样：

> 幸福的家庭都是相似的，不幸的家庭各有各的不幸。①

和狄更斯一样，托尔斯泰也承诺一个广阔的视角。他的语气是严肃、冷漠、陈述性的。他要为全人类代言。而且，我们如果手里正捧着这部小说（小开本有将近 1 000 页），那么已经知道他有很多话要说。他是又一个长着白胡子、富于哲学思辨、全知全能的权威。但是，托尔斯泰关于家庭的论断真的正确吗？社会学家不是指出，酗酒、通奸、家暴有着共同的模式吗？快乐不是也有不同的形式吗？至少有时候如此。八口之家吵吵闹闹的天伦之乐，与相伴一生、没有子女的耄耋老人的安闲舒适一样吗？

你不妨继续读下去。托尔斯泰现在不会回答这些问题。

在后面的故事中，托尔斯泰将带你进入不同人物的内心和灵魂。但是，我们一直都知道，他是这个世界的主人。我们将在接下来的两章中讨论第三人称全知视角和第三人称有限视角。我们将讨论全知叙述者的发展，以及为了实现创意写作研讨班上经常提到的"直观性"，小说是如何以一种反托尔斯泰的方式向第一人称转变的。J. D. 塞林格（J. D. Salinger）的《麦田里的守望者》（*The Catcher in the Rye*）的开头就是一个例子：

> 你要是真想听我讲，你想要知道的第一件事可能是我在什么地方出生，我倒霉的童年是怎样度过，我父母在生我之前干些什么，以及诸如此类的大卫·科波菲尔式废话，可我老实告诉你，

---

① 译文摘自：托尔斯泰. 安娜·卡列尼娜. 周扬，谢素台，译. 北京：人民文学出版社，2004。——译者注

我无意告诉你这一切。①

在最基本的层面上，叙述者的声音必须明确是谁在说话、谁在听。在这里，霍尔顿·考菲尔德（Holden Caulfield）让我们知道，他打算跳过中间人（作者），直接给我们讲故事。通常认为，这样的声音是"未经加工"的。但是，正如我们在关于第一人称的章节中讲过的，这种"未经加工"是一种默认的技巧：无论一个故事多么具有自传性，作者都是在用腹语讲话。区别只在于，当作者让木偶的嘴唇动起来的时候，我们能否看到他自己的嘴唇在动。事实上，有时候，像艾米斯这样的作家希望我们看到他在操纵木偶。不过，从《麦田里的守望者》的第一句话中，我们知道，霍尔顿承诺他的故事将与迄今为止我们读过的那些科波菲尔式的故事不同——他的故事会更现代、更真实。这是一个勇敢的宣言，以一种挑逗的方式，出自一个虚构的人物之口。

托马斯·品钦（Thomas Pynchon）没有直接引用狄更斯，但是在《拍卖第四十九批》（*The Crying of Lot* 49）的开头，他以一种怀旧的风格建立了我们对这部作品的期待：

> 有一个夏天的下午，奥迪芭·马斯太太刚从一次以冷食为主的午餐会回来——午餐女主人端出来的乳酪酥，野樱桃酒的分量也许掺得重了一些——一回家就发现人家提名她当一笔大遗产的执行人。遗产的主人名叫皮尔斯·尹维拉雷蒂，加利福尼亚州的地产巨子，生前尽管有一次在业余时间输掉两百万美金，遗产仍旧雄厚繁多，盘根错节，清理起来很费功夫，决不是什么挂名的差使。②

长句和拐弯抹角的正式措辞，暗示你即将进入一个老派的故事。

---

① 译文摘自：塞林格. 麦田里的守望者. 孙仲旭，译. 南京：译林出版社，2007。——译者注
② 译文摘自：品钦. 拍卖第四十九批. 林疑今，译. 上海：上海译文出版社，1989。——译者注

与此同时,"奥迪芭"(Oedipa)和"尹维拉雷蒂"(Inverarity)这样带有荒诞色彩的名字,现实中根本不会有;"午餐会"和"乳酪酥"将故事设定在加利福尼亚和摇摆的60年代,"一个夏天的下午"又像童话故事般含糊不清。这一切都削弱了这种暗示,给作品蒙上了一层讽刺的色彩。

乍看起来,这是一个标准的全知叙述者。但是,"发现人家提名她当一笔大遗产的执行人"又将视角转移到了奥迪芭身上——她要带领我们去解开一个错综复杂的阴谋;或者这可能只是她偏执的妄想,不仅是在"野樱桃酒"的影响下,或许还有大麻和致幻剂。品钦在全知视角和女主人公自己的有限视角之间游走,这种方法称为"自由间接引语"(free indirect discourse),我们将在下一章详细讨论。可以肯定的是,有些问题等着你去解开,品钦假设这不是你第一次参加小说阅读的牛仔竞技了。乐趣就在于,他会用怎样出乎意料的方式让你从马背上摔下去。

在特定类型的故事中,一个你喜欢和信任的叙述者是叙事的基石——那些承诺"你会喜欢和关心里面的人物"的故事。这是所有类型小说的基本视角。在西部小说里,牛仔要聪明强壮。在言情小说里,女主角要美丽善良。她需要婚姻和爱情,因此,最好是遇上一个高富帅。然而在现实生活中,靠科技创业公司发家致富的书呆子很少有腹肌。故事总是伴着大团圆的结局迎接日落,虽然现实并非如此。

但是请注意,并非所有你喜欢、信任和关心的叙述者都局限于类型小说。艾丽丝·门罗(Alice Munro)创造的人物和世界既真实又感人。在短篇小说《亚孟森》(*Amudsen*)中,她把一个年轻女孩送上火车,前往加拿大内陆帮助小儿麻痹症患者。门罗描写了女孩与年迈的疗养院医生之间的悲伤故事,我们被深深吸引,这个故事在我们的记忆中挥之不去,就像它在那个女孩的记忆中挥之不去一样。在《漂流到日本》(*To Reach Japan*)中,另一个女人为了一个只在聚会上见过一面的男人离开了她的丈夫,带着年幼的女儿登上另一列火车,完全不知道那个男人会不会来接她,甚至(在电子邮件发明之前)不知道他是否收到了她的信。我们的感受几乎和人物一样深刻,"先是震惊,接着格丽塔心里一阵翻腾,然后是极度地平静"。当然,这部小说是女权主义的,它描写了坚强、聪明、独立的女性的生活,但是并不说教。门罗以更加微妙的方式表达了她想表达的世界观。

威廉·吉布森(William Gibson)的长篇小说《模式识别》(*Pattern Recognition*)是一部完全不同类型的作品,不过也有一个特色鲜明、讨人喜欢的主人公。小说的开头写道:

> 纽约和卡姆登镇有五个小时的时差,凯西·波拉德醒来时,感觉昼夜节律紊乱,脑子里像有一群狼在绕圈子。

和(他的文学偶像)品钦一样,吉布森一上来就表明,他能够了解主人公内心深处的想法,并且会忠实地转达给我们。和狄更斯一样,他理所当然地相信读者的智慧——我们知道卡姆登镇在哪儿,我们知道昼夜节律是什么,最重要的是,我们会理解和欣赏他语言上的灵活和精确。第一章的标题是"恐怖之夜网站"。这个标题就像品钦的开头一样,表明了这部作品对老派长篇小说的态度,将时下流行的东西("网站")和老派的措辞〔爱伦·坡(Allen Poe)式的"恐怖之夜"〕联系在一起。吉布森是在暗示,这本书将是关于新世界,以及新世界与旧世界的关系的,这种关系是一种时差。他在接下来的段落中对这个隐喻做了更充分的展开:

> 这是那种倦怠的幽冥时刻,淹没在大脑边缘系统①的浪潮中,脑干断断续续地受到刺激,爬行脑②对性、食物、镇静的需求不合时宜地闪现,所有这些都不是她现在应该选择的。

凯西可能在倒时差,反应不过来。你不是。你和吉布森都很清醒。

---

① 大脑中的情绪控制系统。——译者注
② 大脑中负责心跳、呼吸、睡眠等生理机能的系统。——译者注

你知道"边缘系统"是什么意思!

如果说,一个你喜欢和信任的叙述者是特定类型叙事的基石,那么我们可以假设,弗拉基米尔·纳博科夫的《洛丽塔》是不可靠的典型:

> 洛丽塔是我的生命之光,欲望之火。①

谁在说话?谁知道?他在和谁说话?显然,他在和看不见的洛丽塔说话,不是和我们。洛丽塔到底是谁?亲爱的读者,接着读下去:

> 同时也是我的罪恶,我的灵魂。洛—丽—塔;舌尖得由上颚向下移动三次,到第三次再轻轻贴在牙齿上:洛—丽—塔。

现在你知道什么?这部小说肯定是关于洛丽塔的。当然,叙述者对这位女士有点着迷,并且热衷于谐音。但是,她是谁?继续读下去:

> 早晨,她是洛,平凡的洛,穿着一只短袜,挺直了四英尺十英寸长的身体。她是穿着宽松裤子的洛拉。在学校里,她是多莉。正式签名时,她是多洛蕾丝。可是在我的怀里,她永远是洛丽塔。

你在说什么,弗拉德②?好吧,她的身份是流动的。连她的名字都不是固定不变的。现在,你能简单说明一下,你是谁,你和这个人是什么关系吗?

> 在她之前有过别人吗?有啊,的确有的。实际上,要是有年夏天我没有爱上某个小女孩儿的话,可能根本就没有洛丽塔。那是在海滨的一个小王国里。啊,是什么时候呢?从那年夏天算起,洛丽塔还要过好多年才出世。我当时的年龄大约就相当于那么多年。你永远可以指望一个杀人犯写出一手绝妙的文章。

到这里,叙述者把我们的头脑搅成了一团糨糊。他引用了埃德加·爱伦·坡的话,假设你知道他指的是哪首诗③,了解爱伦·坡钟情

---

① 译文摘自:纳博科夫. 洛丽塔. 主万,译. 上海:上海译文出版社,2005。——译者注
② 弗拉基米尔的昵称。——译者注
③ 指爱伦·坡1849年发表的《安娜贝尔·李》。——译者注

于他尚未进入青春期的表妹这件事。他的措辞变得卖弄而伤感。然后，他嘲讽了自己的嘲讽——没有向我们揭示他是谁，而是让我们看到他绝对不值得信任。然后，在这部小说短小精悍的第一章的最后一个段落中，他的语气又一次让我们感到困惑，因为他似乎不是在故作幽默：

> 陪审团的女士们和先生们，第一号证据是六翼天使——那些听不到正确情况的、纯朴的、羽翼高贵的六翼天使——所忌妒的。看看这篇纷乱揪心的自白吧。

所以，读完这番介绍，我们仍然不知道是谁在讲述这个故事，以及为什么，尽管他称呼我们为陪审团（如果他确实是在称呼我们，而不是其他人，就像他之前称呼洛丽塔一样）。我们也不知道他想让我们如何评判他。

这里的视角是一面哈哈镜。一些读者会喜欢这种层层伪装和纳博科夫的小聪明。也有许多读者喜欢一个能让他们更直接地认同和关心的人物。对于这些读者来说，这部小说没有死亡，也不需要重新设计，它仍然能够吸引我们。通常，这类读者会选择直接采取第三人称有限视角，以一种直来直去的方式，不慌不忙地进入人物的生活和问题。J. M. 库切（J. M. Coetzee）的长篇小说《耻》（*Disgrace*）的开头就是如此：

> 他觉得，对自己这样年纪五十二岁、结过婚又离了婚的男人，性需求的问题可算是解决得相当不错了。①

这里的关键在于"他觉得"。从第一个段落中，我们得知，他每周四下午两点准时造访的伴游女郎的卧室"气氛温馨、灯光柔和"。我们知道，这是主人公自己的印象，而不是托尔斯泰式的室内设计师兼叙述者的盖章认证。我们与戴维·卢里（David Lurie）教授结成同盟——

---

① 译文摘自：库切. 耻. 张冲，郭整风，译. 南京：译林出版社，2003. ——译者注

我们将紧紧依附于他的思想——而作者作为目击者和转述者站在一边。如果这部小说是以第一人称写作的,一切都会不一样了:

> 我觉得,对自己这样年纪五十二岁、结过婚又离了婚的男人,性需求的问题可算是解决得相当不错了。

这样不行。你没听错,这样不行。太明显了,分析原因几乎毫无意义,但是当然,分析原因正是我们要做的。在第一人称叙事中,叙述者听起来过于自负,也过于正式了。第一人称让我们不太喜欢他。部分问题在于,他是在和作为读者的你直接对话,这让他看起来像个暴露狂,因为他从第一页就把你拉进了他的性生活。在这里,叙述者应该以一种更谨慎的方式拉开帷幕。

关于伴游女郎索拉娅(Soraya)的服务,我们得知:"他觉得她令自己心满意足。"一个重要的区别在于,虽然这显然是人物在表达自己的感受,使用的却是叙述者的措辞。如果人物自己选择这么正式的说法,他听起来会像斯波克医生(Dr. Spock)[①],或者一个阿斯伯格综合征[②]患者。所以,仍然有一个叙述者越过人物的头顶和你说话,为你转述,不过他是在对你耳语,而不是大喊大叫。他说的是一些人物永远不会明说出来的东西——最关键的是,这些东西人物自己可能都不知道。

从《耻》的第一页开始,我们就相信,戴维教授长期秉承的信念将受到严重的威胁。"这就是他的性情,而且这样的性情也改变不了了。到了这把年纪,要改几乎不可能。他的性情已经定了型,改不了了。"这是戴维的意见,不是我们的。作者不需要从戴维背后探出头来,悄悄补上一句"至少他是这么认为的"。尽管如此,这里有一个重要的判断层次,是由第三人称提供的。

---

① 美国儿科医生,著有《斯波克育儿经》,该书自 1946 年出版以来一直畅销不衰。——译者注
② 孤独症谱系障碍的一种,主要表现为社会交往与沟通能力低下,孤独少友,兴趣狭窄,动作和行为刻板等,但没有明显的语言发育障碍和智能障碍。——译者注

这种第三人称有限视角是非常可靠的。我们不会否认，库切非常了解戴维。我们也相信叙述者会告诉我们重要的信息和事件。

需要注意的是，一旦你决定了采用某个人物的有限视角，你就不能告诉我们其他人物的想法。一旦你采用了第一人称叙事，你就不能直接评论主人公。一旦你采用了全知视角，你就不能隐瞒关键信息，只是为了稍后再公布对你更方便。一个明显的例外是：在推理小说中，读者假设你会以合适的速度揭露真相，但这并不包括没有任何铺垫的突然转折。如果我们在《耻》的最后一章里发现索拉娅是个变装皇后，我们会非常生气。

现在，你可能会说，有些电影就是到结尾才揭示惊人的真相，比如《哭泣游戏》(*The Crying Game*)、《第六感》(*The Sixth Sense*)、《惊魂记》(*Psycho*)等等。诺曼·贝茨（Norman Bates）的母亲没有坐在摇椅上凝视窗外，她真的死了！诺曼扶着那具干尸，和她说话，还穿着她的衣服！

对此，我要指出的是，你如果已经明确警告观众他们将会受到惊吓，就不是真的拿着刀子从背后偷袭他们。期待被惊吓是一种完全不同的惊吓。而且，电影和书不一样，原因我们稍后会讨论。带着受惊吓的明确目标去看一部电影，与阅读像《耻》这样的现实主义小说，你对满足感的期待是不一样的。

这并不是说，小说不能提供意外。它可以，而且必须如此。只是，如果在《傲慢与偏见》中，伊丽莎白·班纳特小姐决定拒绝所有的求婚者，因为她是一个女同性恋，或者一个她从没见过的叔叔在遗嘱中给她留下一万英镑，所以她可以彻底把结婚抛到脑后，与查尔斯·达尔文（Charles Darwin）一起登上英国皇家海军小猎犬号（HMS Beagle）［实际上，在大卫·米切尔（David Mitchell）的一部无视逻辑和年代的时空穿越小说中，她正是这样做的］，或者她被一头不知怎么流落在伦敦街头的狮子吃掉了，我们不会感到意外，我们会非常生气。

凯伦·拉塞尔（Karen Russell）的小说描写过吸血鬼和女孩溜进沼

泽地、与鬼魂做爱的情节,她在《不可能的建筑工程》(*Engineering Impossible Architectures*)一文中讨论了现实与超现实或奇幻元素之间的平衡,她称之为"堪萨斯和奥兹国的乱序播放"。她指出,即使在虚构的宇宙中,某些东西也会违反重力定律、制造麻烦,因此,她敦促创作这类题材的作家"沿着黄砖路,走向一个永远秩序井然的梦想世界":

> 我必须不断重温的一课是:创作以另一个现实为背景的小说,并不意味着你可以随心所欲,为所欲为。如果你想尝试堪萨斯和奥兹国的乱序播放,一种彻底的"大自然的重新安排",你必须对读者负起一些额外的责任。也就是说,你不能让自己的神力(或者更有可能的是疲惫和遗忘)成为绊脚石,违反你所创造的世界的参数。

我想说明的是,一部小说的运动即情节取决于故事开始时从人物和作者的角度看来读者所处的位置,以及你希望他到哪里去。你知道他想到某个地方去。他也想要一幅地图,或者至少想要相信作者参照了 GPS,而不是漫无目的地四处游荡。〔当然,除非那本书的重点就是不走寻常路,而且作者已经清楚地表明了这一点。比如尼克尔森·贝克(Nicholson Bake)的《夹层楼》(*The Mezzanine*),整部小说的情节就是一个男人在午休时间换鞋带,你不会期待有多少运动。〕此外,视角的选择将我们锁定在自己的坐标系中,使某些转折变得不明智,甚至不可能。

如果你去问普通读者,对视角有多少了解,答案通常是:第三人称是从外部讲述人物的故事。第一人称是人物讲述自己的故事。全知叙述者无所不知。第二人称是"你"。如果再问为什么,答案就是不知道——有什么区别?

但是,当我们带上夜视镜和标本箱,深入灌木丛,我们会发现,建立视角要比这些基本定义复杂得多。要使视角保持清晰、一致,同时又能给人惊喜,需要一整套技能。

练习

- 选择一篇你自己的小说，检查开头部分，列出读者能够从这几句话中知道的一切。我们能够清楚地了解主人公面临的主要问题，以及小说的情节、背景和主题吗？我们是否听到了作者独特的声音？

- 尝试用另一种视角重写你自己小说的开头。这会改变小说的基调或意义吗？如何改变？

- 从你的小说中选择一个关键段落，看看措辞和句子节奏有没有你自己的特点。有没有一种独特的、典型的声音？换句话说，你最引以为傲的作品是什么？为什么？

- 仅从书名，我们对你的小说能有什么了解？书名是否制造了期待？《白鲸》(Moby Dick)和《当我们谈论爱情时我们在谈论什么》(What We Talk about When We Talk about Love)这两个书名有什么不同？

第 3 章　全知视角

一个多世纪里的不幸婚姻和几场战争

第 3 章 全知视角

全知视角是最容易讨论的视角。我们全都本能地了解这种视角，这是叙事的默认模式——经典的"很久很久以前"。在全知视角中，作者是最权威的。作者是飞行员，是建筑师，是戴着白帽子的厨师。

全知叙述者像上帝一样，独立于人物之外，而且高于人物，同情他们或评判他们，但是绝对不相信他们是在"用他们自己的话"讲述他们的故事。他不需要从天堂那么高的地方俯瞰人物，就像我们从飞机上俯瞰郊区住宅的后院那样，攀爬架上的孩子像昆虫那么大，游泳池像指甲盖那么大。他可以拉近距离。这里有一位母亲，百无聊赖地用手指敲打着膝盖上的书。作者甚至知道，当她大腹便便的丈夫一边骂骂咧咧，一边费力地开动割草机时，她正在幻想她的秘密情人——隔壁的邻居。作者可以选择进入所谓的第三人称有限视角，追踪某一个或一系列人物的思想和感知。（我还会使用"亲密"和"一致"第三人称的说法，在我看来，这两种说法能够更准确地描述这种有目的的选择。）

我们将在下一章详细讨论第三人称有限视角。即使叙述者没有强行进入场景解释人物的行动，作者仍然有很多机会越过人物的头顶，直接与读者对话。但是现在，请注意，即使是对人物的想法非常熟悉的作家，采用的仍然是一种转基因的全知视角。只有上帝才会读心术[《阴阳魔界》（*The Twilight Zone*）中某些令人难忘的情节除外]。

正如我们将在本章中看到的，第三人称并不是一种通用视角。第三人称叙事可以有许多不同的层次，其中最大的变量就是叙述中作者的声音有多突出。学院派认为，标准的、老派的全知视角，即作者知道一切的一切，已经不受欢迎了，部分原因是当代读者更相信主观叙述。因此，采用全知视角的小说家通常不会向我们说教，他们会呈现一系列第三人称有限视角的章节，而不是像以前的小说家那样沉迷于作者评论。我们相信，人物个体只能接触到孤立的现实，是短视和局限的。作者的技巧体现在他能透过多少视角来讲述故事，并将它们巧妙地交织在一起。

这些都是"声音"的问题，是作者如何与读者对话，以及作者如何对读者的信念和参考系做出假设的问题。作者的声音可以是抒情的，也可以是就事论事的；可以是深情的，也可以是讽刺的；可以是夸夸其谈的，也可以是简明扼要的。在第三人称全知视角中，我们有各种各样的叙事方法来审视人物和动机，有各种各样的选择来让作者的声音为故事增色。

让我们再看一遍前面提到过的《安娜·卡列尼娜》的开头：

> 幸福的家庭都是相似的，不幸的家庭各有各的不幸。

在这里，列夫·托尔斯泰是设定主题和讲述真理的人。他比安娜本人知道的多，比她的前夫和情人知道的多，也比书中详细描写的另一对主要人物——吉娣（Kitty）和列文（Levin）知道的多。托尔斯泰从不避讳发表宣言。甚至当他谈论人物的情感时，我们能看到他的解读：

> 列文结婚已经有两个多月了。他很幸福，但完全不像他所期望的那样。他处处感到以前的梦想破灭，处处感觉到意想不到的新的诱惑。列文很幸福，但是过起家庭生活以后，他处处都看出来，这和他原来想的完全不同。他处处感到，自己的心情，就像一个人欣赏过别人乘小船在湖上平稳而悠然自得地划行而自己又坐上这小船之后的心情。他看出来，光是平平稳稳地坐着是不行的，还是要动脑筋，片刻不能忘记往哪儿划，不能忘记脚下是水，不能忘记划船，没有划惯，手是要痛的，而且这种事看起来容易，做起来虽然快乐，却是很难的。

我们无法想象，列文自己会以这种方式表达他的想法，即使我们接受有托尔斯泰在转述人物的情感，但是"诱惑""破灭""习惯"的用词,"他很幸福"和"处处"的排比,以及这段话最后一个句子的长度都让我们相信,托尔斯泰才是这首交响乐的指挥。

这不仅体现在托尔斯泰如何谈论人物的反应上,也体现在他如何安排情节的发展上。《安娜·卡列尼娜》中的许多场景都有平行场景作为对照。例如,黎明时分,刚刚向吉娣求婚的列文走在圣彼得堡的街道上,等待她的回答,感到无比幸福。他看到一家面包店开着门,孩子们在玩耍,一只鸽子在飞翔:"这一切全都是这样格外地美好,以至于列文高兴得笑起来,并且流出了眼泪。"在小说的后半段,可怜的安娜走在同样的街道上,不用说,对她来说一切可没有那么美好。她遇到的小孩邋里邋遢,惹人讨厌。赶马车的人经过时,不会怀着喜悦的心情或骑士精神脱帽致意。列文甚至觉得这座城市的马车夫都很漂亮,但是在安娜看来,他们秃顶、无聊、贪财。她觉得:"没有什么好笑的,没有什么高兴的事儿,都是讨厌的。"

托尔斯泰的小说以其广阔和厚重诠释了我们所谓的"传统的全知视角"。在当代读者看来,托尔斯泰在人物脑中植入思想的方式似乎有些刻板,甚至难以令人信服。但是在一定程度上,这是风格转变的问题。大多数情况下,现在的小说家已经放弃了"她心想"这种表达方式,转而采用自由间接引语,即作者迅速转入人物的思想,而不会特意标明这种转变。这也体现了对读者的尊重,作者相信读者有能力快速转换视角,而不需要傻瓜式的指导。

这里有一个自由间接引语的例子,展示了全知全能的作家是如何深入人物个人的思想的。E. L. 多克托罗(E. L. Doctorow)的长篇小说《拉格泰姆时代》(*Ragtime*)描写了一大群世纪之交的人物,西格蒙德·弗洛伊德(Sigmund Freud)、J. P. 摩根(J. P. Morgan)和斐迪南大公(Archduke Ferdinand)等历史人物与虚构人物相互交织。一个虚构家庭的父亲加入了皮尔里(Peary)的北极探险之旅,这是当时的惊天大新闻,让逃脱大师胡迪尼(Houdini)陷入了沉思:

> 胡迪尼在街上走着,因蒙受羞辱而两耳发热。他头上的呢帽

帽檐下翻，一件双排扣亚麻布上衣紧紧裹在身上，双手插在衣袋里，下面穿着一条褐色的长裤和一双棕白相间的尖头皮鞋。那是一个寒峭的秋日午后，多数人已经穿上大衣。他敏捷地穿过拥挤的纽约街道，身体灵巧柔软得令人难以置信。有一类表演以现实世界作为舞台，这是他无法比拟的。他纵然有许多成就，也只是一个玩戏法的、耍幻术的，一个魔术师而已。倘若人们走出戏院就把他忘了，他的生活又有什么意义呢？报摊上的头条新闻说皮尔里到达了北极极点，载入史册的是现实世界中的表演。①

多克托罗无缝地进入胡迪尼的思想。你知道从"令人难以置信"以后都是他的思想，但是没有"他心想"这个提示语。这段文字很简单，胡迪尼的形象却很丰满。我们从镜头外看着他：快步行走，陷入沉思，分开人群。我们甚至从他发热的耳朵（如果没有全知叙述者，行人或读者怎么会知道他的耳朵为什么发红？）看到他时髦的鞋子。帽子遮住了他的脸，他的双手揣在口袋里，所以他在隐藏和封闭自己，同时又暴露在外——他的衣着不怎么御寒。所有这些对他衣着和外表的描述看似平淡，其实并非那么平淡。它们有助于塑造胡迪尼的恐惧：他害怕抱负得不到实现，害怕被遗忘，害怕迷失在人群中。

当然，多克托罗的叙事风格更多借鉴了海明威（Hemingway），而不是托尔斯泰。海明威说："如果我煞费苦心地写起来……我发现就能把那种华而不实的装饰删去扔掉，用我已写下的第一句简单而真实的陈述句开始。"不过，在这种风格之前，我们跳过了一个多世纪的形式演变。所以现在，让我们回到19世纪，审视另一段不幸的婚姻。

在《米德尔马契》（*Middlemarch*）中，迷人的多萝西娅·布鲁克（Dorothea Brooke）拒绝了一个英俊潇洒、年龄相当的求婚者，选择了一个严厉、刻薄、性冷淡、年纪也大得多的学者。她几乎立刻意识到

---

① 译文摘自：多克托罗. 拉格泰姆时代. 刘奚，译. 南京：译林出版社，1996. ——译者注

了自己的错误，但是，在 1871 年的英国，和在 1877 年的俄国一样，无过错离婚是不可能的。在罗马度蜜月期间，多萝西娅的丈夫、冷漠自负的卡苏朋（Casaubon）为了所谓的研究把她扔在一旁，她在酒店房间里独自哭泣，开始意识到他的学术研究其实也没有那么了不起。乔治·爱略特（George Eliot）把自己放在了多萝西娅的评论者的位置上：

> 我并不认为，多萝西娅内心的这种诧异感是绝无仅有的现象，许多年轻人怀着童稚无知的心灵跨入不协调的现实，这时如果大人忙于自己的事，他们便只得在这中间自己"学习走路"。我也并不认为，我们发现卡苏朋夫人在结婚六个星期之后，竟在独自啼泣，这便是一幕悲剧。在新的真实的未来代替想象的未来时，心头产生一些失望，一些困惑，这并不是罕见的，既然并不罕见，人们也不必为此惶恐不安。接触频繁本身便蕴藏着悲剧因素，好在它还无法渗入人类粗糙的感情，我们的心灵恐怕也不能完全容纳它。要是我们的视觉和知觉，对人生的一切寻常现象都那么敏感，那就好比我们能听到青草生长的声音和松鼠心脏的跳动，在我们本来认为沉寂无声的地方，突然出现了震耳欲聋的音响，这岂不会把我们吓死。事实正是这样，我们最敏锐的人在生活中也往往是麻木不仁的。①

《安娜·卡列尼娜》有 741 页，《米德尔马契》有 578 页。在这么长的小说中，有足够的空间放置旁白。不用说，短篇小说中则没有多少发表评论的空间。在上面这段话中，爱略特传达信息的方式是全知叙述者可以轻松做到的：直接与读者对话，就像把电影画面定格，用激光笔指着人物。这就相当于在说："读者们，注意了！同情一下这个可怜的年轻新娘吧！"

---

① 译文摘自：爱略特. 米德尔马契. 项星耀，译. 北京：人民文学出版社，2006。——译者注

居斯塔夫·福楼拜（Gustave Flaubert）在《包法利夫人》（Madame Bovary）中也描写了一段不幸的婚姻。爱玛·包法利（Emma Bovary）的丈夫是一个平凡的乡村医生，在任何方面都无法激起她的欲望和想象力。所以，她购买他们负担不起的时装和家具，还找了许多情人。福楼拜向我们透露了她的第一个情人罗道尔弗（Rodolphe）的信息——欢爱过后，爱玛想跟他说说情话：

> 这话他听了千百遍，丝毫不觉新奇。爱玛类似所有的情妇；这像脱衣服一样，新鲜劲儿过去了，赤裸裸露出了热情，永远千篇一律，形象和语言老是那么一套。别看这位先生是风月老手，他辨别不出同一表现的不同感情。因为他听见放荡或者卖淫女子，唧唧哝哝，对他说过相同的话，他也就不大相信她那些话出自本心了。在他看来，言词浮夸，感情贫乏，就该非议，倒像灵魂涨满，有时候就不免涌出最空洞的隐喻来。因为人对自己的需要、自己的理解、自己的痛苦，永远缺乏准确的尺寸，何况人类语言就像一只破锅，我们敲敲打打，希望音响铿锵，感动星宿，实际只有狗熊闻声起舞而已。①

又一个作者发表感言的例子！请注意，福楼拜远不像爱略特那样，喜欢频繁地发表这种诗意的演说。他声称："在我的书中，任何时候作者都不能表达他的情绪和观点。"看来他打破了自己的规则。不过，他还有另一句名言："包法利夫人，我就是你。"这表明了他对这位轻浮的女主人公的认同。1856年这部小说出版时，人们对通奸、肤浅、挥霍无度的爱玛·包法利感到愤怒，认为这个人物"不值得同情"。时至今日，我们更愿意追随一个不道德的主人公。虽然还有一些盲点，但是我们理解，主人公并不是作者，通过审视那些不那么圣洁的人物的思想和动机，我们会有所收获。

---

① 译文摘自：福楼拜. 包法利夫人. 李健吾，译. 北京：人民文学出版社，2003。——译者注

詹姆斯·伍德（James Wood）在《小说机杼》（How Fiction Works）中指出："无论好坏，福楼拜奠定了大多数读者所知的现代现实主义叙事。"在这部杰作中，伍德探讨了福楼拜是如何让精心选择的细节以电影化的方式发挥作用的；即使没有作者的评论，读者也能理解一个场景的意义。福楼拜给爱玛和她的情人安排了一些约会的场景，虽然意乱情迷的爱玛自己没有注意到，但这些场景让她的幽会显得荒谬可笑。其中有一个农业展览会的场景，小镇官员发表无聊的演讲，奖品是猪；还有一个教堂的场景，在许愿蜡烛的装点下，看起来更像一处色情片的布景，而不是做礼拜的地方。

小说中的反讽几乎总是代表作者和读者的直接交流。在雪莉·杰克逊（Shirley Jackson）的短篇小说《摸彩》（The Lottery）中，镇民们并不会奇怪，"在这样一个'天气晴朗、万里无云的夏日'，我们怎么能想到用石头砸死一位同胞？"但是，一个精明的读者读到故事的第一行就会察觉，不那么阳光的事情即将发生。同样，简·奥斯汀写下"凡是有钱的单身汉，总想娶位太太，这已经成了一条举世公认的真理"时，相信读者会马上质疑这种假设。伏笔是作者与读者之间的另一种交流方法，作者向读者脱帽致意，提醒读者"注意！"，不需要使用激光笔。随着情节的展开，解构这些暗示提供了丰富的乐趣，体现了我们与作者的联系。悬疑小说或惊悚小说中的线索要足够复杂，才能吸引读者的注意力。我们如果马上就能猜到凶手是谁，就没有理由继续读下去了，因此会有一些"红鲱鱼"①。但是误导和假象不能太多，否则让我们觉得作者是在糊弄我们，或者作者自己也不清楚情节的走向。我们喜欢走迷宫，前提是我们相信迷宫的设计者已经安排好了出口。

值得注意的是，一个作家不可能在所有时间向所有人展示所有的特质。在托尔斯泰严肃的巨著中，很少看到轻松愉快的幽默感（虽然

---

① 指为了误导或转移读者的注意力而故意设置的错误线索。——译者注

他喜欢嘲笑一些次要人物的缺点）。一个饶舌的作家总是提供大量的细节和评论，却不可能像海明威那样坚毅、沉默。［去翻翻海明威计划（The Hemingway Project）的读者评论，你会看到有多少人抱怨"我不喜欢他的描写，不够华丽"，或者"去他的简短陈述句"。］我们喜欢某个作家的风格的原因，可能正是其他读者不喜欢他的原因。对于同一本书，一个读者觉得精彩，另一个读者可能觉得浮夸；一个读者觉得深刻有哲理，另一个读者可能觉得沉闷乏味；一个读者觉得妙趣横生，另一个读者可能觉得琐碎无聊。连作家丰富的想象力和浓浓的诗意也可能让一些读者不耐烦："我不在乎远方的天空如何破晓。赶快接着讲！"在评价小说时，我们要问的不是我们晚餐是不是想吃这道菜，而是烹饪是否得法、摆盘是否美观——不是我们是否喜欢作者的风格，而是作者是否达到了预期的效果。

拉尔夫·沃尔多·爱默生（Ralph Waldo Emerson）说："愚蠢的附和乃庸众之心魔。"沃尔特·惠特曼（Walt Whitman）嘲讽地写道："我自相矛盾吗？很好，我就是自相矛盾吧。我辽阔广大，我包罗万象。"但我认为，在小说中，视角的一致性是至关重要的。初稿中的许多失误都是由于视角不稳定造成的。这并不是说小说不能有变调或渐强。但这种转变必须是有意义、有目的的，而不能只是作者为了在叙事的过程中图方便。

在《白象似的群山》（*Hills Like White Elephants*）中，一旦海明威决定称主人公为"美国人"和"姑娘"，而不是给他们起名字，一旦他决定让读者直接进入他们关于堕胎产生的分歧，而她将反对她自己的反对。一旦他决定不让人物说出"堕胎"这个词，而是让读者根据他们的对话来解读他们的关系和关于"手术"的争议，那么他就绝对不能写出这样的句子："姑娘悲伤地回忆起他们相遇的那一天。"他既不能让我们了解他们的思想和情感，也不能提供他们对话以外的事实，帮助我们更全面地对情况做出判断（这个男人多大年纪？他是否供养她？她有父母吗？)。

在短篇小说《乡居丈夫》(The Country Husband)中，约翰·契佛在审视中产阶级弗朗西斯·韦德(Francis Weed)紧张的婚姻关系时，扮演了一个更明确的角色。（这对不快乐的夫妇给小说家提供了多么丰富的素材啊！）契佛是弗朗西斯的代言人，后者的表达能力很有限，甚至感情也很有限。是作者而不是弗朗西斯介绍说："韦德家的荷兰殖民时代式的宅邸实际上要比从车道上看去大得多。客厅很宽敞，照高卢人的习惯分成三部分。"是叙述者而不是弗朗西斯注意到，当他"聪明漂亮"的妻子宣布晚餐已准备好并点燃蜡烛时，"她划了根火柴，在这个眼泪谷里点起六支蜡烛"。是契佛而不是人物将平凡的郊区生活与刚刚结束的世界大战，以及遥远神话时代的古代战争进行了类比，"那是个国王们身着黄金礼服骑着大象翻越群山的夜晚"。契佛用一种寂寥的语气，将韦德家的问题与过去的创伤做了比较，这种比较也体现在书名中：韦德家住在郊区，而不是乡村，这里的"乡村"也代表着"美国"①，居民们过着舒适的生活，却落入不满的陷阱。契佛让弗朗西斯·韦德成为所有美国男人的代表，不过是以一种具有讽刺喜剧效果的方式。

这两则短篇小说都是用全知视角写作的，但是，契佛风趣健谈，海明威惜字如金，两人的风格截然不同。你可以尝试做一个有趣的练习，保持情节和人物不变，改变故事的语气和风格，哪怕只试着修改一个段落。

用全知视角建立期待

事实上，正如我们在上一章讨论过的，小说的开头应该以决定性的方式设定人们对视角的期待。通常，作家会用全知视角来介绍主人公，比如多萝西·帕克(Dorothy Parker)的《高个儿金发女郎》(Big Blonde)：

> 黑兹尔·莫尔斯个头高大，相貌俊俏，是那种能让男人在说

---

① 英语中"country"一词既有"乡村"也有"国家"的意思。——译者注

出"金发女郎"这个词时一边咋舌，一边调皮地摇头晃脑的女人。她为自己纤小的双足而自豪，出于虚荣心总是穿小号尖头高跟鞋，为此吃了不少苦头。顺着她皮肉松弛、遍布暗淡棕褐色晒斑的双臂看下去，会发现一双手指纤长微颤、指甲厚实圆突的手，与手臂很不相称，显得很怪。她爱在手上戴些小珠宝饰品，但却使双手减色不少。

她并不爱回忆往事。三十五岁左右时，旧时光在她脑海里就已变成一组摇曳不定的模糊镜头，仿佛一部未拍完的电影，讲的都是陌生人的故事。①

通过全知视角，帕克不仅分享了黑兹尔的想法和不满，还评价了黑兹尔的衣品。在后面的故事中，她还会继续评价黑兹尔的丈夫和一系列情人的想法，以及黑兹尔自杀未遂陷入昏迷后女佣的想法。小说的名字和第一句话中"那种……女人"的表述都在提醒你，黑兹尔是那个时代狂欢、酗酒的女性的代表。就像契佛在谈论弗朗西斯·韦德时一样，帕克不相信黑兹尔有足够的自知之明来谈论她自己，所以纯粹的第三人称有限视角不能胜任这项任务。

短篇小说作家经常通过全知视角，用一段短小精悍的人物简介来介绍主人公。在《带小狗的女人》（The Lady with the Lapdog）的开头，安东·契诃夫（Anton Chekhov）一针见血地评价了我们这位风流成性的主人公：

他还没到四十岁，可是已经有一个十二岁的女儿和两个上中学的儿子了。他结婚很早，当时他还是大学二年级的学生，如今他妻子的年纪仿佛比他大半倍似的。她是一个高身量的女人，生着两道黑眉毛，直率，尊严，庄重，按她对自己的说法，她是个"有思想的女人"。她读过很多书，在信上不写"b"这个硬音符

---

① 译文摘自：帕克. 缝衣曲. 1941. 兰莹, 译. 北京：中信出版社，2022. ——译者注

号,不叫她的丈夫德米特利而叫吉米特利;他呢,私下里认为她智力有限,胸襟狭隘,缺少风雅,他怕她,不喜欢待在家里。他早已开始背着她跟别的女人私通,而且不止一次了,大概就是因为这个缘故,他一讲起女人几乎总是说坏话;每逢人家在他面前谈到女人,他总是这样称呼她们:"卑贱的人种!"①

即使不懂俄语,不知道不写硬音符号是什么意思,也不知道为什么把德米特利(Dimitry)念成吉米特利(Dmitry)会让她显得做作,读者也能清楚地看到德米特利·古罗夫(Dimitry Gurov)妻子的形象。我们可以看出她很做作,她的虚伪让她的丈夫恼火。这就是优秀的细节应该发挥的作用:它们不仅应该描绘当时的社会风貌,还应该在上下文中体现出清晰的意义。这篇小说讲述了1899年发生在海滨的一桩改变人生的风流韵事,而它超越了时代,至今仍然能够引起我们的共鸣。注意"读过很多书"这个微妙的讽刺——契诃夫给"有思想的女人"加上了引号,以表明这是她对自己的评价——"读过很多书"虽然没有引号,但是他很快就让我们领会到他的观察方法,明白这是妻子自己的判断。还要注意,"私下里"和"大概"这两个修饰语表明,叙述者认为他的人物恐怕没那么可靠。

契诃夫邀请我们毫不留情地评判古罗夫。这个故事的出人意料之处在于,这个冷酷的男人对过去的情人们毫无眷恋之情,以至于"她们的美貌总是在他心里引起憎恨的感觉,在这种时候,她们的衬衣的花边在他的眼睛里就好像鱼鳞一样了",但是这一次,他却深深地坠入了爱河。契诃夫没有解释,究竟是出于什么原因,让这个普通的女人对古罗夫的幸福如此重要。作者既不是心理医生,也不是社会学家。爱情的力量是无法解释的。

作为被爱慕的人,带小狗的女人虽然占据了书名中最显眼的位置,

---

① 译文摘自:契诃夫. 契诃夫小说全集. 汝龙,译. 北京:人民文学出版社,2016。——译者注

却没有得到同等的曝光篇幅。事实上，我们只能通过对话、哭泣、颤抖或脸红来了解安娜的感受。这个故事完全属于古罗夫，就像多萝西·帕克的故事属于那个酗酒的女人一样。契诃夫在从全知视角给出概述之后，就选择追随古罗夫的观察和感受。

现在让我们穿越时空，来到另一处海滨，认识一个对男女双方给予同等关注的作家。下面是伊恩·麦克尤恩（Ian McEwan）的长篇小说《在切瑟尔海滩上》（*On Chesil Beach*）的开头：

> 他们年纪轻，有教养，在这个属于他们的新婚夜，都是处子身，而且，他们生活在一个根本不可能对性事困扰说长道短的年代。话说回来，这个坎儿向来都不好过。在一所乔治王时代风格的旅馆里，他们坐进底层的一间小起居室吃晚餐。透过敞开的门，看得见隔壁房间里有一张四柱大床，很窄，床罩纯白，其铺展的平整程度颇为惊人，仿佛这活儿不是人类的手能做成的。爱德华没说起他以前从未住过旅馆，而弗洛伦斯呢，自小随父亲多次出游，住旅馆是家常便饭。反正乍一看，他们俩都兴致盎然。他们先前在牛津圣玛利亚教堂举办的婚礼进展顺利：仪式庄重得体，婚宴热情洋溢，在中学和大学里结交的朋友哑着嗓子声声送别，听来暖人肺腑。她的父母并没有对他的父母盛气凌人——他们先前是白担心了一场，而他母亲的举止好歹没有离谱太远，也没有把此番出席的目的忘得一干二净。一对新人坐着弗洛伦斯的母亲的小汽车离开，傍晚抵达位于多塞特海滩边的那家他们订好的旅馆，彼时的天气，在七月里算不得上佳，也不能说与婚礼气氛配合得完美无瑕，但也全然合人心意了：天上没下雨，他们本想坐到屋外的露台上吃饭，但弗洛伦斯觉得天还不够暖和。爱德华倒觉得不妨事，不过，他素来谨守礼仪，自然不会在这样一个夜晚跟她作对。[①]

[①] 译文摘自：麦克尤恩. 在切瑟尔海滩上. 黄昱宁，译. 上海：上海译文出版社，2008。——译者注

第一句话让读者明白，这是一个不同的时代，这对夫妇的性生活是一件大事。请注意，第二句话的时态发生了微妙的改变，过去时变成了现在时：这些特殊的困难可能属于一个更压抑的时代，但不只属于那个时代，不要以为这种开始肉体接触的尴尬方式只是时代的错误。在这之后，作者就不再发表评论了。麦克尤恩灵活、轻巧地探索了这对新婚夫妇的思想。这里的全知视角是值得信任的，而且很低调，仿佛麦克尤恩不想过多地干涉新婚夫妇。当然，稍后，当他们笨拙地尝试同床时，他会让我们更近距离地了解他们。对洁白无瑕的床单的描写很生动——"其铺展的平整程度颇为惊人，仿佛这活儿不是人类的手能做成的"，显然是作者的语言，但是表达了人物的反应：他们透过门口惊恐地看到，那张窄床放在医院都够吓人的。

安妮·普鲁（Annie Proulx）的《断背山》（*Brokeback Mountain*）也是一部强调风景的作品。故事讲述的是 20 世纪 60 年代初，蒙大拿的两个牧场工人相爱了，而他们身处的时代和地点都坚决反对同性恋。普鲁的这个故事并不叫《杰克和恩尼斯》（*Jack and Ennis*）。像《带小狗的女人》中的古罗夫和安娜一样，这两个人物既是高度个性化的个人，也是某一类男人的代表——那些有着秘密、可耻和惊世骇俗的性取向的男人：

> 他们生长在贫苦的小农场上，在怀俄明州的对角线两端……两人皆为高中辍学生，是毫无前途的乡下男孩，长大面对的是苦工与穷困。两人的言谈举止皆不甚文雅，对艰苦生活安之若素。①

普鲁为我们给这两个男人做了总结，这很重要，因为他们对自己处境的理解是粗浅而模糊的。通常，她像男人们自己一样直白地讲述他们的故事，把大量的抒情段落留给他们在山上独处的时光，并利用风景营造出一种与世隔绝的亲密而愉悦的气氛：

---

① 译文摘自：普鲁．近距离．怀俄明故事．宋瑛堂，译．北京：人民文学出版社，2006．——译者注

两人从未讨论性爱,只是顺其自然。开始只是晚上在帐篷里,之后,火热的大日头下,篝火边,随心所欲。折腾时没少搞出噪音,但他俩都从不多说话,只有一次恩尼斯说:"我才不是同性恋。"杰克也脱口而出,说:"我也不是。就这么一次。是我俩的事,别人管不着。"高山上,唯有他俩翱翔在欣快刺骨的空气中,俯视老鹰的背部,以及山下平原上爬动的车辆灯光,飘浮于俗事之上,远离夜半驯良农场犬的吠叫声。他们自认无人看见,殊不知乔·阿吉雷某日以十乘四十二的双筒望远镜观看十分钟,等两人扣上牛仔裤,等恩尼斯骑马回牧羊地……

如果没有全知叙述者,我们就不可能知道人物的秘密恋情不像他们想象的那么秘密。

双筒望远镜的细节就是一个例子,说明全知叙述者是如何以微妙的方式让人知道他的存在的。双筒望远镜的特殊性让我们知道,乔·阿吉雷(Joe Aguirre)可以在这对情侣扣上裤子的时候放大他们的图像,呼应了作者前面写到的"俯视"和"山下平原"的意象。在制造视觉效果的同时,它也相当有力地改变了这个段落的情绪,从抒情到赤裸裸的现实——这就是社会入侵这对情侣的爱情之后会发生的事。契诃夫有一个著名的理论:如果之前的一幕中墙上挂着一把枪,那么在整出戏结束之前必须让它开火。后来,杰克告诉恩尼斯,他再去见阿吉雷时,"他对我说:'你们两个小子在山上找到消磨时间的方式了,是不是啊?'我瞪了他一眼,不过走出办公室时,我看见他后照镜上挂了一副特大号双筒望远镜"。

在故事的高潮,杰克和恩尼斯在四年后重逢,杰克的妻子看到了他们在狭窄的走廊里热吻的一幕,这个地点与断背山的草原截然不同,回忆却一直伴随着他们:"他嗅得到杰克——强烈熟悉的体味混杂有烟味、麝香汗味与青草似的微微甜味,同时也闻得到高山奔流的寒意。"我们再一次看到普鲁从全知视角进入了这个男人的思想。书名永远属于作者;是普鲁,而不是人物,强调了这座山隐喻意义上的重要地位。

你可以把全知视角的风景描写，尤其是小说开头的这种描写，想象成电影中的定场镜头。电影《亡命天涯》（*The Fugitive*）的开场是芝加哥的夜景，我们俯瞰这座富丽堂皇的大都市，然后跟随镜头进入一间卧室，地上躺着一具血迹斑斑的女性尸体。在最简单的层面上，定场镜头告诉我们地点；它也提醒我们，抓住凶手将是一个挑战。尽管预算不高，阿尔弗雷德·希区柯克还是在《惊魂记》中使用了当时十分昂贵的新技术——升降镜头，从旅馆窗外的远景聚焦到玛丽昂（Marion）午休时与她的秘密情人幽会的房间。隐私话题到此为止。这个都市旅馆的房间与贝茨旅馆大不相同，大约半小时后，她就会被谋杀。

我们稍后会讨论，文字不是摄影机。不过，作家经常通过第三人称视角进行详细的风景描写，来设定主题和情绪。麦克尤恩小说中的海滩就像婚姻一样冰冷刺骨、岩石密布。在长篇小说《转吧，这伟大的世界》（*Let the Great World Spin*）的第一章中，科伦·麦凯恩（Colum McCann）让纽约本身成为主角，并告诉读者，正如早年间那档电视节目所说的那样："这座裸城中有 800 万个故事，这只是其中之一。"1974 年的某天，世贸中心双子塔下到处是围观的人群，等着看一个人在两座塔楼之间走钢丝。作者把自己放在了整个城市的主人的位置上：

> 大家三三两两，聚在教会街和德伊街路口的红绿灯附近，在山姆理发店的遮阳棚下，或是在查理音像店的门口。一群男女，如剧院观众一般，挤在圣保罗教堂栏杆处。还有在伍尔沃斯大楼窗前的，一个个在挤着去看。律师。电梯操作员。医生。清洗工。助理厨师。钻石商人。鱼贩子。穿破牛仔裤的妓女。大家在相伴之中找到一些慰藉。速记员。交易商。快递工。挂活广告牌的人。街头玩赌牌的人。联合爱迪生公司。马贝尔公司。华尔街。戴伊街和百老汇街角一个锁匠，坐在自己的面包车里。一个骑自行车的送信人，靠在西街一根电线杆上。一个红脸酒鬼大清早跑出来

买醉。①

这完全是狄更斯式的全知视角,有着自己独特的节奏和视野。麦凯恩写道:"每隔一段时间,这个城市就把自己的灵魂给抖搂出来。它会让某个图像、某个日子、某桩罪行、某种恐怖、某样美丽向你冲击过来,叫你觉得不可理喻,叫你不由难以置信地摇头。"他希望我们读小说时,像城市居民看到走钢丝的人时一样感到惊讶。除了将城市的多元化描写得真实可信之外,麦凯恩还需要将各个独立的故事联系起来:他要向读者保证,这些故事不是随机选取的。

一般来说,全知叙述者的风格更适合有大量人物的故事,而不是探究单独的人物或关系。加夫列尔·加西亚·马尔克斯(Gabriel García Márquez)在《百年孤独》(*One Hundred Years of Solitude*)中虚构了一个叫马孔多(Macondo)的小镇,描写了一个多世纪里几代人的生活,讲述了许多离奇古怪的事件,但他的叙述风格却比你预想的更加实际。魔幻现实主义风格源于弗朗茨·卡夫卡(Franz Kafka),他认为,真相越离奇,就越不需要叙述者挥舞双手、大喊大叫。在卡夫卡的《变形记》(*The Metamorphosis*)中,主人公格雷戈尔·萨姆沙(Gregor Samsa)早上醒来,发现自己变成了一只硕大的甲虫,然后他要解决的是如何赶上火车、准时去上班的问题。在《百年孤独》中,神奇的画面以简单的方式呈现出来:"放着假牙的水杯,水杯里已经长出了开着小黄花的水生植物。"

没有哗众取宠。从小说的第一句话起,马尔克斯就毫无疑问地确立了他的权威,并拿出了他的双筒望远镜:

> 多年以后,面对行刑队,奥雷里亚诺·布恩迪亚上校将会回想起父亲带他去见识冰块的那个遥远的下午。②

---

① 译文摘自:麦凯恩. 转吧,这伟大的世界. 方柏林,译. 北京:人民文学出版社,2010。——译者注

② 译文摘自:马尔克斯. 百年孤独. 范晔,译. 海口:南海出版公司,2011。——译者注

就像砰然响起的发令枪。虽然这句话的风格是新闻报道式的,但它提出了很多问题,让我们必须继续读下去。不过,我们知道,马尔克斯知道答案。

在这个开头中,马尔克斯展示了他对时间距离的掌控。他知道整个故事,他不仅了解布恩迪亚(Buendía)家族几代人的故事(为了帮助你搞清楚人物关系,最好列一张登场人物表),而且对每个人物的命运都了如指掌。时间距离几乎总是能增加我们对叙述者的信任。在创意写作研讨班中,我们经常谈到"临场感",这种方法能够让我们对正在展开的事件感同身受。不过,把我们带离现场、提供概述的方法同样有力,通常还更加有力。

马尔克斯经常以时间标记作为一章的开头,以显示整个故事都在他的掌握之中:"奥雷里亚诺·布恩迪亚上校发动过三十二场武装起义,无一成功";"战争在五月结束";"梅梅·布恩迪亚的儿子被送到家中时,行将给马孔多带来致命打击的各种事件已经渐露端倪";"奥雷里亚诺很长时间都没有走出梅尔基亚德斯的房间"。每一次开始新的章节时,马尔克斯不仅在人物之间转移,而且在时间标记之间转移。鉴于作者的目标是要描绘整个拉丁美洲及其旷日持久的斗争,这样的视野是适当的,也是必要的。

表达言外之意

狄更斯的社会现实主义揭露和批判了维多利亚时代英国的贫困问题,魔幻现实主义则代表了小说直面社会不公的一种新的方式。亚当·约翰逊(Adam Johnson)在《孤儿领袖之子》(*The Orphan Master's Son*)中使用了魔幻现实主义的技巧。约翰逊特别希望读者注意到,叙事本身是如何巩固(或挑战)我们的信念的,又是如何通过叙事手法塑造(或粉碎)我们的认同的。其中一个叙述者是一个审讯者,他像个作家一样收集那些命运多舛的受害者的详细生平;许多章节(包括第一章)的开头都是官方宣传中一段斗志昂扬、令人窒息的声明:

> 公民们,到收音机跟前来,我们带来了重要新闻!厨房、办公室、工厂车间——无论你的收音机在哪里,调高音量!

从这段慷慨激昂的话语中,我们能够听到作者的声音,即使正如前面所说,这个声音不是他自己的。他熟练地运用这些与狄更斯一样久经考验的元素,并为适应所要讲述的故事进行了必要的调整。他相信我们对当前的地缘政治现实和小说的历史都有足够的了解,能够欣赏他的这番努力。

科尔森·怀特黑德(Colson Whitehead)是另一位明显受到马尔克斯影响的作家,他的长篇小说《地下铁道》(*The Underground Railroad*)是一个关于奴隶制的故事,包括一条真实的地下铁路和一列梦幻般的、通往自由的神奇列车。当逃跑的奴隶科拉(Cora)和凯撒(Caesar)逃上火车,他们发现,正如车站站长告诉他们的那样,"每个州都不一样……每个州都有不同的可能,有自己的风俗和做事的方式"。于是,在小说的每个章节和火车沿途的每一站,他们看到了邪恶在卡罗来纳州、田纳西州和印第安纳州的不同变种。怀特黑德毫不避讳地描写了奴隶制的恐怖。但是这部小说也包含了许多完全虚构的元素,比如"自然奇观博物馆",逃奴科拉在这里的工作是在玻璃窗后表演"活生生"的奴隶制场景,对白人参观者进行警示教育。在另一段北上的旅程中,科拉躲在马车里,黎明时分,她悄悄探出头来,看到了一条布满尸体的道路,就像《权力的游戏》(*Game of Thrones*)里一样阴森可怕:

> 一具具尸首挂在树上,好像正在腐烂的装饰品。有些完全裸露着,其余的也是衣不遮体,裤子污黑的,是因为肠子没了,脖子断了。离她最近的那些,有两个刚好被站长的提灯照亮,皮肉伤都带着严重的创口和伤痕。一个遭到了阉割,丑陋的嘴巴大张着,嘴里塞着自己的阳具。另一个是女人,她的肚子隆起着。对一具尸首里面是不是有小孩,科拉一直不太擅长做出准确的判断。

他们鼓凸的眼珠子,好像在责备她凝望的目光。区区一个女孩的注目,不过打扰了他们的安息,可是自从离了娘胎,这个世界就让他们受尽摧残,这两样又怎能相提并论?

"他们现在把这条路叫做自由小道。"马丁说着,重新盖好了马车,"进城这一路都是尸首。"①

怀特黑德从真实的东西——美国南方司空见惯的私刑——出发,经过艺术加工,描绘了一幅鬼魅般的超现实画面。一般来说,任何引入这种虚构元素的小说都会让人们注意到作者及其想象的力量(在怀特黑德的例子中,他用坚定的目光注视着超乎想象的暴力)。这部小说紧随科拉和凯撒的脚步,但怀特黑德可以接触到其他人物的思想和历史,包括一路追捕主人公的冷酷的猎奴者和一个由外科医生转行的盗墓人。

这是经典的全知视角的更新版。怀特黑德本质上是在对读者说:"通过阅读,你可以了解关于奴隶制的很多东西。从奴隶叙事开始!但是如果我要把这个故事再讲一遍,就必须找到一种新的令人信服的方式。"怀特黑德并不是第一位虚构历史的小说家。托妮·莫里森在《宠儿》中让一个婴儿的鬼魂发声,尽管她说不出完整的句子。但是不可否认,怀特黑德的方式是原创性的。

当然,许多历史小说更加忠于史实,将修饰或扭曲压缩到最低限度。电影《桂河大桥》(*The Bridge on the River Kwai*)描写了二战期间日本战俘营的悲惨历史。据估计,在修建缅暹铁路的过程中,有一万三千名战俘死于强迫劳动。但是,电影中有许多不尽准确之处,理查德·弗兰纳根(Richard Flanagan)的长篇小说《深入北方的小路》(*The Narrow Road to the Deep North*)就旨在纠正这些错误。作者以不同于怀特黑德的姿态告诉我们:这是一个以经典方式讲述的故事——我不需要重新发明轮子——但涉及的主题和一众人物是你从未接触过的。

---

① 译文摘自:怀特黑德. 地下铁道. 康慨,译. 上海:上海人民出版社,2017.——译者注

作者将让你尽可能地接近主人公的生活经历,真切地感受到他们的痛苦。

大多数情况下,在讲述悲惨的事件时,不那么情绪化的、新闻报道式的方法会更有效。这听起来有违直觉,但事实上,没有恸哭哀嚎、咬牙切齿,反而会让人更相信叙述者的可靠性。看看《深入北方的小路》中这段波澜不惊的叙述:

> 他们深夜找到他。他头朝下浮在便所里,那条又长又深的沟被用作大家伙儿的厕所,里面满是雨水搅和的粪便。不知他怎么把自己从医院拖到那儿,殴打终于结束,他们把他散架了的身体抬到医院。据推测,他蹲着时失去平衡,栽到沟里。没力气把自己拽上来,被淹死了。①

在这个段落的末尾,弗兰纳根用更动情的语气表达了囚犯与死者的共鸣:"对他们来说,永远没有我,只有我们。"但他选择了一种不疾不徐的方式,而不是戏剧性的方式来引导你到达那个高潮。

类似地,安东尼·多尔(Anthony Doerr)在《所有我们看不见的光》(*All the Light We Cannot See*)中描写了二战期间法国小镇圣马洛(Saint-Malo)遭到德军轰炸的情景:

> 门飞离门框。砖化作粉末。花岗岩喷向天空。尘土如云,聚集不散。十二架轰炸机全部返回,在海峡上空重新结集。之后,屋顶开花,房屋倒地。
>
> 火焰蹿上墙,扑向车,卷起窗帘、灯罩、沙发、床垫和公共图书馆里几乎两万卷书。火苗结伴而行,耀武扬威。它们像潮水一样涌入城墙;它们在小巷里逍遥,拂过屋顶,扫过停车场。烟雾牵挂着灰尘,灰尘寻觅着烟雾。一个报亭摇摇晃晃,燃烧。②

---

① 译文摘自:弗兰纳根. 深入北方的小路. 金莉,译. 北京:人民文学出版社,2017。——译者注

② 译文摘自:多尔. 所有我们看不见的光. 高环宇,译. 北京:中信出版社,2015。——译者注

这个段落以我们前面讨论过的方式，描绘了一幅城镇被摧毁的动态画面。没有人对观察的结果进行审查和过滤。这是多尔进入人物自己的经历之前的概述。两万卷书的特殊功能就像普鲁的故事中的双筒望远镜：让读者感受到纪实性和准确性。

当然，这种描述并不完全是平铺直叙的，多尔用了"飞离""喷向""蹿上""扑向""扫过"等活跃的动词，而且这些单词在英文原文中全部以"s"打头（清楚地表明了作者对结构的控制）。排比句的使用也是如此。

蒂姆·奥布莱恩（Tim O'Brien）在《士兵的重负》（*The Things They Carried*）中进一步诠释了全知视角。他列出了一长串越战中美军士兵的沉重背包里的东西：

> 他们携带的东西主要是必需品。在这些必需品或准必需品中，有 P38 罐头起子、小刀、燃料片、手表、身份识别牌、驱蚊剂、口香糖、糖块、香烟、盐片、急救包、打火机、火柴、针线包、军用付款凭证、C 口粮和两三壶水。加在一起，这些东西重十五到二十磅之间——这要看每个人的消费习惯和新陈代谢的速度。①

这种全知视角是侵略性的：就像战争一样，它否认了人（他们被称为"步兵"）和人的个性。奥布莱恩证明了他了解士兵的重负，是值得信赖的。你不需要阅读他的传记就会猜想他参过军，因为他令人信服地表明了自己熟悉士兵的行话——P38、C 口粮——就像在契诃夫的例子中一样，不需要脚注。

最后，奥布莱恩将士兵的重负扩展到不仅包括物品、口粮和武器，还包括他们的情绪状态："大多数时候，他们泰然自若，带着一种尊严。"在故事的结尾，克罗斯（Cross）中尉这个排的一名士兵牺牲了，他发现："这很悲哀，他想，这些事情是军人内心必须承载的，这些事

---

① 译文摘自：奥布莱恩. 士兵的重负. 刘应诚，丁建新，译. 上海：上海译文出版社，2010.——译者注

情是军人要做的或不得不做的。"这是他个人的想法，但是对主题的阐释和从一般士兵到具体士兵的视角转移是属于作者的。在《战争与和平》那样的史诗巨著或《拯救大兵瑞恩》（*Saving Private Ryan*）那样的史诗电影中，一系列来自不同背景的人物轮流走到聚光灯下；奥布莱恩则将许多人的命运压缩到一部短篇小说中，由此强调了在战争中个体的生命是多么微不足道。克罗斯中尉知道，和他的士兵说话时必须"用一种镇定、冷静的语调，一种没有讨论和商量余地的尉官口吻"；奥布莱恩也使用了这种语气，通过压抑情感调动起你的情感，就像士兵们自己那样。

主题几乎总是属于作者的，并允许作者直接与读者对话：这是你要考虑的问题。这就是它们为什么很重要。即使在讳莫如深的《白象似的群山》中，海明威也强调了他的主题，让你知道怀孕就像"白象"①，是这对情侣不想要的。即使你得上网搜索"白象"的含义，这个主题仍是很鲜明的，因为它就高调地出现在书名中。

詹姆斯·索特（James Salter）写过很多关于海明威的文章，你能从索特简洁有力的文风中看到海明威的影响。下面是他的短篇小说《昨夜》（*Last Night*）的开头：

> 沃尔特·萨奇是个翻译家。他喜欢用一支绿色墨水笔写字，每写完一句话，他都习惯性地把笔微微向空中扬起，这使他的手看起来像是某种机械装置。②

与我们看到的多萝西·帕克和契诃夫的开头"概述"相比，索特的着眼点相当具体而微。关于沃尔特·萨奇（Walter Such）其人，我们需要了解的最重要的事情是他对钢笔和墨水颜色的选择吗？索特又对萨奇的翻译工作做了一些评论，同样让人摸不着头脑，然后才温和地告诉我们，这个男人的妻子玛丽特（Marit）生病了。

---

① 指昂贵而无用的、累赘的东西。——译者注
② 译文摘自：索特. 昨夜. 张惠雯, 译. 海口：海南出版社，2021. ——译者注

她得了什么病？看起来很严重，因为这个故事聚焦于她选择协助自杀的那个晚上。故事的结局过于震撼，连我这个剧透女王都不敢透露。和主题一样，情节的转折也属于作者。没有人能够掌控自己的生与死。好吧，或许自杀除外。在三岛由纪夫的《忧国》（*Patriotism*）中，主人公勇敢地用寒光凛凛的长刀切腹。但自杀并不总是按计划进行，索特在故事中考量的正是死亡的问题，是我们对自己的命运有多大的控制权的问题。他在书名中巧妙地暗示了这个主题："昨夜"既可以是一个人生命中的最后一夜，也可以是更随意的"之前那一夜"。

全知视角与"通俗"小说

到目前为止，本章列举的例子都来自文学小说。你如果读过詹姆斯·索特的文集，或者最早在《纽约客》上看过《昨夜》，那么可能很早以前就读过居伊·德·莫泊桑（Guy du Maupassant）的《项链》（*The Necklace*）了。你可能对意外结局有一套自己的看法，并且能够评价索特做得怎么样。

你有没有过这样的经历，看到一则讨厌的电视广告，意识到"我想我不是这个广告的目标人群"？你不需要成人尿不湿或者一辆皮实耐造的卡车。小说作家定位读者的方式也有类似之处。有些读者不打算花时间去阅读失败婚姻的日常。"我为什么要看这个？我自己的婚姻生活就够无聊了。"另一些读者对惊悚小说的耐受力很低，他们受不了女人被肢解和吃掉。当我们讨论读者和作者之间的关系时，这种期望构成了双方关系的基础。

［事先说明，因为我知道你一定会问，我把斯蒂芬·金和他的近百部作品单独分成一类，他是为数不多的既能吸引大批读者，又能写出扎实、严肃作品的作家之一。他的《写作这回事：创作生涯回忆录》（*On Writing：A Memoir of the Craft*）非常值得一读。］

在文学光谱的一端，我们有像大卫·米切尔这样的作家。他的作品代表了文学小说中全知视角的发展方向。在米切尔的小说中，大量人物彼此没有交集。《幽灵代笔》(*Ghostwritten*)有九个主要人物，他们的故事互不相干。《云图》(*Cloud Atlas*)中的六个主要人物生活在截然不同的时代和地点，故事的时间跨度大约为一千年，从19世纪中叶一直到遥远的未来。叙事的性质（有些章节采用第一人称，有些章节采用了日记的形式，有些章节使用了浓重的方言）又增加了另一重复杂性。显然，米切尔的读者必须接受挑战，跟随故事进而破解谜团，能够欣赏这种形式上的创新，也会让他们感到骄傲。

在光谱的另一端，我们有丹·布朗（Dan Brown）。

《达·芬奇密码》(*The Da Vinci Code*)的文字质量备受诟病。你可以搜到一些非常有趣的博客，分析他文字中的缺陷，比如这部超级畅销书的第一段：

> 卢浮宫拱形艺术大画廊内，德高望重的博物馆馆长雅克·索尼埃跌跌撞撞地扑向他所见到的离他最近的一幅画——一幅卡拉瓦乔的画作。这位七十五岁的老人猛地抓住镀金的画框，用力把它拉向自己。画框终于从墙上扯了下来，索尼埃向后摔作一团，被盖在帆布油画的下面。①

这是聚焦于动作的体育播音员风格的全知视角，并不打算深入人物的内心，或者给出深刻的洞察，或者使用什么障眼法。它只负责介绍下一个场景中的下一个人物，而且很多都是赤裸裸的"类型化"人物。这类惊悚小说很容易搬上银幕，因为人物形象很容易被概括出来。下面是迈克尔·克莱顿（Michael Crichton）的《侏罗纪公园》(*Jurassic Park*)的开头：

> 热带的雨水倾泻如注，敲打着诊所大楼的瓦楞铁屋顶，顺着金属排水沟咆哮而下，在地面上溅起水花。罗伯塔·卡特叹了口气，注视着窗外。

---

① 译文摘自：布朗. 达·芬奇密码. 朱振武，吴晟，周元晓，译. 北京：人民文学出版社，2009. ——译者注

从琥珀中提取 DNA、复活恐龙、建造主题公园——多么天才的主意！这无疑符合好莱坞所谓的"高概念"。下雨的情景和卡特博士的人物简介都谈不上生动，它们也不需要生动：问题在于谁会是下一个、被哪一种史前巨兽吃掉。就像公园本身一样，这部小说也是一种游乐设施。我们知道自己为什么要来，我们期待着尖叫。我们就算等着小说被改编成电影再看，也不会错过太多东西，事实上，特效还会带来更多的刺激。

公平地说，这种类型的小说和电影都很有自知之明，与读者或观众达成了某种默契。作者明白，如果你知道一个人物是配角，特别是一个冷血的、不讨人喜欢的配角，那么他注定要死得很难看。主角们会活到最后，他们值得活下去，因为他们是明星。（现实生活中不是这样。有时候，你深爱的人会英年早逝，但是这在惊悚片中很少发生；就像在浪漫喜剧中，男女主角最后总是会在一起。）作者也明白，你知道这是一部灾难片，会死很多人。

戴维·克普（David Koepp）写了《侏罗纪公园》的剧本，他还是《蜘蛛侠》（Spider-Man）和《木乃伊》（The Mummy）等电影的编剧，他熟练地掌握了这个公式，运用起来得心应手。克普的长篇小说处女作《冷库》（Cold Storage）讲述了一种迅速繁殖的致命真菌即将导致整个宇宙灭亡的故事。作为全知叙述者，克普为包括真菌在内的所有人代言："虫草在进化。在与世隔绝的三十二年里，它几乎没有什么变化，除了注意到它的生长环境糟透了。"在这部小说中，克普很早就开始杀人，而且频繁地杀人，他明白我们知道会有更多的人死亡，所以他可以越过受害者的头顶，或者站在受害者的脚边对我们说话，比如下面这个段落：

> 蒂克和娜奥米在地下四层主走廊时都踩到了活真菌群落的涂片。他们不知道苯-X 的适应能力让它能够蚀穿厚厚的橡胶鞋底，即使他们知道，他们也躲不开。现在，当他们疯狂地顺着管道梯往上爬时，活性反应正在他们的四只靴子底部进行。他们不知道，

在苯-X完成它的工作，真菌穿透防护服、接触到他们的身体之前，只有不到一分钟的时间了。

类型小说和文学小说的另一个重要区别是，我们不会被死亡困扰。我们不会停下来给每个受害者开追悼会。此外，我们不是真的期待意外，或者更确切地说，我们希望得到恰到好处的意外。在类型小说中看到太多出人意料的东西，就好像你点的是肉饼，得到的却是寿司。在类型小说的创作中，非常重要的一点是存在公式，所以作品可以是公式化的。这并不意味着作者不能提供一些转折。但是，这意味着西部小说会以西部为背景，鬼故事里会有鬼。《月光光心慌慌》（Halloween）中的弗雷迪（Freddie）不会成为一名黑带大师，也不会通过心理治疗学会去爱。

相反，优秀的文学小说可以把出人意料作为唯一的追求目标。我想用乔伊·威廉斯（Joy Williams）的短篇小说《照顾》（Taking Care）的第一段来结束这一章。请注意从全知视角到第三人称有限视角的灵活过渡，我们将在下一章详细讨论这个问题：

> 牧师琼斯一生都在爱人。他为此感到困惑，因为在他看来，这对任何人都没有帮助，即使当他们承认这一点时也是如此，而这种情况并不常见。琼斯的爱太过明显，以至于经常被忽视。他就像一头巡回演出中的动物，由于某种畸形，一个重要器官长在了皮肤外面，既不幸又令人难堪。这是不应该被人看到的东西，更不应该被人看到它还在运行。现在，在离家十五英里的一家医院的自理病房，他坐在妻子旁边的一张病床上。她被转移到这里接受检查。她是如此虚弱，如此疲惫。她的血液出了问题。她的手臂上满是淤青，与静脉融为一体。她的臀部也肿成了蓝色，医生从那里提取了骨髓样本。这一切太可怕了。医生们既聪明又严厉，他们回答问题的方式让琼斯觉得自己是个无可救药的聋子。他们告诉他，其实没有什么血液疾病，因为血液不是活的组织，

而是被动地运送食物、氧气和废物的工具。他们告诉他，他妻子的血细胞异常应该视为身体其他部位病变的症状。在琼斯的要求下，他们向他展示了正常和病态血细胞的幻灯片和图表，在琼斯看来都像开胃饼。他们谈到（因为他坚持）白细胞增多、髓细胞和巨幼红细胞。这些都没有考虑到他对妻子的爱！在这间昏暗而舒适的房间里，琼斯坐在她身旁，穿着一件灰西装，戴着牧师领，因为离开她之后，他必须去看望在这里看病的其他教区居民。医院的这个部分就像汽车旅馆。人们可以穿自己的衣服。房间里有冰桶、地毯和五颜六色的床罩。他多么希望他们是在旅行，今晚是在汽车旅馆过夜。护士拿着一个装着药片的小纸杯走了进来。里面有三粒药丸，确切地说，是三粒胶囊，它们不是给他妻子的，而是给她的血液的。这是琼斯见过的最小的杯子。在这家医院里，透视关系、时间感和尺度感似乎都不复存在。比如，当琼斯转身亲吻妻子的头发时，却只碰到了空气。

让我们从探索视角问题时经常会问的一个问题开始：你从这段话中"听到"了谁的声音？与你建立关系的主要是琼斯还是作者？很明显，威廉斯希望你在这家像《爱丽丝梦游仙境》一样迷幻、扭曲的医院中陪伴琼斯，对他的所见所闻感同身受。许多观察来自琼斯自己的有利位置。在他看来，血细胞涂片就像开胃饼，医院的这个部分就像汽车旅馆。医院"离家十五英里"——这绝对是他的观察结果，是他自己的里程表测量的，因为如果是作者，可能会利用这个机会提供概述，比如说明这对夫妇生活在哪个州。

但是，其中一些观察和措辞显然属于作者。"转移"这个词是作者的，"他们谈到（因为他坚持）"的句子结构是作者的，还有"人们可以穿自己的衣服"那句话也是——大多数作者会更随意地说"你"（或"他"）可以穿自己的衣服。这种写作风格有一种略带嘲讽的正式感，甚至第一句话就很奇怪："牧师琼斯一生都在爱人。""牧师"前用了定冠词，为什么？好像世界上只有一个牧师一样？或者世界上有那么多

"琼斯",但这个"琼斯"是我们的?为什么她称呼他的姓,而不是名字?这是不是使他失去了一些个性?当我们期待某些"定场镜头"时,作者让我们知道他和生病的妻子在医院,但是"一生都在爱人"让我们感到困惑、不和谐。他爱谁,这个妻子还是别人?他不爱他的母亲吗?

所以,我们已经识别出了全知视角和第三人称有限视角,但是这里还有一些空白:有些观察很难精确定位,是作者还是琼斯自己想出了"像一头巡回演出中的动物"这样新颖的比喻?"这些都没有考虑到他对妻子的爱!"这句话呢?这是自由间接引语,是牧师自己的宣言?如果是这样,措辞是不是太严肃了?因为这个男人还说,"她是如此虚弱,如此疲惫"(这句话显然是自由间接引语)。

太多谜团了!这还只是第一段。寻求解析,寻找答案,是驱使我们翻动书页的原因之一,即使书中没有霸王龙会吞噬游客。

到目前为止,我们的很多分析都是断章取义的,只对第一段或上下文中的某一段进行了精读。毫无疑问,在阅读的过程中,你对人物和作者目标的理解都会扩展或改变。我们到这里来不只是因为他妻子的病。在下一个段落中,我们了解到这对夫妇已经成年的女儿留下襁褓中的婴儿,跑出去寻找自我了。书名中的"照顾"涉及的不仅是琼斯和生病的妻子,还有那个小女孩。为了不让这个婴儿再次被遗弃,琼斯将独自照顾她,同时照顾他的教区居民。

这些都是对当代美国人生活中棘手问题的现实主义描写,如果不进入琼斯的思想,这种描写就可能显得乏味或脸谱化:又一个癌症患者,就像幻灯片上的血细胞一样无名无姓。另外,威廉斯想让我们知道,她打算做一名有趣的(或者另类的)向导,去探究那些最普遍的问题。她对生命和死亡,甚至上帝和命运都有自己的看法——毕竟,琼斯是一个有信仰的人,而他的女儿热衷于占星术,我们得知:"她要去墨西哥,很快,在那里的群山中,她会经历一场精神崩溃。琼斯还不知道这件事,但是他的女儿已经从星星中看出来了,并且正准备去迎接它。"威廉斯有权知道那些琼斯不知道的事情。我们将跟随其他人物进入其他故事，在这个过程中，这些点（或者更准确地说，这些思考）会扩大成面。

在下一章中，我们将讨论对当代作家来说，为什么第三人称有限视角如此重要，以及为什么有时候运用起来并不容易。

练 习

- 写一段短小精悍的人物简介来介绍你的主人公。以全知视角评价人物，尽量使你的评价大胆而权威。他是一个被欺负的胖孩子，还是一个欺负人的小恶霸？她会在每次面试时谎报国籍和学历吗？证明你非常了解你的主人公，来赢得读者的信任。

- 用一个独特的生理细节来介绍你的人物。不要用警方报告中的身高、体重、头发颜色等，这个人物最显著的特征是什么？

- 写一个明喻或隐喻，显示你在故事中的支配地位和作者风格。尝试在叙述中一个出人意料的节点插入这种观察，然后问自己，与让叙述者直接说出这些内容相比，作者亲自下场是增强还是削弱了故事的紧张感。

- 在一个关键场景中，让你的叙述者通过时间距离来增加可靠性。换句话说，暗示读者：叙述者知道故事的结局，即使人物自己还不知道。

第 4 章 第三人称有限视角

小说的大厦有许多窗户

作家在接受采访时经常被问到，他们是怎么想到让主人公谋杀老板，或者挖开玫瑰丛寻找被盗的珠宝的。有时候，他们会回答："说真的，我只是让她自己决定。这是她的主意。"仿佛一旦人物被赋予生命，她就有了自己的意志和行动力，就像弹簧狗下楼梯一样。当你沉浸在一个故事中，要求自己充分想象一幕场景时，有时候你会觉得，你的人物在向你勾勾手指，轻声说："跟我来。"

作为作者，你也不知道接下来将会发生什么，只能屏息以待，这种感觉是全知视角的对立面。你像举行降灵会一样与人物沟通。与将故事绘制在索引卡片上的全知全能的作者不同，你有意识地将自己的认识限制在人物能够感知的范围内。至少在初稿中，几乎就像做梦一样，想象中的事件在你眼前展开。

为什么要这样做？

首先，是为了现实主义。人生没有画外音。除非你是一个坚定的占星术信徒，否则命运对你来说仍然是一个谜。你每天都不知道自己是会疯狂地坠入爱河，还是会撞上公交车。因此，当代作家倾向于坚持主观叙事，他们的时间框架通常比19世纪的小说狭窄得多。虽然詹姆斯·乔伊斯（James Joyce）的史诗小说《尤利西斯》（*Ulysses*）以希腊神话中的人物命名，但是他的主人公没有为了回家环游世界几十年，而是在家乡都柏林度过了平淡无奇的一天。每个人都是自己故事中的英雄。

乔伊斯、弗吉尼亚·伍尔夫（Virginia Woolf）和威廉·福克纳（William Faulkner）等现代主义者非常强调主观性，经常使用所谓"意识流"的技巧，将人物的内心独白不加调整地呈现出来——明显脱节、杂乱无章、难以理解的思想。不再有我们在上一章中看到过的爱略特式的转述者，没有人给人物不那么清晰的想法赋予形状和主题。相反，福克纳的《我弥留之际》(*As I Lay Dying*) 中有 15 个人物在 "说话"，我们从其中之一那里得到了这样的语言：

> 那还是头一回我和莱夫一起并排摘棉花的事儿。爹不可以出汗，因为他有病怕送了命，因此大伙儿都来帮我们家干活。朱厄尔是啥都不管的，他跟我们不亲，所以不操心，再说他也不喜欢操心。①

这不同于自由间接引语，因为叙述者完全隐退了。使用自由间接引语时，思想是在不知不觉间被引入叙述的；这里则不然，它们就是叙述本身。

对于有学术背景的读者来说，有很多著作对我们将在本章中讨论的定义和区别进行了剖析。事实上，有一门叫作批判性探究的学科，就是专门研究这个问题的。多丽特·科恩 (Dorrit Cohn) 在《心灵透视：小说中意识呈现的叙述模式》(*Transparent Minds: Narrative Modes for Presenting Consciousness in Fiction*) 中将第三人称视角分为五类。从最客观的全知视角开始，依次是 "心理叙述"（叙述者描述人物的内心状态）、"一致第三人称"（带引号的内心独白；"她心想"）、自由间接引语（完全融入叙述的内心独白），最后是最主观的意识流。就我们的目的而言，在从亲密到疏远的不同层次上审视作者与第三人称人物的关系，无疑是很有帮助的。这一系列层次包含着无限的可能性。作者可以在许多不同的层次上对人物做出身份认同和评判，而这些层次决定着我们对小说的反应。

她知道什么，是什么时候知道的

主体性绝不是 20 世纪的发明，许多早期的小说家已经决定，只描写他们的主人公能够感知到的东西。简·奥斯汀笔下的女主人公爱玛

---

① 译文摘自：福克纳. 我弥留之际. 李文俊，译. 上海：上海译文出版社，2004。——译者注

(Emma)对自己的动机一无所知,更不用说别人的了;读者的旅程就是跟随她,直到她幡然醒悟。奥斯汀可以通过对话给我们提供信息。通过我们在上一章讨论过的反讽,我们能够比爱玛更好地解读这些信息。有时候我们看懂了这种反讽,忍不住会心一笑:"是啊,没错!"——比如爱玛宣称她从来没有结婚的打算时。但是,我们无法了解她最终的爱人、她的主要竞争对手,或者她幻想中的合格未婚夫的思想。我们必须等待一切真相大白。韦恩·C. 布斯(Wayne C. Booth)关于文学评论的经典著作《小说修辞学》(*The Rhetoric of Fiction*)中有一个精彩的章节,讨论了奥斯汀是如何通过对作者声音的"距离控制","使读者笑话女主人公所犯的错误和她受到的惩罚,而又不降低想看到她改变并因此得到真正幸福的愿望"的。

没有人比奥斯汀更擅长捕捉求爱过程中那些交错的信号了,她最美妙的情节总是发生在女性发现她爱慕的对象回应了她的感情时。"既然他这样恳求她,那就说话吧。她说了什么呢?当然是她应该说的话啰。小姐总是这样说的。"在小说的结尾,奥斯汀这样告诉我们,这是她作为作者罕见的直接介入。有一个暧昧的笑话:她同时代的读者知道,在没有监护人在场的情况下,孤男寡女不应该单独相处。所以当她责怪读者不肯给他们一点隐私时,她也在取笑当时的社会习俗,包括怎样才算得上一个"淑女"(爱玛在这个问题上既幼稚又顽固)。对于不了解摄政时期社会习俗的当代读者来说(电影改编版的制作人通常都不了解——他们的恋人总是光着脚,穿着诱人的透明睡衣,单独在月光下相会),这种留白的写法略显讽刺,就像老电影中情侣开始接吻时画面就会暗下去一样。如果我们能够了解她的追求者的想法,这一切就不可能发生,也就没有情节可言了。

类似地,如果小说描写的是一场出轨,那么作者就不能把这桩秘密的婚外情大剌剌地摆到台面上。亨利·詹姆斯清楚地说明了为什么他必须坚持女主人公的视角:

> 总之,小说这幢大厦不是只有一个窗户,它有千千万万的窗

户……每个洞口都站着一个人,他有自己的一双眼睛,或者至少有一架望远镜作为观察的独特工具,保证使用它的人得到与别人不同的印象。他和他周围的人都在观看同一表演,但一个人看到的多一些,另一个人看到的少一些,一个人看到的是黑的,另一个人看到的是白的……①

在《一位女士的画像》中,詹姆斯必须带领我们抽丝剥茧,慢慢地了解伊莎贝尔·阿切尔(Isabel Archer)对她丈夫越来越深的怀疑。电影中经常出现这样的情节:妻子去干洗店给丈夫拿衣服时,从他的西装口袋里发现酒店的收据。这部小说中没有这么笨拙、这么明确的表现方式,只有更细微、更模糊的线索。伊莎贝尔散步回来,看到她的丈夫和梅尔夫人(Madame Merle)一起——表面上她是她的好朋友!——在客厅里,她开始怀疑他们早就认识,他们的关系不像看上去那么简单:

> 梅尔夫人站在离壁炉不远的一块小地毯上,奥斯蒙德坐在一张高背椅子里,身子靠在背上,眼睛望着她。她像平时一样,昂起了头,但眼睛却垂下去对着他的目光。伊莎贝尔感到诧异的第一个印象是他坐着,梅尔夫人却站着,这种不正常的状态吸引了她的注意力。随后她看出,他们是在交换意见中临时停顿的,现在正带着老朋友无拘无束的神情,面对面陷入了沉思,因为有时候老朋友之间的谈心是用不到依靠语言的。这不值得惊奇,他们本来就是老朋友嘛。但这仅仅在一刹那间造成的印象,却像闪电一样照亮了她的心。他们彼此的位置,他们那聚精会神的面对面的注视,使她好像发现了什么。但是她刚刚看清这一切,这一切便过去了。

和奥斯汀的例子一样,詹姆斯不能直截了当地告诉我们梅尔夫人

---

① 译文摘自:詹姆斯. 一位女士的画像. 项星耀,译. 北京:人民文学出版社,1984. ——译者注

和奥斯蒙德（Osmond）是同谋。我们可以怀疑，但是在伊莎贝尔知道之前我们不能确定。

在第三人称有限视角中，关键在于必须让读者相信这些看法是人物的。这一点似乎是显而易见的。如果你想像安东尼·多尔的《所有我们看不见的光》那样，从一个二战中幸存的法国盲人女孩的视角写作，作为作者，你会希望蒙上自己的眼睛，让自己和人物一样，对声音和触摸极其敏感。

那么，既然你与人物完全融为一体，为什么不直接用第一人称来写呢？

这是因为，有时候，你想在关键时刻退后一步。这种距离允许读者进行反思，如果人物直接索取读者的同情，他们对人物的感受就会大打折扣。另外，正如我们将要看到的，有些主人公非常沉默、内敛，让他们像第一人称叙事要求的那样，滔滔不绝地把自己对事件的想法直接告诉读者，不仅不能令人信服，甚至会背叛人物。

不善于表达的人物，（主要）为他们自己发声

玛丽莲·罗宾逊（Marilynne Robinson）的长篇小说《莱拉》（*Lila*）突出了第三人称有限视角的优点。罗宾逊围绕艾奥瓦州一个小镇上的两个家庭写了四部小说。每部小说都有一个视角人物。《基列家书》（*Gilead*）的视角属于镇上的老牧师约翰·埃姆斯（John Ames）。《家园》（*Home*）跟随另一位牧师、埃姆斯最好的朋友鲍顿（Boughton）的视角，描写了鲍顿面对任性、酗酒的儿子的悲伤和无奈。《杰克》（*Jack*）跟随这个儿子的视角。系列的第三部《莱拉》讲述一个名叫莱拉的无家可归的女人来到镇上，走进教堂躲雨，然后这个年轻女人出人意料地成了鳏夫埃姆斯的第二任妻子。

我们第一次见到莱拉时，她还是个四五岁的孩子，饥肠辘辘、体弱多病。她连名字都没有，更不知道自己的生日是哪天。她躲在桌子下面，希望得到一些残羹剩饭。一个名叫多尔（Doll）的贫苦、刚强的

女人拐走了她。两人像"母牛和她的小牛犊"一样紧紧拴在一起,熬过了大萧条,直到多尔因为自卫杀了一个人,警察要逮捕她,她逃跑了,再也没有回来。莱拉刚来到基列镇时,孤僻、多疑,几乎完全遗世独立。她上过一年学,能阅读,不过当然不可能跟牧师那个书虫相比。但是,慢慢地、令人信服地,他们坠入了爱河。

我们不是一下子了解到莱拉悲惨的过去的,而是随着那些回忆不时闪现,断断续续地瞥见一星半点。没有绝对权威的、契诃夫式的人物简介。罗宾逊始终将视角保持在狭窄、有限的范围内,就像那个没人疼爱的孩子从桌子下面向外张望;或者像后来,她把她的钱藏在废弃小屋里一块松动的地板下,自己则躲在一块小毯子下瑟瑟发抖。

但是作者也说,莱拉是展现宗教小说的完美渠道:她的贫穷、她的苦难、她对生活的艰辛与喜悦的认识,使得她对信仰的思考比只会背诵经文的牧师更深刻。在莱拉向埃姆斯追问宗教难题的过程中,她变得更加能言善辩,同时也帮助她的丈夫重新思考自己的信仰。看看这段话是如何转入自由间接引语的:

> 那次,他们出去散步,她告诉老人,她一直在思考"生存"。他没有笑。如果她从来不知道这个词,会有这种想法吗?"生存的奥秘",这是她听他讲道学来的。他至少每星期都会提一次。她希望自己能早一点知道,或者至少知道有这样一种说法。她过去经常害怕,自己是世界上唯一一个不明事理的人。①

如果这段话没有打动你,部分原因可能是我在这里断章取义了,因为罗宾逊用了整整一部小说让读者理解莱拉的思维方式。莱拉的观察很有分量,也很精确,经常注意到大自然的奇迹:"树木会在下雨前晃动枝条,仿佛它们已经感受到了雨点的重量。"她的丈夫在讲坛上"用一种他自己意识不到的温柔语气说,如果你会阅读,你就可以阅

---

① 译文摘自:罗宾逊. 莱拉. 李尧,译. 北京:人民文学出版社,2019。——译者注

读，就像透过池塘和水流看见底下的河床"。我们相信这些感知是莱拉的——至少我这样相信——而罗宾逊是一位稳重而低调的转述者。评论家罗恩·查尔斯（Ron Charles）在这部小说的书评中说："罗宾逊精通哲学，但她准确地捕捉到了一个没有受过教育的女人的思想，没有表现出丝毫的优越感。这个女人在努力理解事情为什么会发生，我们的生活意味着什么。"

不过，也有反对的声音。评论家角谷美智子（Michiko Kakutani）在《纽约时报》（*New York Times*）上指出，这里的第三人称有限视角并不令人信服，而且这部小说：

> 有时候显得磕磕绊绊，因为作者决定用第三人称来讲述这个故事，失去了《基列家书》中情感的直接性，导致有些段落显得对莱拉——这个没有受过教育、几乎像野兽一样的造物——居高临下。也许罗宾逊女士决定用第三人称来讲述故事，是因为担心这样一个不识字的女孩无法用语言来表达她的思想状态，或是很难找到一个声音，既能方便地讨论关于生存的重大问题，又能保持真实和坦率。

我想在这里为罗宾逊辩护。首先，为什么像莱拉这样守口如瓶的人物会以第一人称来讲述故事？她会对谁讲呢？她太坚忍了，甚至对自己都没什么话说。角谷没有提到，事实上，"以第一人称叙述"的《基列家书》是弥留之际的埃姆斯为他七岁的儿子写的日记。这是一种书面记录，与第一人称叙事截然不同。（参见第 7 章关于书信体技巧的更多讨论。）

其次，这种距离的闪光是我们想要的。我们理解莱拉，她是那么愚钝、朴素、自惭形秽，害怕别人发现她躲在教堂后面。我们希望同情心是油然而生的，而不是别人硬塞给我们的。她不是一个容易被人了解的人，所以，为什么我们要像在第一人称叙事中那样与她亲密无间呢？

在小说中，我们的确听到了莱拉与她丈夫的对话。她的思想复杂深邃，她的话语却朴实无华。如果整部小说里，人物都在说"像你这样的人没有理由和像我这样的人结婚"之类的大白话，我们还愿意读下去吗？在这本书中，私下里的莱拉和表面上的莱拉之间的区别至关重要，这种区别是这对夫妇慢慢走向信任和理解的关键，也是罗宾逊要探讨的每个低级意识与上帝之间关系的关键。

第三人称有限视角让罗宾逊鱼与熊掌兼得。她允许我们与莱拉最隐秘的自我亲密接触。当然，我们仍然知道是作者塑造了叙事。是作者给三部小说起的书名都只有一个单词，既聚焦于集中的焦点，却又包含了宏大的主题。是作者相信我们会从《基列家书》这个书名中看出《圣经》的隐喻，是作者勇敢地把《莱拉》"献给艾奥瓦"——整个"盛开之州"。莱拉可能是个小人物，但是在她身上，罗宾逊想要实现的目标却很宏大。罗宾逊像上帝一样，既无影无形又无处不在，她存在于每一棵沙沙作响的树上、每一个饥饿的孩子身边、每一对夫妇的拥抱中。或者你可以谦卑一点，把她想象成一名优秀的牧师，解释上帝的话语，温柔地照料牧群中每一个卑微的成员。

在后面的讨论中，我既会引用正面的评论也会引用负面的评论。要知道，连普利策奖得主有时候也会遭到批评，并且正如14世纪的诗人和僧侣约翰·利德盖特（John Lydgate）所说："你可以一直取悦某些人，你可以在某些时候取悦所有人，但你不可能永远取悦所有人。"《莱拉》富有浓厚的哲学色彩，情节也不丰富，你如果想读一个轻松愉快的冒险故事，无疑会大失所望。

这类读者可能更喜欢《窒爱》(My Absolute Darling)。这部小说包含了暴力、危险、死里逃生和强烈的视觉效果（有人想吃生蝎子吗？），完全可以拍成一部动作冒险电影。故事的主人公是十四岁的"小龟"茱莉亚·阿尔维斯顿（Julia "Turtle" Alveston），作者加布里埃尔·塔伦特（Gabriel Tallent）紧密地追踪这个女孩的反应。和罗宾逊一样，他拒绝让我们了解其他人的思想，除非通过他们的对话交流，或者通过"小龟"的直觉。其中一章描写了女孩父亲令人发指的虐待行为，在结尾处，塔伦特用了这样一段话来描写这个赤裸、疲惫、遍体鳞伤的女孩：

> 她抬起头，一条条肌肉像小面包似的从阴阜到胸骨微微隆起。她望着他，然后低下头，闭上眼睛，她觉得自己的灵魂是一株猪薄荷，生长在黑暗的地底，朝着地板缝之间露出的一个小孔探出头去，贪婪地渴望阳光。

塔伦特让她从俯卧的姿势抬起头来审视自己的身体，就好像它不属于她一样，这种游离感能够帮助她应对可怕的遭遇。注意，一旦你选择了第三人称有限视角，你就不能对人物的外表发表评论，除非是她对自己的看法：她必须从镜子里审视自己，或者追随其他人看她的眼光。她还假设你知道猪薄荷是什么。作者不能停下来做脚注，否则就会破坏你的亲密身份认同。

显然，猪薄荷的意象不是一个十四岁的孩子表达自己的方式，甚至用更简单的措辞在心里想也不合适："天哪，内心深处，我感觉自己就像房子下面长着的一棵杂草……"但是，"小龟"像莱拉一样，是个野孩子，塔伦特让他的女主人公足够了解大自然，使这个比喻变得恰当。作者对人物的感情加以解释和放大，是完全可以接受的，也很常见。思想是人物的，语言（措辞、句子结构、节奏）是作者的。

不过，也许你会反对"阴阜"这个词，因为它让我们脱离女孩的视角太远了。我承认是有一点，即使考虑到她父亲平日里粗话连篇，这也不像"小龟"会使用的词，而且在书中其他地方，"小龟"提到她的"阴阜"时使用了更口语化（也更令人不安）的表达方式。如果这段话在你看来不够真实，那么意味着，你认为作为作者，塔伦特的存在感太强了，打破了亲密的魔咒。

罗克珊·盖伊（Roxane Gay）在 Goodreads 网站上的一篇书评中抱怨道："我想看到更多'小龟'的内心世界。第三人称叙事是一个奇怪的选择，我觉得和'小龟'之间的距离很遥远……因为我们看不到她的内在，这个人物的潜力无法实现。"盖伊还补充道："恕我直言，这本书给人的感觉就像一个男人在猜测一个处于这种情况下的年轻女孩的感受。这不能令人信服，也不是一种好的方式。"

自传、挪用和有限第三人称的真实性

盖伊的抱怨让我们对真实性产生了疑问——谁有资格讲述谁的故事，谁有资格讲好这个故事。有一句古老的格言说："写你知道的东西。"人们通常认为，如果作者有相关的亲身经历，那么作品就会更有力、更丰富、更准确、更令人信服。一些读者坚持在作者的传记中看到了证据，作者与书中的人物有着共同的经历：例如，《保姆日记》（*The Nanny Diaries*）的作者爱玛·麦克劳克林（Emma McLaughlin）和尼古拉·克劳斯（Nicola Kraus）都当过保姆。在影射小说中，你可以享受一种八卦的快乐，要么试图猜测人物是基于哪个"真实人物"改编的，要么已经知道原型人物是谁［在《时尚女魔头》（*The Devil Wears Prada*）中，劳伦·维斯贝格尔（Lauren Weisberger）狠狠调侃了一把《时尚》（*Vogue*）杂志主编安娜·温特（Anna Wintour）］。

和她书中的女主人公一样，尼日利亚小说家奇玛曼达·恩戈兹·阿迪契（Chimamanda Ngozi Adichie）也在费城上学，获得了普林斯顿大学的奖学金，然后定居在巴尔的摩。在《美国佬》（*Americanah*）中，她以内部人的身份描写了她的社区，不需要查询谷歌地图。抛开谁有资格讲述非洲裔美国人或伊拉克难民的故事这个问题不谈，有着坚实基础的地点和人物无疑会使故事更可信，使人物形象更丰满。例如，路易丝·厄德里克（Louise Erdrich）就在《圆屋》（*The Round House*）中展现了切洛基（Cherokee）血统带给她的优势。

在查蒂·史密斯（Zadie Smith）的《白牙》（*White Teeth*）这类小说中，部分乐趣就在于她准确、生动、深情地捕捉到了不同种族的人物的思想和语言。下面的对白出自一个生活在伦敦的牙买加人之口，从中可见一斑：

"克拉拉！别在冷风里站着。"

有朋友在家时，霍腾丝说话就是这种语气，她总是用这种语气对牧师和白人女子说话。①

但是，即使没有亲身经历，作家总是可以……研究，还有想象。它们是强大的工具，在作家的手中结合起来，就能与人物建立足够深刻的身份认同。吉姆·谢泼德（Jim Shepard）不是二战后幸存的波兰犹太人，但是他的《恶童安伦》（*The Book of Aron*）再现了华沙犹太人区的原貌。麦迪逊·斯马特·贝尔（Madison Smartt Bell）创作了海地革命三部曲，从1791年的奴隶起义开始。他是个白人。理查德·普赖斯（Richard Price）与警察和毒贩一起创作了《黑街追缉令》（*Clockers*）这样的小说。在一次采访中，他坚决表示自己有权描写有色人种人物："如果按照这个逻辑，那么我不想看到黑人写白人，我不想看到女人写男人，我不想看到基督徒写穆斯林。当代作家一律不能描写19世纪或20世纪的生活。"

福楼拜曾经发表过与他的女主人公团结一致的宣言："包法利夫人，我就是你。"如果换成一位男性作家探索一个被自己父亲强奸的年轻女孩的内心世界，可能就没那么容易让人接受了。第三人称有限视角允许作者从外部和内部两方面来描写这个女孩，这种描写可能给人一种性虐和色情的感觉。就个人偏好而言，我个人不喜欢心理变态折磨女性或者活埋她们的故事。

我见过抵制约翰·厄普代克（John Updike）的女生。她们抱怨他只关注男主人公，对女性人物的刻画肤浅可笑。诚然，他的长篇小说《兔子，跑吧》（*Rabbit, Run*）的确如此。主人公是高中篮球明星"兔子"哈利·安斯特朗（Harry "Rabbit" Angstrom），结束体育明星生涯

---

① 译文摘自：史密斯. 白牙. 周丹，译. 海口：南海出版公司，2016。——译者注

后,他回到宾夕法尼亚的小镇生活。这部小说主要聚焦于一个白人男性的失望。虽然厄普代克在一些章节中短暂地进入过其他人的第三人称有限视角,但哈利的渴望是故事的核心。在下面这个段落中,"兔子"在他们的孩子出生后观察他的妻子,一如既往地思考着关于性爱的问题:

> 在起初那几天里,由于休息充分,而且在医院里恢复很快,她的奶水很充足,孩子根本就吃不完,不喂奶时,奶水经常外溢,她所有的睡衣胸前都留下了两块硬邦邦的奶渍。有时候,她光着身子,除了那条用来固定卫生垫的松紧带之外,她一丝不挂;她的下腹剔过了,软鼓鼓的,还留下了只有做母亲的人才有的褐色直线;她的乳房因为胀满了奶水而高高隆起,从那苗条的身体上凸出来,就像长着绿色纹路和粗糙的紫色尖头的滑溜溜的水果——看到这具有冲击力的情景,他总是心旌摇动。詹妮丝的乳房沉甸甸的,下面又有卫生带,所以她行动非常小心,仿佛稍不留意,她的奶水就会溢出,脚下就会绊倒。由于有了孩子,她的乳房成了工具,就像她的手一样,所以她摆弄它们时毫无羞色,但是在他面前,她仍然感到难为情,只要他直勾勾地盯着,她就连忙掩住自己。不过,他现在的感觉跟他们刚开始做爱时不一样了。那时,他们并排躺在借来的床上,他闭着眼睛,两人侧着身子在朦胧之中融为一体。而现在,她常常漫不经心、赤身裸体地走出卫生间,轻拍婴儿让她打嗝时,带子垂了下来,似乎是怀着一种不经意的感激之情,将自己当成一台机器,一台柔软的白色机器,只会性交、孕育和喂养子嗣……①

这个段落的成功——乃至整部小说的成功——都取决于"兔子"本人的感受与读者的感受之间的割裂。读到这段话,我们不可能不感

---

① 译文摘自:厄普代克.兔子,跑吧.刘国枝,译.上海:上海译文出版社,2008。——译者注

到一丝鄙视或懊恼。但是，对于他的性冲动和他对詹妮丝的温柔，我们又不得不"买账"，并且接受厄普代克的看法，即这个不完美的普通人值得我们去关心。经过四部小说，到《兔子歇了》（*Rabbit at Rest*）中，他变成了一个住在佛罗里达的公寓、儿孙绕膝、罹患心脏病的老人。

想要一部更多从女性视角描写生育和母性的小说？试试埃莱娜·费兰特（Elena Ferrante）的《迷失的女儿》（*The Lost Daughter*），或者牙买加·琴凯德（Jamaica Kincaid）的《安妮·约翰》（*Annie John*），或者埃莉莎·艾伯特（Elisa Albert）的《产后》（*After Birth*）。《产后》是一部关于初为人母的激进的女权主义作品，对厄普代克式的大男子主义构成了有益的补充。在谢泼德或贝尔的历史叙事中，任何性别、任何种族的作家都必须进行研究，但是相反，我们很容易理解为什么一个生过孩子的女人更有资格谈论生育。值得注意的是，所有这些叙述都采用了第一人称视角，这是我们下一章的主题：它们与人物表面上经历的事件有更直接的联系。你如果想了解照顾新生儿的喜怒哀乐，就不会把厄普代克当成权威。

我个人认为，根据詹姆斯"小说的大厦有许多窗户"的理论，如果有足够的时间、书架上（或电子阅读器里）有足够的空间，你可以跟随家园频道之旅（HGTV tour）参观厄普代克和费兰特的住宅。在讲述某些故事时，让我们沉浸在一个视角中是必要的。我们无法充分体会"兔子"被困在他的婚姻和他的城镇中的感受，除非我们和他在一起；我们需要查蒂·史密斯与伦敦人的亲密关系——这些人通常不是小说的主角——才能充分理解人物的挫折和渴望。

我的基本观点是，你可以不喜欢或不信任一个人物，但是你必须喜欢和信任作者。比如，厄普代克让已婚的"兔子"与旧情人发生关系，你认为作者是在吹嘘这种花花公子的放荡行为，还是相信他很清楚"兔子"这样做伤害了别人？观点不同，你对这部小说的看法也会不同。也有一些情况下，作者与人物的切割是不完整的或自私的，似乎不能令人信服。但是把这些都归咎于厄普代克是不公平的。作者不想要你付出廉价的同情心。这很微妙，也不容易做到。

类似地，如果是一个经验不够丰富的读者，读到下面这段话也会感到不舒服。这是弗兰纳里·奥康纳的《好人难寻》中的一个段落——在一次以悲剧收场的公路旅行中，祖母坐在汽车后座，夹在她那讨厌的孙子孙女中间，看到这一幕：

"我小的时候，"老太太交握着青筋暴突的干瘦手指说，"孩子们对家乡啦，父母啦，万事万物啦，都更加谦恭。那时候人人如此。哦，你们看，看那个黑小孩！好可爱！"她指着间棚屋前站着的一个黑人小孩说。"这不就是一幅画吗？"她问。大家都扭头去看挡风玻璃外的那个黑孩子。他也冲他们挥了挥手。

"他没穿裤子。"朱恩·斯塔说。

"他可能根本就没裤子穿吧。"老太太解释说，"乡下的黑人和我们不一样，我们有的他们不一定有。要是我能画画，我一定把这幅画画下来。"

孩子们彼此交换了漫画书看。①

许多文学课上不再讲授这个故事，因为很多人对这种侮辱性的言论感到义愤填膺。但是，奥康纳在20世纪50年代的佐治亚州写作时，是在谴责种族主义，而不是鼓吹它。她希望我们注意到这里面的讽刺：这位祖母对她年轻时的上流社会念念不忘，那时候孩子们都很谦恭——但黑人只是最近才从奴隶制中获得解放。她希望我们注意到几乎赤身裸体的孩子和祖母的伪善之间的对比：祖母在旅途中穿着干净的内衣，这样"万一发生车祸，她死在公路上，所有人都能一眼认出她是位有品位的太太"。她希望我们认识到，贫穷一点也不美丽或浪漫，而祖母却没有认识到这一点。最后，她希望我们注意到，无论祖

---

① 译文摘自：奥康纳. 好人难寻. 於梅，译. 北京：新星出版社，2010。——译者注

母是多么无可救药、多么自命不凡（是的，还有种族主义倾向），至少祖母对这个世界有足够的兴趣，愿意看看窗外的世界。孩子们则心无旁骛地盯着漫画书。

在这个不长的段落中，作者没有明确地评论或介入，该段落却包含了很多层次。有些读者会错过这一切，只是出于本能地对种族主义感到愤慨，可能还要求看到标准的法律免责声明："本文中表达的观点、思想和评价只属于人物，与作者无关。"

然而，它们势必有一部分属于作者，奥康纳在她的书信中发表了许多赤裸裸的种族主义言论。保罗·伊利（Paul Elie）在《纽约客》上发表过一篇题为《沉渣泛起：弗兰纳里·奥康纳有多种族主义？》（Everything That Rises：How Racist Was Flannery O'Connor?）的文章，讨论了这个难题。我们应该怎样看待这样一位作家，她的小说谴责种族主义，她本人却在很大程度上是一名种族主义者？我们是否应该遵守文学批评的禁令，禁止把作家的传记作为解读作品的工作，只允许使用作品本身的内容？

请注意，即使不考虑所有文本以外的传记证据，有时候，小说中的种族主义言论无疑还是会引起公愤。同样，这取决于读者的感受。在读者看来，作者在散布这些言论时是否感到喜悦和认同？向我们介绍一个种族主义者人物，与认同一个人物的种族主义观点是不同的。这也取决于你认为白人作家是否有权使用这个词。白人作家可以描写印第安人吗？再简单点说，《摘金奇缘》（*Crazy Rich Asians*）的读者是否应该坚持，作者本人必须是亚裔？我们完全有理由认为，女性和有色人种在小说中一直没有机会充分地表达自己，因此，现在他们的声音应该被摆在更重要的位置。但是与此同时，一些反对文化挪用的呼声不必要地限制了作家的想象力。

凯特琳·格里尼奇（Kaitlyn Greenidge）在《谁能写什么？》（Who Gets to Write What?）一文中对双方的论点进行了精彩的总结。她赞成任何作家选择任何主题，只要他们有足够的洞察力和敏锐度，能把故事写好。但她也认为，有些作家对狭隘的政治正确大加谴责，他们的打击面太宽、防御性也太强了：

> 与其说他们希望写出另一个种族的人物，不如说他们希望这样做时不要受到批评。这个荒谬要求的核心是权力的问题。你有权呈现别人的视角，而不是你自己的。就好像有一个火警报警器那样亮闪闪的红色拉杆，旁边写着"请勿擅动"，有些人就是控制不住地想去拉它。

爱尔兰小说家艾德娜·奥布莱恩（Edna O'Brien）的《女孩》（Girl）就是这方面的一个例子，你可以去看看这本书的书评。小说描写了一个尼日利亚女孩被博科圣地（Boko Haram）绑架、受到各种残酷折磨的故事。奥布莱恩说："有人提出，作为一个局外人，我没有资格写这个故事。恕我不能赞同这种不正当的审查。"伊恩·帕克（Ian Parker）在《纽约客》上指出，许多读者认为这个女孩的挣扎"与奥布莱恩笔下年轻的爱尔兰女主人公没有多大区别"，称小说家塑造这样一个人物是基于"一种勇气"。无论如何，他说，读者可能"感到别扭，因为一个来自尼日利亚东北部农村的人物的世界观里包括蛋杯、婴儿车和香草香精的瓶子，而她的内心世界是通过'渎神时刻'和'颠沛流离'这样的表达呈现出来的"。

长篇小说《美国丑闻》（American Dirt）也遭到了类似的批评——拉丁裔作家谴责美国白人作家珍妮·卡明斯（Jeanine Cummins）写了一部墨西哥题材的小说，却得到了七位数的预付款。评论家罗丝·卡哈兰（Rose Cahalan）说："从来不缺少才华横溢的拉丁裔作家，他们讲述了各种类型的故事。我们应该给他们一席之地。"她还列出了17部不那么知名的优秀作品作为备选。

这显然是一个更大的话题，但我希望你们同意，在很大程度上，真实性和挪用的问题也是视角的问题。谁在向谁讲述一个墨西哥的故事？作者是内部人还是外部人？在最基本的层面上，这些问题关系到读者对作者的信任和尊重。读者可以坚持，作者必须是"我们中的一员"——与人物的性别、种族或民族相同。但这是一种政治判断，而不是文学判断。如果读者认为艾德娜·奥布莱恩没有令人信服地深入一个被绑架的女孩的意识，对尼日利亚的很多细节描写都存在错误，或者过于生硬地强迫读者与人物建立认同，这才是文学判断。

进入人物，然后走出人物

接下来，让我们具体分析一个成功的第三人称有限视角是如何建立的，以及什么时候这种视角是有用和合适的。我们将重温在第2章中讨论过的几个故事。

许多短篇小说中都有一个稀里糊涂或上当受骗的人物，他的旅程是一点一点暗示给读者的，直到最后一切真相大白。基本上，读者被主人公的意识包围，直到最后一刻才恍然大悟。

在约翰·契佛的《游泳的人》中，奈狄·麦瑞尔（Neddy Merrill）决定通过郊区各家各户的游泳池一路游回家。这段路程有八英里，很多人家都请他喝一杯，他越来越醉，情绪越来越沮丧。在经过一对裸体主义者夫妇的泳池后：

> 过了树篱，他穿好了短裤，觉得很松。他怀疑就在下午这一会儿，他减轻了体重。他觉得冷，他觉得疲劳。赤身裸体的豪罗兰夫妇和他们阴暗的水池使他的情绪低落。就他的体力而论，泳程是太长了。但是，当天早晨他从楼梯扶手上滑下来，以后又坐在韦思特梅泽家晒太阳的时候，他怎么能想到这一点呢？他的臂膀僵硬，两腿无力，关节酸痛；最糟的是觉得骨内阴寒，好像再也不会暖和起来了。树叶在他四周飘落，他闻到风里的木烟味，谁会在夏天烧木头？①

---

① 译文摘自：契佛. 契佛短篇小说选. 舒逊，译. 北京：外国文学出版社，1984。——译者注

在这个故事中，重要的是，我们要和奈狄一起经历这些事，直到这个不忠的酒鬼在故事的结尾意识到，他离婚了，他的妻子和四个孩子离开了他，他的房子是空的，用木板封了起来。

契佛再一次通过第三人称有限视角让我们从外部审视奈狄："如果在那个星期天的下午你正好驾车出游，你很可能会看见他，全身只穿一条游泳裤衩，站在424号公路的坡上，等待过路的机会。"在关键时刻，契佛小心地脱离了奈狄自己的视角，这种转换非常重要，发挥了像音乐中的过门一样的作用。

在艾丽丝·门罗的《湖景在望》(In Sight of the Lake)中，南希(Nancy)"想知道她的大脑是不是出了点问题"，预约了去看神经科医生。她在去医生办公室的路上迷路了。最后，我们发现她所有寻找医生办公室的努力都发生在她脑海里——她根本没有开车去那个小镇，事实上，她已经被关在一间痴呆症患者的病房里了。"这一切都是一个梦！"从《绿野仙踪》(The Wizard of Oz)以后，这样的结尾就不太受欢迎了，但是门罗娴熟地运用第三人称有限视角，帮助我们看到这个在从前的生活中勇敢、敏锐的女人如何努力地想要好起来，从破碎的记忆中寻找快乐。

光从外部看着人物，根本无法体验到这一切。与契佛不同的是，门罗从不出面解读或暗示。她要求读者和南希一起迷失。

当然，巧妙的结尾不一定要选择第三人称有限视角。辛西娅·欧芝克的《大披巾》讲述了一个女人带着两个女儿（其中一个还在襁褓中）前往集中营的故事。这个女人的视角非常狭隘地集中在藏在她胸前的婴儿身上，如果不聚焦于她的反应，这个故事就完全没有意义。

罗莎并不饿。她觉得身体很轻，不像在走路，倒像一个眩晕、恍惚、昏厥的人，一个飘浮在空中的天使，警觉地注视着一切。但是是在空中，不是在这里，也不接触路面，仿佛在她的指甲尖上摇晃。她从披巾的缝隙里望着玛格达的小脸：一只小松鼠躲在用披巾缠绕成的安全的小窝里，谁也碰不到她。她的小脸圆圆的，像一面化妆镜，跟罗莎像又不像：罗莎自己的脸色像得了霍乱一样灰暗，这双眼睛却像空气一样湛蓝，羽毛般光滑的头发像缝在罗莎大衣上的星星一样黄。你会觉得她是星星的孩子。

欧芝克不从外部做解读。她转述了人物的感受，比如关于婴儿，有一句话说"玛格达很安静，但她的眼睛炯炯有神，像蓝色的老虎"。我们知道这个比喻是欧芝克的，但是相信对婴儿眼神的观察是罗莎的。欧芝克要求我们像罗莎一样体验故事的残酷结局，而不是从宏观上对集中营的暴行进行概述。罗莎只关注自己和孩子的生存。

我们能够从行文中递进的节奏、隐喻的美感和目标的严肃性中感受到欧芝克作为作者的存在。所有成功的作家都有自己独特的写作方法和风格。我们并不要求作者从人物的视角中消失，事实上，很少有作家能够做到完全隐身。即使我们全身心地投入一个人物，我们也会意识到有作家在塑造这个故事，并且能感受到作家的关注点，比如她关心的是过着普通生活的普通女性。或者，以 T. C. 博伊尔（T. C. Boyle）的短篇小说为例，我们能够从中看到作者尖刻的幽默感和对当代美国文化荒谬性的解读。

在《对不起，河豚》（*Sorry Fugu*）中，大厨艾伯特（Albert）陷入了危机，他的新餐馆可能因为负面评价而毁于一旦。博伊尔紧紧跟随大厨的视角：

> 有些晚上一切都完美无缺，安康鱼新鲜到可以从烤架上飘落下来，香蒜沙司的味道就像风吹过松树，八个人的派对点了七道开胃菜和六道主菜，色香味搭配恰到好处、浑然一体，就好像一个用餐者在享用一道菜一样。然而，今晚不是那样的夜晚。今晚一切都出了岔子。

毫无疑问，在这样一个段落中，可以听到作者的声音。是博伊尔串起了这个豪华餐厅的场景，而不是艾伯特。博伊尔创造了一个关于艺术创作的隐喻：创造性的烹饪就像小说本身或任何艺术形式一样，也在努力吸引有鉴赏力的观众。再看一个博伊尔式的比喻。艾伯特"浑身发抖，脸色发白，感觉自己的胃像炸肉饼掉进了一大桶热油里"，这个比喻既属于艾伯特也属于博伊尔。当然，这是一个厨师的比喻，但是在整部小说集中，读者会注意到博伊尔喜欢致命危险的比喻。洗碗工"把超级喷雾器从容器里拿出来，就像从剑鞘里抽出一把剑一样"。艾伯特"注视着她——薇拉·弗兰克——像一只敢于直视眼镜蛇双眼的缝叶莺一样一动不动"。河豚是一种日本人喜欢的鱼类，但如果烹饪不当，就会毒死人。我们明白博伊尔知道这一点，博伊尔也明白我们知道这一点，实际上，获得好评不是生死攸关的问题，他只是很高兴凭借自己厨师的手艺"决一死战"。

洛里·穆尔（Lorrie Moore）的短篇小说《两个男孩》（*Two Boys*）也是一个作者的声音和人物的声音交织或重叠的例子：

> 有生以来第一次，玛丽在同时和两个男孩约会。这需要额外洗衣服、安装电话答录机、晚上独自乘出租车（在克利夫兰，只能用电话叫车），而她还在明信片上向朋友推荐了这种做法。她买的那些明信片上印着公寓的照片、詹姆斯·加菲尔德的照片，或者艺术博物馆中的《天使报喜》——长着孔雀羽毛的俊美天使举起手指，喃喃道："一个男孩，两个男孩。"她在明信片背面写道："有人陪真好！想想看，我们都以为只能跟一个男孩找乐子，不管满不满足。解放你自己！让牙齿和心灵恢复光泽！让更多男孩进入你的生活！"
>
> 她住在一家肉制品公司——亚历山大·汉密尔顿猪肉公司——楼上的一个小房间里，每天都有人从前门推进来肥厚的白条猪，光溜溜的，挂着钩子，未经切割，只是没有蹄子。她尽量不让冷库的气味跟着她上楼，尽量把那种隐隐的羞耻感和死掉的汉堡包的气味拒之门外，不过有时候还是避免不了。

有些短篇小说集里有各种各样的人物——年轻人和老人，男人和女人，看门人和核物理学家——对作者的身份只能提供暗示，穆尔则不然。至少在她的早期作品中，穆尔的人物都是聪明、风趣、富于创意，还有点古怪的年轻女性，似乎她们的确是作者本人的化身。其中有些人物和穆尔一样，是从曼哈顿来到美国中西部教书的学术移民。

那么，为什么不用第一人称来写呢？值得注意的是，穆尔很少使用第一人称。第三人称让她与主人公保持冷静的距离，从根本上把自己和她们分开。在这个故事中，人物俏皮的声音显然不是作者的声音。人物用"两个男孩"（她又不是才上七年级）和诙谐的明信片来表达自己的讽刺，但是人物不会指出肉制品加工区"那种隐隐的羞耻感和死掉的汉堡包的气味"。穆尔不仅在解释人物的情感，她还在做补充，向读者保证，真正的悲剧隐藏在女孩活泼轻快的防御性态度背后。玛丽匆匆跑上楼梯。穆尔暗示，她忙中出错，忽略了关于约会的一些事情。故事的悬念变成了玛丽能不能发现自己的错误，以及如何发现。

双重第三人称有限视角

另一种常见的技巧是作者追随两个主要人物的行动和思想，而这两个人物彼此不了解对方的想法。这种叙事的乐趣来自两种相互对照的叙事如何各自展开，最后汇合到一起。为了制造紧张感，作者经常在一章的结尾将第一个人物置于某种悬而未决的情况下，然后切换到第二个人物。这种方法的成功取决于对切换的处理。读者喜欢悬而未决的情节点，除非：（1）它给人一种明显的廉价感，类似于"与此同时，回到牧场"；（2）下一个人物不够吸引人，让读者渴望回到之前的故事。

博伊尔在《玉米饼之幕》（*The Tortilla Curtain*）中运用了这种技巧。一个洛杉矶富人开车撞到了一个墨西哥非法移民。移民的年轻妻子怀孕了，他们在峡谷里露宿，历尽艰辛，勉强糊口；富人的妻子是个房产经纪人，正在看房子，在她脑海里，重要的是这些事情；

> 室内凉爽、安静，还有淡淡的杏仁味。房子有这种气味很不错，一种干净的贵族气味。凯拉知道，这一定是女仆使用的家具抛光剂，或者空气清新剂的气味。

重要的是，博伊尔想要的不仅是讽刺这对富人夫妇，也不仅是让我们对贫穷的移民产生同情。他对人物有更深刻的洞察。他试图通过这些人物提出更宏大的论点，探讨财富的不平等和美国人对"其他人"的误解等问题。

事实上，在揭示文化裂痕或文化转变时，相互对照的第三人称有限视角可能是最有效的方法之一。在奇玛曼达·恩戈兹·阿迪契的《美国佬》中，一对年轻的尼日利亚情侣伊菲麦露（Ifemelu）和奥宾仔（Obinze）走上了截然不同的人生道路。伊菲麦露接受了美国教育，交过几个美国男友，但是仍然对奥宾仔念念不忘。奥宾仔偷渡到了伦敦，试图通过假结婚获得公民身份却受尽折辱，然后被驱逐出境。回到尼日利亚后，他结了婚，做了父亲，在房地产业发了财。当伊菲麦露决定返回尼日利亚时，重逢的两个人旧情复燃。在博伊尔的小说中，各个章节在不同的人物之间交替展开；阿迪契则不然，她先是一并介绍了两个人物，然后用更长的篇幅分别讲述这对恋人各自的生活，他们身处不同的大陆，面临着截然不同的问题。

许多评论认为女主人公是阿迪契本人的"化身"，她们移民美国的经历确实非常相近。阿迪契讲述了许多黑人女性的经历，包括很多关于她们头发的讨论。小说的开头，伊菲麦露走进特伦顿（Trenton）的一家非洲编发沙龙，注意到这些细节：

> 伊菲麦露带来了她自己的梳子。她轻柔地梳理起她浓密柔软、紧紧缠绕在一起的头发，直至那像一个光圈环住她的脑袋。"只要做好适当的保湿，梳理起来并不困难。"她说，语气不自觉地转成了说客的劝诱，那是她每当试图使其他黑人女性认识到保持头发天然状态的优点时所用的。爱莎哼哧了一下，她显然不理解为什

么有人会选择千辛万苦地梳理天然的头发,而不是干脆把它拉直。①

显然,从真实性的角度,相比一位从来不用提醒发型师别把她的头发卷得太紧的作者,阿迪契更擅长描写黑人的头发。

尼日利亚读者对这样的细节会是一种反应,非洲裔美国读者又会是另一种,但白人显然也是阿迪契的目标读者,这是他们不了解的事,可能令他们感到惊讶。阿迪契并不只想对她的非洲黑人姐妹"白费唇舌"。当我们问"作者在和谁说话"时,就是这个意思:作为一个独立的读者,你如何与作者建立联系。在一个场景中,伊菲麦露为她的白人男友讲解女性杂志中的种族主义,讲得头头是道。正如阿迪契在题为"单一故事的危险性"(The Danger of a Single Story)的TED演讲中所说的,她希望强调不同文化对事物的不同评价,并探讨由此产生的冲突。重要的是,这些评价是在日常生活的层面上进行的,而不是作为长篇大论的哲学演讲。比如,奥宾仔看到一个富有的伦敦朋友的古董书桌时想:

> 奥宾仔纳闷,艾米尼克是否完全把自己的伪装内化,以致连他们单独相处时,他也会聊起"好家具",仿佛"好家具"的观念,在他们,在新东西理应看上去是簇新的尼日利亚人的世界里,并不陌生。

从篇幅上看,伊菲麦露在小说中占据的比例比奥宾仔多一些。但是与《傲慢与偏见》不同的是,如果我们只看到伊菲麦露的视角,这部爱情小说就行不通了,因为它从创作初衷上也是一个男人的故事。此外,阿迪契描绘的世界与奥斯汀笔下的英格兰乡间也截然不同。尽管远隔重洋,除了信件和传言,这对情侣还有彼此追踪的信息来源:脸书、电子邮件,甚至用谷歌搜索对方。两个人物都有丰富的可能性,

---

① 译文摘自:阿迪契. 美国佬. 张芸,译. 北京:人民文学出版社,2018。——译者注

在考虑所有这些可能性时，阿迪契提出了关于归属感、阶级和身份认同的复杂问题。

因为她主张身份是流动的，所以获得"真正的"身份是一个困难重重的过程。她还在小说中收录了许多伊菲麦露的博客文章。为什么让伊菲麦露写博客，而不是写小说？这个故事里有一个小说家，但她不是作者的化身；事实上，她给人狭隘和自恋的感觉。这些博客文章的语气与小说其余部分的第三人称视角有很大区别，它们的作用是将人物和作者有效地区分开来，不让二者混为一谈：阿迪契提醒你，小说代表了作者的写作，而博客文章是人物的写作。当然，你知道这两种文字都是阿迪契自己写的，但是作者下了很大功夫，让人物行文的语气和节奏与她自己不同。阿迪契说，写作本身就是一种可能发生扭曲的表现形式。

选择一对第三人称有限视角是一种非常常见的方法，现在，让我们再化一点时间看看作者是如何组织素材的。是快速、频繁地切换，像接力赛中传递接力棒一样？还是更像马拉松，先聚焦于一个人物，直到我们相信自己已经知道了故事的结局，但是当视角改变时，又会得到一个全新的版本？

举两个"马拉松"的例子，仅供娱乐。

保罗·鲍尔斯（Paul Bowles）的长篇小说《遮蔽的天空》（*The Sheltering Sky*）讲述了二战后一对美国夫妇在北非旅行的故事。我们几乎一直追随丈夫的视角，是他坚持要到非洲去冒险，最后死于伤寒。然后，视角转换到悲痛的妻子身上。令人大跌眼镜的是，她成了贝都因（Bedouin）酋长后宫中的新成员。（注意，就我们对真实性的讨论而言，这部小说对非洲人的刻画并不过时。）在最近出版的《命运与狂怒》（*Fates and Furies*）中，劳伦·格罗夫（Lauren Groff）将整部小说一分为二，分别讲述了他和她的婚姻故事。两个部分各自追随人物的视角，但格罗夫始终以作者的身份出现，她总是把作者的想法用最简短的语言放在括号里，像这样：

但不知怎么，他浪费了自己的潜力。这是罪过……（我们可能更喜欢他这副谦卑的样子。）

她渴望看一看那些锁着的门后面到底是什么吗？是的，非常渴望。但她没有去撬锁。（这已经是惊人的自制力。）

好的，乔利想。你将见证我多有耐心。在你最意想不到的时刻，我会引爆你的生活。（这是公平的，因为她已经引爆了他的生活。）①

有趣的是，在这种情况下，来自全知视角的评论往往不是像第 3 章中的许多例子那样，使故事更加可靠——"作者这样告诉我，所以这一定是真的"——而是让你注意到叙事本身是一种技巧、一种结构。罗伯特·库弗（Robert Coover）的小说《保姆》（*The Babysitter*）用一系列剪报式的片段，讲述了一天晚上，一对住在郊区的夫妇去参加派对，他们的保姆在家照看烦人的孩子们，其中那个十几岁的大男孩精虫上脑，想趁保姆一个人的时候占她的便宜。对了，还有个可能的杀人犯在附近游荡，或者这只是电视剧里的情节。保姆疯狂地换台，现实和人物的幻想相互交织，你无法确定什么是真实的、什么不是。派对上醉醺醺的客人真的全都挤进浴室，帮彼齐（Bitsy）解腰带吗？保姆真的洗澡了吗？那个变态杀手是在那里找到她的吗？爸爸有没有试图勾引她？这里的"保姆"既可以指收入微薄的青少年打工者，也可以指电视——后者以其特有的方式编织着我们生活中最重要的渴望和幻想。

小说家罗伯特·鲍斯韦尔（Robert Boswell）在《摇摇欲坠》（*Tumbledown*）中讲述了一群人的命运，他们都在同一家门诊中心接受治疗。鲍斯韦尔创造了"不可靠的全知视角"这个词。他告诫读者，不要把作者当成人物思想和行动的终极权威，作者只是一个传声筒，像所有的人物一样有缺点和局限。鲍斯韦尔和他笔下的一个人物一样，

---

① 译文摘自：格罗夫. 命运与狂怒. 胡织女，译. 北京：中信出版社，2018. ——译者注

曾经当过心理咨询师，他在一次采访中说：

> 我有时候会和其他心理咨询师的客户见面，为期两到三周。我会给他们做一系列测试……评估结束时，我会写一份报告，推荐某些培训、教育或就业机会，否定其他方面的选择。这份报告对一位试图制订康复计划的咨询师非常有用；然而，我发现一些咨询师过于相信测试成绩，好像成绩是绝对正确或全知全能的……最后，我意识到这些报告是一种不可靠的全知视角形式。在我漫长的写作过程（这部小说我写了十年）中的某一刻，我决定这部小说应该采取这种视角。一旦做了这个决定，我就开始注意到其他不可靠的全知视角的例子：我车里的GPS系统，夜间新闻，应该精准无误发射的导弹。

请记住，虽然GPS有时候会让你误入歧途，但这并不意味着它总是错的，或者你不应该在公路旅行中使用它。健康的怀疑主义并不意味着准确性和真理不存在。学生们在课堂上经常会犯这样的错误：认为"这只是你的观点"，意味着我们不可能达成共识。格罗夫在她的作者旁注中用了"可能"这个词——她也不太确定。另外，她说"她已经引爆了他的生活"，却并不打算公开讨论这个问题。我们一直在关注叙事的可靠性和可信度。我们应该相信什么？相信与怀疑的舞蹈是驱使我们不断翻动书页的重要原因。

顺便说一下，在创意写作研讨班中，作者经常听到这样的说法：当其他人讨论他们的作品时要保持沉默，因为小说必须在没有作者为其辩护的情况下独立存在。不过，我在本书中会引用一些作者对目标的解释，比如上文提到的鲍斯韦尔。在文学批评中，我们应该牢记意图谬误的理念，它提醒我们，作者的目标不能作为评判作品的最终证据——作者可能没有实现目标，目标也有可能误导读者。尽管如此，了解作者的意图仍然是有用的，尤其是在讨论草稿的阶段。我们如果知道作者想要达到什么目标，就能更好地避免犯错误。

多多益善：多人物第三人称视角

正如我们在上一章中讨论过的，现在许多小说都通过第三人称有限视角来刻画大量人物。但是在默认情况下，人物越多，这种方法就与传统意义上的全知视角越接近，只不过作者塑造了一系列人物，来代表主题的方方面面。而且，默认情况下，人物越多，每个人物的发展空间就越小。《战争与和平》中的许多人物基本上只是路人。托尔斯泰对博尔孔斯卡娅公主（Princess Bolkonsky）的描述是她的上唇"长着隐约可见的绒毛"——几乎看不见，但是值得注意，她一登场作者就提到了这一点。

理查德·拉索（Richard Russo）的《帝国瀑布》（*Empire Falls*）描写了一个衰落的缅因州小镇，采用了许多居民的第三人称有限视角。这样一部小说的乐趣在于，人物之间以错综复杂的方式交织在一起：妻子、前妻、高中生和他们的老师、牧师、富有的遗孀、健身教练。核心人物是当地一家餐馆的老板迈尔斯（Miles），一个闷闷不乐的男人：

> 帝国烤肉店低矮狭长，一溜的玻璃窗。因为隔壁的瑞莎杂货店拆了，所以现在坐在午餐柜台旁放眼帝国大道能看到老纺织厂和它旁边的衬衫厂。两座厂房都已废弃近二十年了，尽管它们矗立在缓坡下的阴暗轮廓依然引人注目。当然，没有什么阻止人们朝帝国大道的另一头看，但餐馆老板——希望最终成为业主的迈尔斯·罗比早就发现顾客们很少那么做。①

在这里，读者跟随迈尔斯的目光，作者则谦卑地隐退到幕后。当然，在一部有这么多人物的小说中，即使是一部长篇小说中，有些人物也会比其他人物更丰满，处于更核心的位置。但拉索小心翼翼地避

---

① 译文摘自：拉索. 帝国瀑布. 马爱新，译. 北京：人民文学出版社，2007。——译者注

免托尔斯泰"上唇的绒毛"式的陷阱,即便是配角,他也试图赋予他们理想和灵魂。大多数情况下,人物塑造都是善意的、温和的。拉索也表现出作家的谦逊,他没有声称要重塑小说的形式:《帝国瀑布》真诚地遵循了现实主义传统。从这个角度说,作者也在谦卑地向读者致敬,欢迎他们进入小说的世界,劝诫他们关注普通人的生活。

最后,让我们来看看乔治·桑德斯(George Saunders)的《胜利冲刺》(Victory Lap),他在这部短篇小说中以一种截然不同的方式运用了多重第三人称视角。首先是独自在家、后来被绑架的女孩的视角;接下来是患有妥瑞氏症(Tourette syndrome)①的邻居男孩的视角,他也是独自在家,要去解救女孩;最后是绑匪本人的视角。拉索的做法是在各个部分中拥抱人物,努力以一种现实、低调的方式捕捉他们的观察;桑德斯则深入人物的思想,而他们的思想是如此混乱,以至于颇具讽刺的是,我们听到的是作者本人的声音。特别是因为这是一部短篇小说,而不是长篇小说,人物之间的切换速度非常快。作者与人物建立认同、迅速进入人物意识流的过程很有乐趣,也很有挑战性。故事是这样开始的:

> 离十五岁生日还有三天的时候,艾莉森·波普定定地站在楼梯顶上。
>
> 假设这楼梯是大理石做的,假设她漫步而下,所有人的目光都聚到她身上。她的(心上人)在哪里?他走上前来,微微鞠一个躬,赞叹道:真难以置信,你小小的身材里居然汇聚了如此多的雍容华贵!哼!他怎么能嫌我"身材小"?而且还傻呆呆地站在那里,王子般的宽脸上一片茫然的表情。倒霉的家伙!对不起,没门。他退了下去。她的(心上人)绝不是他。②

---

① 又名抽动秽语综合征,临床表现为突然的、快速的、反复的、非节律性的运动或发声性障碍。——译者注

② 译文摘自:桑德斯.十二月十日.薛亮,译.重庆:重庆大学出版社,2014.——译者注

第一句话暗示这将是一个正常的故事。从句子结构和特殊的时间标记来看，你相信作者要宣布一些重要的事——"离十五岁生日还有三天的时候，艾莉森·波普的母亲去世了"——但他没有。我们一个急转弯进入她的心理状态，没有任何铺垫。我们看到，她在精心编织的幻想中把一个男孩想象成王子。究竟谁是她的"心上人"？楼梯是大理石做的吗，是谁这么说的？谁提供了那个奇怪的括号？在格罗夫的例子中，我们知道括号代表作者的插入语。这里则不太清楚。乍一看像自由间接引语，但是话说回来，这个十五岁的女孩是用排版元素思考的吗？

故事中的每个人物都有自己独特的语言，患有妥瑞氏症的男孩不停咒骂，绑匪则像军事爱好者一样制订自己的犯罪计划：

> 按照行动流程图，下一项任务是：把她带到面包车侧门，推进去，然后跟着上车，用胶带缠住她的手腕和嘴，系到锁链上，对她发通演说。他已经把演说都背牢了。在他的脑子里和录音机上反复练习了很多遍：亲爱的，放宽心，我知道你害怕，那是因为你还不了解我，没有想到今天会出现这种情况。但只要你给我这个机会，你就能看到我俩都会飘飘欲仙的。你看，我把刀子就放到这边，除非万不得已，否则我不希望用到它，明白吗？

桑德斯在一次采访中说，这个故事让他"可以用第三人称腹语写作，最初是一种标准的第三人称的声音，然后，我努力用最快的速度进入人物的思想，但随之而来的问题是，我需要真正使用他的措辞，并把自己限制在他的措辞之内"。他对另一位采访者说，他的目标是"创造一种持久而真实的意识表达，也就是说，在某种程度上，能够解释某一天，甚至某一时刻我们脑海中发生的所有奇怪的、微小的、难以言表的、瞬间的、无意的事情"。总之，与本章开头提到的对意识流的定义非常接近，不过他采用了一种活泼幽默的风格，与现代主义的严肃风格截然不同。

桑德斯的声音可能与拉索的声音截然相反。你在每个故事的每句台词里都能意识到桑德斯的存在。无论人物有多么多样化，最终，每个故事的主题都是叙事本身：我们用叙事来构建现实，即使是基于我们自己最私人的想法。矛盾的是，尽管我们几乎所有的观察都是追随人物的，但作者从未从人物内部消失。这可能并不符合桑德斯的初衷，因为他的计划是重塑，或者至少扩展短篇小说的形式。

然而，仅仅因为桑德斯让读者知道他的存在，并不意味着他自以为是，或者轻视人物。他的作品中有一种真正的温柔，正如我们在拉索的作品中看到的对普通人的尊重和欣赏。看看下面这个段落，既通过女孩的语言和参照系来制造幽默，又认真看待她对周围人的感情和道德问题的思考，不管这些思考是多么不成熟：

> 不过那个关于彩虹的说法，她可是真心相信它的哦。每个人都是好人。妈妈很棒，爸爸也很棒。她的老师们也都很勤劳，尽管他们自己也有孩子，有的甚至还在闹离婚，比如德什老师，但他们还是为学生奉献了大量时间。尤其是德什老师，更是让她觉得备受感动，因为尽管德什老师的丈夫背着她跟保龄球馆的老板娘勾搭在了一起，德什老师还是把德育课教得顶呱呱的，她会向学生提出这样的问题：善会战胜恶吗？还是好人总是被欺负，邪恶却越来越无所顾忌？后一个问题似乎是德什老师在影射保龄球馆的那位老板娘。不过说真的，生活到底是好玩还是可怕？人性是善还是恶？一方面，在电影片段里可以看到胖胖的德国女人目睹大量苍白憔悴的尸体被推土机掩埋而无动于衷地嚼着口香糖；另一方面，在乡下，即使是那些住在山上不会被淹到的人也会帮别人填沙袋，一直忙到深夜。

这段话写得太棒了，我忍不住要全部引用。桑德斯基本上用人物自己的语言陈述了故事的主题。他明白你知道他在做什么。就像我们在上一章看过的索特的段落一样，他相信你对短篇小说这种形式的理解力。

　　上面这段话的目标不是让你沉浸在人物的视角中，至少不止如此。这段话的目标是让你一刻都不要忘记你是在读小说，而不是在体验"现实生活"。事实上，我甚至不敢肯定，桑德斯相信传统意义上的现实生活。然而，十几岁的女孩的确会被绑架。大屠杀是真实的，农村的洪水也是真实的。我们能够在对人物和他们的境遇感同身受的同时，仍然保持一种讽刺、超然的姿态吗？桑德斯希望我们可以。

　　我们在本章中讨论的段落各具特色，但都在不同程度上拉近了读者与人物的距离，再为了阐明观点或改变方向，精心计算着把读者往相反的方向拉。在下一章中，我们将讨论为什么这种距离感在第一人称视角中难以实现，以及为什么有时候作家想要消除这种距离感——或者至少表面上如此。在第一人称视角中，各种程度的调整都是可能的。

练 习

- 尝试在第三人称叙事中插入自由间接引语。你能清楚地表明什么时候声音或感知属于人物自己，而不是叙述者吗？看看自由间接引语如何巧妙地改变或增强了预期的效果。

- 写一个不是哲学家或诗人的人物——一个感受深刻、善于观察，但不一定善于表达的人。你如何通过第三人称有限视角表达这些感受？这个人物需要意识流的手法吗？你能捕捉到这些丰富的情感，又不显得居高临下吗？

- 尝试在你的叙事中创造多个第三人称有限视角，为主人公提供对照。如果你的人物是一个珠宝大盗，那么从珠宝加工商的视角来考察盗窃行为，能得到什么？从一个需要靠卖掉戒指来维持生活的寡妇的角度呢？从最初开采钻石的塞拉利昂工人的角度呢？问问自己，这些视角是否过于"正好"了，还是相反，能够提供意外和惊喜。

- 接下来，尝试让不同的人物呈现这些章节。你如果在珠宝劫案发生前忽然打住，去探索另一个人物的故事，是否会增加悬念？

第 5 章 第一人称视角

后视镜里的物体可能比看起来近

对当代读者来说，第一人称叙事感觉更加真实自然。你不必听一个说书人一本正经地讲故事，而是"直接从马嘴里"听到故事——这是一个来自赛马场的比喻，意思是当你下注时，能够从驯马师、骑手，甚至更可靠的消息来源得到线报。还有谁比故事的主体更适合讲故事呢？

但是，就像我们讨论的每一种视角一样，这很复杂，因为事实上，并不是人物在讲述故事——作者仍然是作者。而且，无论多么直来直去、多么喋喋不休，第一人称叙事很少是完全可信的。

把第一人称叙事想象成自拍。一个人给自己拍照只能有一臂的距离（除非使用自拍杆），这个距离太近了，势必不够准确，会有扭曲和放大。我们希望别人看到的样子和我们真实的样子是不同的。在第一人称叙事中，这种分裂——人物的自我形象与真相之间的距离——成为戏剧性的中心。

当第三人称叙述者呼吁读者关注人物时，我们感受到的是同情或挑衅：来吧，和我一起审视这个压抑的家庭主妇、白手起家的百万富翁、战争英雄或连环杀手的生活。而当第一人称叙述者在没有中间人的情况下亲自向读者讲述时，情况就不同了。这种讲述是非常私密的，读者可能感到舒适和信任。然后，随着故事的展开，人物不可信的一面渐渐暴露出来。相反，如果人物不吸引人，就像许多第一人称叙述者那样，那么读者马上会问：你为什么要告诉我这些？我为什么要花宝贵的时间听你说话，然后还要同情你？

这就像人物为约会网站写的个人简介。我们知道，约会网站上人们填写的身高、体重和年龄都不可信。第一人称叙述者不能说"我很幽默"，他只能表现得幽默风趣。第一人称叙述者不能说"我既聪明又博学"，这只能让他显得既古板又自大。而且，第一人称叙述者不能恳求读者"请允许我占用你一点时间",这只能让他显得惺惺作态,在读者看来,他还是在自吹自擂。

最麻烦的是,所有的第一人称叙事都面临着信息过量的问题。第三人称叙述者可以向你展示他的人物一天的细节,从第一次打哈欠到睡前仪式,远远超过你需要知道的,不耐烦的读者只想让他"赶快切入正题"。但是,如果第一人称叙述者提供过量的信息,就会显得自恋。读者的感觉就像被迫看着别人去度假,在照片墙(Instagram)上发布每一款创意鸡尾酒和开胃菜的特写。

如果小说是自传体的,如果读者把人物视为作者的替身,这些棘手的自我呈现问题会变得更加复杂。如果一位年轻男作家的主人公是个大情圣,带你征服一个又一个女人,读者会觉得,作者是在通过意淫满足自己的愿望。所以,作者必须找到一种更隐蔽的方法,来为他的猎艳之旅注入讽刺性或心理深度。读者也可能会想,如果故事是真的,作者为什么要制造虚假的距离,而不是去撰写非虚构作品、直接呈现事实呢?作者是不是为了保护无辜者改动了一些人名和事实?或者歪曲了真相?

所以,事实上,第一人称叙事并不简单、直接和真实,而是像第三人称叙事一样,需要设计和操纵。读者总是想透过叙述者的声明探询幕后的真相,读者与作者之间的关系也不是那么稳固。这种不稳定性正是第一人称叙事的戏剧性核心。

不过,目击者的叙述有一个巨大的优势,那就是:即使对一些细节的报道值得怀疑或不尽完美,但是"我"目睹了事件的展开。正如沃尔特·惠特曼所说的:"我就是那人,我蒙受了苦难,我在现场。"在描写战争或者在破碎家庭中度过的童年时,那些知道最多细节的人是最有说服力的。茱莉娅·阿尔瓦雷斯(Julia Alvarez)在多米尼加共和国的独裁统治下长大,在长篇小说《蝴蝶飞舞时》(*Time of the Butterflies*)中,她以第一人称视角描绘了这个地方的风貌,只有在那里生活过的人才能写出这样的文字:

> 我们四姐妹每做一件事都要先得到允许：去田里看看烟草有没有长出来；天气炎热时去湖边把脚浸在水里；站在店门口抚摸马匹，这时男子们正往他们的马车上装货。①

我们将在第 9 章中详细讨论考察关于视角的技巧，不过有一种方法可以帮助你快速判断第一人称视角对一段叙述是否合适，那就是尝试把它改成第三人称视角。比如，上面那段话可以改写成这样，几乎没有任何代词：

> 她们四姐妹每做一件事都要先得到允许：去田里看看烟草有没有长出来；天气炎热时去湖边把脚浸在水里；站在店门口抚摸马匹，这时男子们正往他们的马车上装货。

在第三人称视角中，我们能感受到叙述者因为生动地描绘了这个场景而感到自豪。叙述者似乎在提醒你：看，这里只有一家商店！多米尼加是一个内陆国家，直到 20 世纪 60 年代还没有汽车！但是，对第一人称叙述者来说，这些事实是她童年的一部分。在第三人称视角中，有多个分号的长句显得过于正式；而在第一人称视角中，我们的感觉是一系列回忆纷至沓来。

值得注意的是，最可靠的第一人称叙事是不以主人公为叙述者的。在哈姆雷特的好友霍拉旭（Horatio）看来，哈姆雷特声称他父亲的鬼魂来拜访过他，只能是他的幻觉，除非其他人也看到了这个鬼魂。霍拉旭是一个理智、正直、可靠的证人——他是一个军人（在那个时代，这是一个值得信赖的身份）。在约瑟夫·康拉德（Josef Conrad）的《黑暗的心》（*Heart of Darkness*）中，叙述者不是库尔茨（Kurtz）本人——在刚果目睹的殖民主义暴行使他陷入了半疯癫的状态——而是一个听马洛（Marlow）讲述库尔茨的故事的水手。F. 司各特·菲茨杰拉德（F. Scott Fitzgerald）没有让杰伊·盖茨比（Jay Gatsby）讲述自

---

① 译文摘自：阿尔瓦雷斯. 蝴蝶飞舞时. 林文静，译. 南京：译林出版社，2014。——译者注

己发家致富的故事,也没有让盖茨比表白他对黛西·布坎农(Daisy Buchanan)的爱情。《了不起的盖茨比》(*The Great Gatsby*)的叙述者是盖茨比的邻居尼克·卡罗威(Nick Carraway):

> 久而久之,我就惯于对所有的人都保留判断,这个习惯既使得许多怪僻的人肯跟我讲心里话,也使我成为不少爱唠叨的惹人厌烦的人的受害者……绝大多数的隐私都不是我打听来的——每逢我根据某种明白无误的迹象看出又有一次倾诉衷情在地平线上喷薄欲出的时候,我往往假装睡觉,假装心不在焉,或者假装出不怀好意的轻佻态度;因为青年人倾诉的衷情,或者至少他们表达这些衷情所用的语言,往往是剽窃性的,而且多有明显的隐瞒。保留判断是表示怀有无限的希望。①

注意在这段话中卡罗威是如何把自己塑造成听众的。"亲爱的读者,"他说,"我和你一样担心这个故事不值得你花时间——但是作为一个经历过很多故事的人,我向你保证,这是一个好故事。"

肯·克西(Ken Kesey)的《飞越疯人院》(*One Flew over the Cuckoo's Nest*)中,叙述者是一个高大魁梧、沉默寡言的印第安人。他是精神病院的病人,总是拿着拖把,假装是个聋哑人。他就像墙上的一只苍蝇,离统治着整个精神病院的暴君"大护士"越远越好:

> 我让拖把顺势把自己往墙上一推,面带微笑,试图避开她的眼睛,觉得也许这样她的那些设备就失效了,毕竟如果你闭上眼睛,它们就无法了解你很多。②

他从小说的第一页就提醒我们"大护士"的残忍。麦克墨菲(Mc-Murphy)入院时他也在场,他承认自己很好奇这个新人将如何适应:

---

① 译文摘自:菲茨杰拉德.了不起的盖茨比.巫宁坤,译.上海:上海译文出版社,2016。——译者注
② 译文摘自:克西.飞越疯人院.胡红,译.重庆:重庆出版集团,2008。——译者注

在那些平常的日子，我一般会放弃努力，完全放任自己，像其他慢性病人那样，完全淹没在这些雾中间。但是眼下我对这个新来的人很感兴趣——我想看看他在即将到来的小组会议上如何表现。

第一人称叙事会让人感觉更加现代，因为人物可以用俚语和口语化的语言来跟我们说话，但这绝不是什么新方法。要求读者对叙述者说的话保持怀疑也不是最近的发明。在 18 世纪小说家劳伦斯·斯特恩（Laurence Sterne）的《项狄传》（*The Life and Opinions of Tristram Shandy*）中，你从一开始就对作为叙述者的特里斯舛·项狄有所了解，因为这部所谓自传的第一章不是从他的出生开始的，而是从他的受孕开始的——特里斯舛相信，如果他的母亲没有打断交合、提醒他的父亲给钟上发条的话，他会成为一个更好的人：

> 由于为极其孱弱的身心打下了这样的基础，将来医生和哲学家的妙手匠心绝不可能把它彻底纠正，想到这里我真是不寒而栗。①

我们的叙述者把自己塑造成了一个可爱的小丑。

再来看看《哈克贝里·芬历险记》（*The Adventures of Huckleberry Finn*）：

> 你若没有看过一本叫做《汤姆·索亚历险记》的书，你就不会知道我这个人。不过，这没有什么。那本大体上讲的是实话的书是马克·吐温先生写的。有些事是他生发出来的，不过大体上，他讲的是实话。②

哈克贝里宣称，摆在你面前的不是一部小说；这是未加修饰的事

---

① 译文摘自：斯特恩. 项狄传. 蒲隆, 译. 南京：译林出版社, 2006。——译者注
② 译文摘自：吐温. 哈克贝里·芬历险记. 张万里, 译. 上海：上海译文出版社, 2011。——译者注

实,你知道这一点,因为我的语言朴实无华。但你也知道,事实上这是一部小说,是马克·吐温(Mark Twain)写的。叙述者是在故意混淆视听。在马克·吐温的作品中,这种方法主要用来为冒险故事确立一种戏谑的基调。在大多数当代小说中,这种声音的不稳定性是揭示真相的基础。

不可靠的第一人称叙事

福特·麦多克斯·福特(Ford Madox Ford)的《好兵:一个激情故事》(The Good Soldier: A Tale of Passion)经常被当作不可靠叙事的教科书。我们在第3章中看到了一系列关于出轨的故事,不过这一个是由戴绿帽子的丈夫讲述的。九年前,他发现他的妻子和"好兵"已有多年的婚外情。他们夫妇和"好兵"夫妇是最好的朋友——我们的叙述者是唯一被蒙在鼓里的人,就连"好兵"的妻子也知道这回事。他现在一定想知道,是不是因为他对妻子外遇(准确地说,是多次外遇)的无知,导致了相关人物的自杀和发疯。但是他没有这么想——他完全没头绪。小说的开头非常著名,下面是小说家朱利安·巴恩斯(Julian Barnes)关于这个开头的评论:

"这是我听到的最悲惨的故事。"还有比这更简单、更明确的宣言吗?如此悲哀,如此宏大,让读者相信这不仅是一种印象、一种强有力的观点,更是一种"事实"。然而,这却是所有小说中最具误导性的开头之一。最初读到时并不明显,但是,读完第一章再回过头去重读这句话,你马上就会发现这不是真的,读到"听到"这个词时,感觉脚下的地板在吱嘎作响。叙述者是一个叫道威尔的美国人(直到小说快结束时他才想起来告诉我们他的教名),他根本没"听到"这个故事。这是一个他主动或被动参与的故事,用他的耳朵、眼睛、脖子、心和五脏六腑……如果第一句话中的第一个动词就不能信任,那么我们必须准备用同样小心翼翼的怀疑态度对待接下来的每一句话。我们必须轻手轻脚地在文本中穿行，留意每一块地板的呻吟和抱怨。

在《一位女士的画像》中，我们看到了亨利·詹姆斯是如何跟随伊莎贝尔·阿切尔发现她丈夫的动机的。但是，伊莎贝尔聪明、敏感，富有同情心。道威尔则有点迟钝。那么，为什么选择他来当叙述者呢？显然，这样我们就可以看到，一个人是如何忽略婚姻中那些重要的线索，并为自己的无能找理由的。道威尔是妒火中烧的奥赛罗的反面。听听他是如何为自己的叙述方法辩护的：

> 故事讲到这里显得有点杂乱无章。读者似乎难以找到迷宫的出口。我也毫无办法。我原打算坐在乡间别墅里，把这个故事讲给一个静静地坐在我旁边的人。窗外微风吹动树叶发出沙沙的响声，远处是隐约听到的滔滔海浪声。当一个人讲述一个长长的伤心的恋爱故事，自然要回忆故事的来龙去脉。在讲述过程中，如果发现遗漏的地方，这些地方就更要讲得详细些，以免造成误解，因为讲述者没能按顺序讲述这些漏掉的细节。这是一个真实的故事，亲身经历这个故事的人会把它讲得更逼真，这种想法给了我一定的安慰。①

当然，我们知道实际上是福特而不是道威尔创作了这部小说，这个故事不比哈克贝里的故事更"真实"。然而，作者自己退居幕后，将诗意的表述让渡给讲故事的人物——至少在读者第一次穿越迷宫时是这样。理解事件和理解叙述者同样重要，我们相信他也和我们一样如堕五里雾中。

逼真可以是第一人称叙事的目标，但不是所有的第一人称叙事都追求这个目标。《洛丽塔》中的叙述者亨伯特·亨伯特（Humbert Humbert）就是一个典型的例子。从第一页开始，弗拉基米尔·纳博科

---

① 译文摘自：福特. 好兵：一个激情故事. 张蓉燕，译. 沈阳：春风文艺出版社，1999. ——译者注

夫就告诫我们不要信任叙述者。表面上看来，他是在监狱里写下这些关于猥亵儿童和谋杀的记录的——第一页实际上是一个虚假的"博士"创作的一篇虚假的"序文"，因为"老派的读者总希望追踪'真实的'故事以外的'真'人的命运"，所以他在这里提供了一些细节。亨伯特不仅是一个猥亵儿童的罪犯，而且尖酸刻薄、傲慢自大："你永远可以指望一个杀人犯写出一手绝妙的文章"，他嘲讽地称我们为"陪审团的女士们和先生们"。在《洛丽塔》中，纳博科夫无处不在——他文字中的游戏感，他对传统文学阐释方法的拒绝，所有我们上高中时学过的主题和动机。关于他精神崩溃后在一家疗养院的经历，亨伯特是这样描述的：

> 读者会相当遗憾地知道，回到文明世界不久，我的精神错乱……又发作了一次。我的彻底康复都亏了我在那家特殊的、费用昂贵的疗养院里接受治疗时发现的一种情况。我发现耍弄一下精神病大夫真是其乐无穷：狡猾地领着他们一步步向前；始终不让他们看出你知道这一行中的种种诀窍；为他们编造一些在体裁方面完全算得上杰作的精心构思的梦境（这叫他们，那些勒索好梦的人，自己做梦，而后尖叫着醒来）；用一些捏造的"原始场景"戏弄他们；始终不让他们瞥见一丝半点一个人真正的性的困境。我贿赂了一个护士，看到一些病例档案，欣喜地发现卡上把我称作"潜在的同性恋"和"彻底阳痿"。这场游戏玩得非常巧妙，结果——就我的情况而言——又那么可恶，因此在我完全好了以后（睡得很香，胃口像个女学生），我还继续待了整整一个月。接着我又加了一个星期，只为了跟一个强大的新来的人较量所有的乐趣。那是一个背井离乡的（而且的确精神错乱的）名人，以有本事让病人相信他们目睹了自己的观念而著称于世。

事实上，亨伯特猥亵儿童的手法与我们所知的这类变态的行为方式非常接近，包括给受害者化装。但是纳博科夫认为，如果想听这样的故事，我们还不如去听那篇枯燥乏味的序言的作者主持的一场学术讲座。《洛丽塔》的惊人之处在于，在阅读的过程中，我们本来相信，我们知道如何定位自己与卑鄙的主人公之间的关系，但是结果，他对洛丽塔的真情令我们惊讶，他对她的痴迷也令我们着迷，无论他如何用讽刺的语气来削弱伤感的情绪。这部小说是以她的名字而不是亨伯特的名字命名的。所以，在某种意义上，虽然亨伯特本人不是一个讨人喜欢的主人公，但是通过真正关注其他人，他在一定程度上救赎了自己，至少让我们对他的态度摆脱了单一维度的谴责。

这就是阅读一部不可靠叙事的作品的复杂性。我们已经习惯了反英雄叙事，比如在费奥多尔·陀思妥耶夫斯基（Fyodor Dostoevsky）的长篇小说《地下室手记》（*Notes from Underground*）中，叙述者一开头就承认：

> 我是一个有病的人……我是一个心怀歹毒的人。我是一个其貌不扬的人。我想我的肝脏有病。但是我对自己的病一窍不通，甚至不清楚我到底患有什么病……
>
> 我以前在官署供职，可是现在已挂冠归隐。我曾是个心怀歹毒的官吏。我待人粗暴，并引以为乐。要知道，我是不接受贿赂的，其实应当受贿，来犒赏一下自己。（蹩脚的俏皮话，但是我不把它删去。我之所以写它，是因为我想这话一定很俏皮；可现在我自己也看到，我不过可憎地想借此炫耀一番罢了——我故意不把它删去！）①

这种直接的对话很重要。主人公承认了自己的缺点和偏见，并邀请读者来评判他——然后最好能原谅他。朱诺·迪亚斯（Junot Díaz）在短篇小说《你就这样失去了她》（*This Is How You Lose Her*）中也是这样做的：

---

① 译文摘自：陀思妥耶夫斯基. 地下室手记. 臧仲伦，译. 南京：译林出版社，2004. ——译者注

> 我这人吧,其实不坏。我知道这话听起来是啥样——自我辩护,厚颜无耻,但我真的不算坏啊。我和其他所有人一样:软弱,会犯很多错误,但基本上还算良善之辈吧。玛格达莉娜可不同意。在她眼里,我是个典型的多米尼加男人:混蛋、孬种。①

叙述者用一种恳求的语气对读者说话,就好像在对他的女朋友说话一样:他因为自己的不忠惹恼了女朋友,现在来请求原谅。书名中的"你"很有启发性:他和读者是一体的。"你知道这是怎么回事。"他在第一段就这样欺哄读者。

读者也会喜欢人物不惜冒犯他们,挑衅性地"实话实说",比如克莱尔·梅苏德(Claire Messud)的长篇小说《楼上的女人》(*The Woman Upstairs*)中的叙述者:

> 我有多生气?你不会想知道的。没有人想知道。
>
> 我是个好女孩,一个乖女孩。我是全优生、老古板、好女儿、优秀的职场女性。我从没偷过别人的男朋友,从没丢下过一个女朋友。我忍受我父母的一切和我弟弟的一切,而且无论如何,我不是个小女孩了,我已经四十多岁。我擅长我的工作,带孩子也是一把好手,我母亲临终时我握着她的手,在这之前我已经照顾了她四年。我每天给我父亲打电话——注意,是每天,你们河对岸的天气怎么样?这边阴天了还有点闷。我的墓碑上本来应该写着"伟大的艺术家",但是如果我现在死了,上面只会写着"杰出的老师/女儿/朋友";而我真正想要喊出来的,想用大写字母刻在那块墓碑上的是,你们都去死吧!

这里的"你们"指的是读者,就和迪亚斯那段话中一样确定。诺拉·埃尔德里奇(Nora Eldridge)谴责我们这些人低估了她,剥削了她。她大胆地让读者怀疑她或贬低她。这段叙述看似是口语化的,但

---

① 译文摘自:迪亚斯. 你就这样失去了她. 陆大鹏,译. 南京:译林出版社,2016。——译者注

你知道作者对句子的长度和强度进行了控制。不过，梅苏德提醒你，她要让诺拉"拥有"这种自以为是。叙述者要以咄咄逼人而不是讨好逢迎的方式获得读者的同情。

这种辩解在第一人称中很常见。电影中经常有这样的画外音，比如《春天不是读书天》(*Ferris Bueller's Day Off*)中的费里斯·布勒(Ferris Bueller)、《独领风骚》(*Clueless*)中的雪儿(Cher)、《好家伙》(*Goodfellas*)中的亨利·希尔（Henry Hill），他们会转身面向镜头，直接向观众申辩。通常，这些套路是为喜剧设计的，几乎就像脱口秀表演。下面是吉莉安·弗琳（Gillian Flynn）的长篇小说《消失的爱人》(*Gone Girl*)中"酷妞"的一段独白：

> 男人的嘴里常常会冒出这么一句恭维话，不是吗？做一名"酷妞"，意味着我是个热辣性感、才华横溢、风趣幽默的女人，我爱足球、爱扑克、爱黄色笑话、爱打嗝、爱玩电游、爱喝廉价啤酒，热衷3P和肛交，还会把热狗和汉堡一个接一个地往嘴里塞，却又保持着苗条的身材——因为要做一个酷妞，首当其冲的关键词就是热辣性感，你要热辣性感，还要善解人意。酷妞从来不会一腔怨气，她们只会失望地冲着自己的男人露出一缕迷人的笑容，然后放手让他们去做他们想做的任何事情。"放马过来吧，随便来什么妖魔鬼怪魑魅魍魉，再下三烂的招式也亮出来，我全不在乎，因为我就是这么酷。"①

弗琳让她的读者（至少是女性读者）点头称是，尽管在《消失的爱人》中，艾米·邓恩（Amy Dunne）会做一些真正的坏事。艾米是一个典型的亨伯特·亨伯特式的反英雄，对自己的所作所为感到心满意足，毫无愧疚。

弗琳也让丈夫尼克·邓恩（Nick Dunne）以第一人称讲述了他的故

---

① 译文摘自：弗琳. 消失的爱人. 胡绯，译. 北京：中信出版社，2013.——译者注

事，所以，关于艾米的失踪，双方提供了相互对立的叙事。尼克也用类似的方式来博得（男性读者的）同情："我们两人中间总有一个人为此怒气冲冲，通常这个人都会是艾米。"弗琳为什么选择相互对立的第一人称叙事，而不是我们在上一章讨论过的交替的第三人称有限视角？因为这是一个谜，毕竟，有一桩人口失踪案需要解决，弗琳要求她的读者成为侦探，像侦探那样评估证据和关系人的陈述。我们相信在铺陈线索的过程中有弗琳的存在，但我们不希望她将自己的解读强加于人。

可靠的（或至少讨人喜欢的）第一人称叙述者

截至目前，《消失的爱人》在 Goodreads 网站上有 2 256 909 条评论，一些读者对人物"不讨人喜欢"感到不满，更想要一个他们可以"支持"的主人公。鉴于当代文学小说中这种邪恶的第一人称叙述者屡见不鲜，这些读者可能显得"没见过世面"。但是，文学小说中的第一人称叙述者也可以是讨人喜欢和令人同情的。她可以机智、聪明、谦虚、认真、热情、坦率、可爱、有见地、勇敢、有创造力。她可以向读者吐露心声，劝他"把椅子拉过来"。她可以告诉读者一些"内幕消息"。

玛格丽特·阿特伍德（Margaret Atwood）在她的反乌托邦小说《使女的故事》(*The Handmaid's Tale*) 中，让我们与"使女"奥芙弗雷德（Offred）产生共鸣。奥芙弗雷德是一个命运悲惨的女人，生活在一个充满压迫的未来社会，所有有生育能力的年轻女性都是统治阶级的奴隶，被囚禁，被赋予主人的名字，被强迫为无法生育的富人女性生孩子：

> 一把椅子，一张桌子，一盏灯。抬头望去，雪白的天花板上是一个花环形状的浮雕装饰，中间是空的，由于盖上石膏，看起来像是一张脸被挖去了眼睛。过去那个位置一定是装枝形吊灯的，但现在屋里所有可以系绳子的东西都拿开了。

> 椅子上方的墙上挂了一幅加了框却没装玻璃的装饰画,是一幅蓝色鸢尾花的水彩画。花还是允许有的。但我想,不知是否我们每个人都是同样的画,同样的椅子,同样的白色窗帘?由政府统一分发?①

奥芙弗雷德以冷静观察的语气和不自伤自怜的坚忍态度,描绘了一幅定格画面,这使她成为一名出色的叙述者。她使这些离奇的状况变得真实可信。她告诉我们:"我尽力使自己不要想入非非。因为思想如同眼下的其他东西一样,也必须限量配给。其实有许多事情根本不堪去想。思想只会使希望破灭,而我打算活下去。"我们也希望她能活下去。

显然,《使女的故事》不是奥芙弗雷德写的。令人眼花缭乱的想象力,政治现实由现在向未来的转变,都属于阿特伍德。尾声部分来到更加遥远的未来,在一场学术会议上,一位学者告诉我们,他得到了奥芙弗雷德讲述自己故事的录音磁带,是他大费周章地将故事的内容誊写下来的。但是在小说的大部分篇幅中,奥芙弗雷德本人使用的都是现在时。我们与她建立了共情。在那一大群穿着红色长袍、戴着白帽子的一模一样的女人当中,她是特别的。

"我在那里/这发生在我身上"的方法特别适用于未来或幻想叙事。"我的名字叫凯茜·H。我现在三十一岁,当看护员已经十一年多了。"这是石黑一雄(Kazuo Ishiguro)的长篇小说《别让我走》(*Never Let Me Go*)开头的两句话。这部小说讲述了某个想象中的灰暗未来,克隆人被饲养、繁育、摘取器官,直到他们最后"完结",也就是死亡。这个未来有着严格的阶级制度,与今天的英国颇为相似。"我知道,这听起来时间够长的了,但是事实上他们希望我再做八个月。"凯茜继续说,在你弄清楚什么是看护员或"捐赠者"之前,你知道可怜的凯茜

---

① 译文摘自:阿特伍德. 使女的故事. 陈小慰,译. 上海:上海译文出版社,2008。——译者注

时间不多了。她的谦虚谨慎，以及她对在著名的克隆人学校一起长大的"同学们"的感情，使她非常讨人喜欢。

类似地，在蕾切尔·库什纳（Rachel Kushner）的长篇小说《喷火器》（*The Flamethrowers*）中，20 世纪 80 年代，年轻、单纯的叙述者从内华达搬到纽约，卷入颓废的艺术圈，你也不希望有什么坏事发生在她身上。"这些人有些心照不宣的规则，后来认识的这一类人同样如此：你不应该问那些很一般的问题……你假装已经知道了，或者根本不需要知道。"通过承认她的幼稚和她局外人的身份，她证明了自己是值得信赖的。

这并不意味着她什么都知道。她可能有盲点——读者会在那些她看不到的地方看到危险信号。我曾经去听过一场《喷火器》的朗读会，库什纳念到下面这段时，所有观众都笑了：深夜，人物和她在酒吧遇到的一群人挤在汽车后座，她坐在一个男人腿上，这个男人对她说：

"你确实有种野丫头的性感，我只能这么说了。是的。"
好吧，我告诉自己。某些事正在悄然发生。①

库什纳停顿了一下，困惑地说："我不知道为什么每次念到这段人们都会笑。"我们在上一章讨论过作者与人物"融为一体"，这就是第一人称视角下一个这样的例子：库什纳过于投入这个善良、天真的人物了，连这么明显的事实都判断不出来。在第一人称视角下，她看不出来。但是，读者能够看出来。

在约翰·厄普代克的短篇小说《A&P》中，读者也能体会到类似的同情和略带讽刺的距离感：

三个只穿着游泳衣的姑娘走了进来。②

这是经典的"把椅子拉过来"的第一人称叙事：你可以想象叙述

---

① 译文摘自：库什纳. 喷火器. 侍中, 译. 北京：人民文学出版社，2016。——译者注
② 译文摘自：厄普代克. 厄普代克短篇小说集. 李康勤, 王赟, 杨向荣, 等译. 上海：上海译文出版社，2020。——译者注

者萨米(Sammy)悠闲自得地把这个故事讲给一群人听。另一种通过第一人称制造亲密感的方法是,暗示叙述者和读者属于同一群体,拥有相同的假设和价值观。高中生萨米知道男人谈论女人的方式是物化的,他的故事就是这样开始的:三个穿着游泳衣的女孩走进小镇上他打工的杂货店。但萨米更多是在"尝试"男性凝视,而不是真正拥有这种目光。下面这个段落是萨米对领头那个女孩的描述,从这段话中,读者了解到关于萨米的一些事,是他没有直接告诉我们的:

> 你永远拿不准女孩子的心思(你真的以为她们在用心思盘算着什么吗?说不定无非就像关在玻璃罐里的蜜蜂在嗡嗡乱叫呢),不过,你可以想象,一定是她说服另外两个姑娘上这儿来的。现在,她正在向她们做示范——挺直身板,迈动步子时从容不迫。
>
> 她身穿一件暗粉色——也许是米色的,我也说不准——游泳衣,上面布满星星点点的小结头,最让我惊讶的是泳衣上的两根吊带从肩上歪下来,松弛地挂在冰凉的胳膊上端,我猜想,这么一来,那件泳衣肯定向下滑动了一丁点儿,所以,泳衣上端明显露出一圈亮闪闪的边痕。要不然,你简直无法想象还有比这姑娘肩膀更白的皮肤。由于泳衣的吊带落下来,从泳衣上端到头顶,除了她的肉体,就一无所有了——从肩骨以下到胸脯的上半部,这片赤裸白净的皮肤,看起来就像一张凹凸起伏的金属薄片,在灯光下闪闪发亮。照我看,这实在是太美了。

第一句话是萨米觉得自己应该采取的谈论女人的方式——那种轻浮的"更衣室谈话"——剩下的描述是他的真实感受。这是一种敏感、诗意的描述。萨米身上有些东西,比他表现出来的要多,甚至比此时此刻年轻的他自己知道的还要多。

(你如果不买账,你不相信萨米会用"一张凹凸起伏的金属薄片"来描述女人的肩膀,则可以指责厄普代克过于强势地介入了叙事。作家这样做可能打破第一人称叙事的魔咒。我能够接受这个富于创意的年轻人通过这种细节来观察一个女人，我还相信学习如何观察是他成熟的关键，也是故事的核心。但是，在我的一些女权主义学生看来，抒情的描述也可以算作物化女性。）

第一人称叙述者要让自己讨人喜欢，最好的办法就是关注除了自己以外的人和事，向更广阔的世界敞开怀抱。就像《A&P》中的萨米一样，他关心女孩们，注意到那些暴露她们社会阶层的微妙信号。友善、宽容的观察能帮助叙述者给人留下好印象。蒂莉·奥尔森（Tillie Olsen）的短篇小说《我站在这里熨衣服》（*I Stand Here Ironing*）中，一开头叙述者是这样说的：

> 我站在这里熨衣服，你让我拿着熨斗来回折腾。
> 我希望你抽出时间来和我谈谈你女儿的事。我相信你能帮我理解她。她是一个需要帮助的年轻人，我也很想帮助她。

这个故事是关于困境中女儿的，还是关于熨衣板前疲惫的母亲的？她在和谁说话，老师还是社工？实际上，这个故事是关于母亲的，但她一直在怀着温暖、好奇和慈爱谈论她的女儿，我们正是通过这种方式了解她的：

> 她是个漂亮的宝宝，噗噗地吹着亮闪闪的泡泡。她喜欢动，喜欢光线，喜欢颜色、音乐和花纹……对我来说她是个奇迹，但是她八个月大时，我不得不白天把她留在楼下那个女人家，对她来说，她根本不是什么奇迹。我得去工作，或者去找工作，而艾米丽的父亲说，他"再也无法忍受"（他在告别信中这样写道）"跟我们一起过穷日子了"。

奥尔森的声音是温柔的、试探性的，让我们再来看一个截然不同的声音——一个尖锐的、对抗性的声音。在艾丽斯·欧文斯（Iris Owens）的长篇小说《霍普·戴蒙德的拒绝》（*Hope Diamond Refuses*）中，叙述者霍普·戴蒙德巧妙地把她已婚的情人狠狠骂了一顿，赢得了读者的同情：

我简直等不及里奥·赫尔曼赶来，好把他打发走了。我跟这个胆小鬼已经结束了，我不想见他，但有几句话还是想当面说。自从他从肯尼迪机场给我打电话，兴高采烈地宣布他平安归来后，我就一直在修改和排练我的告别演说。他在非洲最黑暗的地方旅行了三周，带他患有旷野恐惧症的妻子去了所有地方。公平地说，是赫尔曼夫人坚持要进行这次探险的。他们的家在中央公园西边，就像一座堡垒，她在里面关了十二年，现在要为这段时光寻求补偿。这种生活令人抓狂，却非常适合里奥。妈妈被拴在家里，焦急地等待着她的宝贝回来报告世界的状况。太完美了！赫尔曼家里的每一个人——疯子里奥，他们十二岁的女儿辛西娅（她比预产期晚出生了很多天，她母亲的恐惧症就是从那时候开始发作的）——都适应了这种情况。就在这时，一种新型的治疗方法出现了，很快，无聊透顶的缪丽尔就直面她的恐惧，走上杀人的街道，渴望野兽、猎枪，准备去征服丛林。

很明显，叙述者和里奥还没有结束。虽然她用轻蔑的语气嘲笑他，但是赫尔曼一家的互动令她深深着迷。这种迷恋和她活泼犀利的幽默感，为她的怨恨奠定了一种基调。

幽默感或许是第一人称叙述者最有力的武器。它是抵御前面提到过的自伤自怜的堡垒。诺拉·爱弗朗在长篇小说《心痛》开头的第一个段落，就塑造了女主人公自嘲的能力：

第一天我不觉得这很有趣。第三天也不觉得，但我还是试着拿这事开玩笑。"整件事情最不公平的是，"我说，"我甚至不能约会。"好吧，就像他们说的，你必须当面听我说，因为当我把这句话写下来时，我自己也觉得不好笑。但是（相信我），有趣的是"约会"这个词，当你把这句话大声说出来时——一个完美适合十几岁青少年的句子，而我不是个青少年了（好吧，我三十八岁），我不能约会的原因是我的第二任丈夫找了个情人而我已经怀孕七个月了——反正他们都笑了，即使我知道，我的朋友们发笑只是为了让我振作起来。我需要振作起来。

读过《心痛》的读者大多知道，这部作品是半自传体的，爱弗朗自己的离婚故事就闹得沸沸扬扬、备受争议。猜测这部影射小说中哪些细节是真实的，哪些是虚构的——把爱弗朗和她的主人公区分开——成了乐趣的一部分。享受这种乐趣的前提是要知道，尽管人物和作者在某种程度上是一体的，尽管用一本畅销书向前任和他的情人复仇是一件大快人心的事，但爱弗朗有足够的距离感和自我意识，不会迷失在负面情绪中。在她的小说和个人随笔中，爱弗朗向读者保证，正如评论家阿里尔·利维（Ariel Levy）所说的："幽默战胜一切。"她是插入括号的高手：看看上面那个段落中，她是如何先发制人地消除读者可能的异议或怀疑。"相信我。"她说。

第一人称的时间距离

第一人称叙述者可以声明有些事情他不知道，承认他的叙述中有缺陷、记忆中有漏洞，由此建立信任。凯茜·H在谈到她作为克隆人的童年时承认："这些都是许久之前的事了，所以有些情况我可能会记错。"帕特里克·莫迪亚诺（Patrick Modiano）在《缓刑》（*Suspended Sentences*）中这样写道：

> 我是在十九岁时认识弗朗西斯·冉森的，那是一九六四年春天，我今天想说的是我对他了解得并不多的一些情况。①

简单直接，没有一丝一毫的炫耀。叙述者承认，他对冉森了解得并不多，矛盾的是，这使他的叙述更加可信。叙述者说："好几年过去了。但流逝的岁月远未使卡帕和冉森的形象变得模糊，反而使其变得

---

① 译文摘自：莫迪亚诺. 狗样的春天. 徐和瑾, 译. 上海：上海译文出版社，2017。——译者注

更加清晰：这形象在我记忆之中要比那年春天的景象清晰得多。"

这就是时间距离，是作家用来建立可靠的第一人称叙事的另一个重要工具。这个故事不是一时冲动讲述的，而是经过冷静和反思之后的结果。和他的小说《低音萨克斯管》(*The Bass Saxophone*)的主人公一样，小说家约瑟夫·什克沃雷茨基（Josef Škvorecký）也是捷克斯洛伐克人，他的祖国饱受战火的摧残，屡次被侵略和占领：

> 那些日子里，生活中的一切都是新鲜的——因为我们都是十六七岁——我经常吹中音萨克斯管。我吹得很糟。我们乐队叫"红色乐队"，其实这个名字是个误会，因为它没有任何政治含义：布拉格有一支乐队自称"蓝色乐队"（Blue Music），而我们生活在纳粹保护国波希米亚和摩拉维亚，完全不知道"blue"指的是爵士乐而不是一种颜色，所以给自己的乐队起名叫"红色乐队"。但是，如果说这个名字本身没有政治含义，我们甜美、狂野的音乐却有，因为从希特勒到勃列日涅夫，先后统治过我的祖国的那些渴望权力的人都把爵士乐当成眼中钉、肉中刺。

莫迪亚诺和什克沃雷茨基都以朴实的姿态和读者对话，没有提出特别的求告。简单中蕴藏着智慧。两位作者从一开始就承认，报告中可能有信息缺失或不准确之处——"我对他了解得并不多"，"这个名字是个误会"——这反而使证人更加可靠。什克沃雷茨基也没有"自吹自擂"，他承认自己不是迈尔斯·戴维斯（Miles Davis）[①]。

时间距离能够让读者对作者和人物产生信任。作者不仅给了主人公为自己代言的机会，而且让他表现得大方、宽容、不傲慢。但是在默认情况下，时间距离意味着作者知道整个故事，已经规划好了所有情节。在创意写作研讨班中，人们经常称赞一篇小说的"即时性"——让读者有"临场感"——不过，华兹华斯（Wordsworth）所

[①] 美国爵士乐演奏家、小号手、作曲家、指挥家。——译者注

说的"平静中回忆起来的情感"也可以实现同样的效果。

埃莱娜·费兰特用四部小说描写了一对来自那不勒斯的好友一生的友谊。她使用了我们在这里讨论过的许多方法,包括时间距离的方法,来为她的第一人称叙述者赢得同情。你从第一部小说的书名《我的天才女友》(My Brilliant Friend)中就可以看到,莱诺(Linu)敬畏她"耀眼的"朋友莉拉(Lila),相信她的勇气和智慧。莱诺说:"她说的话我都相信。"她把自己描述成一个信任别人、慷慨大方、甘愿做配角的人。她说:"我已经习惯于跟着她,我确信她比我强,像在其他方面一样。"同时,她也暗示,随着时间的推移和两个女孩之间竞争的加剧,她会逐渐摆脱这种信任。因为叙述者现在是一个成年人了,我们相信她知道整个故事的弧线,因此能够更客观地回顾往昔:

> 我一点也不怀念我们的童年,因为我们的童年充满了暴力。在我们身上,在家里,在外面,每天都会发生各种事情。但我记得,我那时从来没觉得我们遭遇的生活很糟糕,生活就是这样,这很正常。①

不用说,如果你用四本小说事无巨细地描写两个女孩,具体到她们的午餐菜单、拉丁文课和暗恋对象,那么这段友谊会成为充满悲剧和背叛的神话,就像《教父》(Godfather)式的史诗电影一样。(或许这是意大利人的习惯。)不用说,与《了不起的盖茨比》中卡罗威那样的叙述者不同,这个故事不仅涉及那位耀眼的朋友的命运,也涉及叙述者本人的命运。但时间距离是必要的,否则我们很难接受一页页地阅读小孩玩娃娃,或者在数学考试中比谁分数高之类的情节。

时间距离对短篇小说的重要性不亚于长篇小说。伊丽莎白·塔伦特(Elizabeth Tallent)写过一篇非常短的短篇小说《人无秘密可言》(No One's a Mystery),主人公十八岁时与一位年长的已婚男子有过一

---

① 译文摘自:费兰特. 我的天才女友. 陈英,译. 北京:人民文学出版社,2017。——译者注

段婚外情。小说采用第一人称，整个故事就是发生在车上的一段对话，这对情侣在旅途中调侃他们的未来。只不过他们没有未来。虽然叙述者一个字也没提到这段婚外情将在何时结束、如何结束，但我们确信它一定会结束，部分原因在于，我们知道十八岁的少女与年长的已婚男人的婚外情是怎么回事。("人无秘密可言。")很明显，这个女孩对她的情人没有什么怨恨——事实上，在未来的日子里，她是怀着一种怀念，或者至少是接受的心情，回想起他和这段短暂的恋情的。这一切都是通过一个简单的、陈述性的过去时态实现的，它使我们的叙述者不再被困在那辆车里——当他们迎面遇上他妻子的车时，她只能趴在方向盘下，把头埋在杰克的膝盖中间。除了对话，这个简短的故事中只有两段描写，来看看开头第一个段落是如何用只言片语揭示出大量细节的：

> 我们在喝龙舌兰酒，酒瓶放在他两腿之间，靠在他的裆部，他的牛仔裤接缝处磨得发白，虽然裤子几乎还是新的。我不知道为什么他的牛仔裤接缝和膝盖那里总是会磨白。拉链是金色的，在弯曲的布料上闪闪发光。

这样的描写让人联想到性，几乎有点滑稽——龙舌兰酒瓶就像勃起。它还有另一重作用，就是让读者注意到故事结构的巧妙之处：正如叙述者被塞进一个狭小的空间一样，作者故意从一个狭隘、短视的位置来描写这个婚外情的故事。与欧芝克的《大披巾》一样，塔伦特也在有意识地探讨如何以短篇小说这种形式捕捉整个生活。在这种情况下，读者同时意识到作者和叙述者的存在；事实上，二者似乎天衣无缝地融合在一起。

在她的短篇小说中，艾丽丝·门罗是利用时间距离来展示重大事件如何改变人生的大师，这些事件从未离开我们，却在记忆中悄悄发生变化。一位第一人称叙述者告诉我们："我几乎不记得那段生活。也就是说，我清楚地记得某些部分，但无法将之拼成一幅完整的画面。"

另一位叙述者在讲述她家族历史上的一桩重大事件时思忖道：

> 那顿晚饭是什么？我想说是咖喱，但也许那是因为我爸爸不喜欢咖喱，虽然他并不会为此抱怨……现在我想，也许那天医院里出了什么事，一个本来不该死的病人死了——也许问题完全与饭菜无关。①

在这里，作者又是用不确定来建立亲和力和可靠性的。但是，在门罗的故事中，时间距离的作用不止于此。事件本身，记忆的本质，成为核心主题。每一个故事都是如此，通过一系列支离破碎却精彩绝伦的片段，让你相信自己已经了解了整个复杂的人生。

并不是所有向我们讲述他们的过去的成年人现在都更成熟、更睿智了。有些人仍然有点困惑，或者非常困惑。这里有一些例子，证明回顾过去并不意味着明智和可靠。

在《无尽的爱》(*Endless Love*) 中，斯科特·斯宾塞（Scott Spencer）从一开头就告诉你，他的叙述者再也没有从小说讲述的事件中完全恢复过来：

> 我十七岁那年，完全听从自己的心，远离了正常生活的道路，一夜之间毁掉了我所爱的一切——我爱得那么深，所以当我不能再爱时，当无形的爱害怕退缩、有形的身体身陷囹圄之后，别人很难相信，如此年轻的生命竟会遭遇如此不可逆的痛苦。但是现在，这么多年过去了，1967 年 8 月 12 日的晚上，这件事仍然撕裂了我的生活。

斯宾塞直截了当地告诉读者，这不是一个普通的故事。叙述者会进监狱。叙述者现在已经长大，我们相信他与青少年时期已经不一样了（不再"完全听从"自己的情绪），但他仍然对即将讲述的事件充满

---

① 译文摘自：门罗. 亲爱的生活. 姚媛，译. 北京：北京十月文艺出版社，2014.——译者注

激情。在为故事打基础时,这种利用时间距离建立框架的方法是很常见的。

在短篇小说《一桶白葡萄酒》(The Cask of Amontillado)中,埃德加·爱伦·坡讲述了一个人被活埋的恐怖故事。恶魔般的凶手自己讲述了这个故事。读者在凶手的带领下见证了整个过程:福吐纳托(Fortunato)在化装舞会上打扮成一个小丑,凶手诱骗他深入一个地下墓穴,在那里没有人能听到他的呼救声。在故事的第一段,叙述者就这样说:"你早就摸熟我的生性脾气了。"叙述者在对谁说话?"你"通常是在称呼读者,至少在一定程度上是这样,但事实上,我们并不了解他的生性脾气——这才是第一段。一个老朋友?一个牧师?这是忏悔吗?下面是故事的最后一段(我已经剧透了,福吐纳托被活埋进了自己的坟墓):

> 还是没搭腔。我将火把塞进还没砌上的墙孔,扔了进去。谁知只传来丁零当啷的响声。我不由恶心起来;这是由于墓窖里那份湿气的缘故。我赶紧完工。把最后一块石头塞好;抹上灰泥。再紧靠着这堵新墙,重新堆好尸骨。五十年来一直没人动过。愿死者安息吧。①

当然,这个凶手是一个不可靠的叙述者,而且是一个非常令人反感的叙述者。这个故事有一种"告诉你一个秘密"的语气,爱伦·坡在他的第一人称短篇小说中经常使用这种手法:比如,在《厄舍府的崩塌》(The Fall of the House of Usher)中,叙述者讲述了他拜访一幢注定要毁灭的大宅和宅邸里那些疯疯癫癫的人的故事;在《失窃的信》(The Purloined Letter)中,我们的叙述者拿着烟斗,听别人讲述了他的朋友杜宾(Dupin)如何智胜一个勒索者的精彩故事。

然而,在《失窃的信》中,叙述者与动作保持着安全距离,并且

---

① 译文摘自:坡.爱伦·坡短篇小说集.陈良廷,等译.北京:人民文学出版社,1998.——译者注

拥有相应的可靠性。火焰在燃烧；有时间去沉思。在《一桶白葡萄酒》中，叙述者就是凶手本人。我们应该如何看待他揭露的真相？诚然，没有人发现他的罪行，但故事结尾的"安息吧"无疑是讽刺的：不仅福吐纳托没有迎来平静的死亡，叙述者似乎也为自己的行为所困扰，因为他仍然生动地记得所有的景象和声音——或者，他是在享受这种回忆？这是叙述者临终前的忏悔吗？他在祈求自己能迎来平静的死亡吗？那个未命名的"你"听到这些会作何反应？爱伦·坡故意省略了所有这些信息，给这个故事带来一种意犹未尽的恶心感觉，就好像可怜的福吐纳托还在那座砖砌的坟墓里虚弱地摇着他的铃铛。

自觉的叙述者

我们已经详细讨论了第一人称叙事是如何直接吸引读者进入故事的。但是在元小说中，第一人称视角还有另一种用法——让读者注意到小说自身结构的巧妙之处。在这类作品中，有些故事压根没有给你一个清晰、可信、直接的叙述者，而是确保你知道叙述者是一种创造、一种扭曲。

菲利普·罗斯（Philip Roth）有九部小说的叙述者都是小说家内森·祖克曼（Nathan Zuckerman），祖克曼经常被当成罗斯本人的另一个自我来讨论。在某种意义上，罗斯遵循了我们刚才提出的公式。他的叙述者关注别人而不是自己，怀着浓厚的兴趣讲述对方的整个故事，使叙事真实可信，也让读者感受到叙述者对他人的真诚和善意。在《人性的污秽》（*The Human Stain*）中，祖克曼孤独地生活在伯克郡（Berkshires），与迷人、博学、神秘的科尔曼·西尔克（Coleman Silk）成为朋友，讲述了这位退休院长在学校遇到的麻烦（包括种族主义的指控），以及与校园清洁工福妮雅（Faunia）的风流韵事。我们有理由相信，祖克曼欣赏西尔克，也为西尔克的遭遇感到惋惜。我们也可以理解，作为一个做过前列腺手术的人，祖克曼对西尔克的情爱生活很感兴趣。不过，《人性的污秽》用了很长的篇幅详细描写西尔克的过去，祖克曼不可能从西尔克那里得到如此丰富的细节。事实上，这些段落看起来就像第三人称全知叙事。然后，让叙事更加复杂的是，祖克曼还谈到了一系列其他人物的思想和行动：西尔克的女朋友，那个不识字的清洁工；女朋友的前夫，一个危险的越战老兵；西尔克在雅典娜学院（Athena College）的对头，一位法国教授。而且，在大段大段的对话中，祖克曼就像"墙上的苍蝇"，只有深入西尔克的过去或者置身西尔克的卧室，他才有可能听到这些对话。

在小说中插入祖克曼作为记录者和解释者，乍看起来使叙述更加可信，但事实刚好相反，罗斯几乎时刻都在提醒你，这番叙述是不可靠的。对这个充斥着关于西尔克的流言、诽谤和错误信息的故事来说，这很重要。故事中有一个关于西尔克身份的惊天大秘密，西尔克一生都保守着这个秘密，祖克曼直到很晚才知道。谁在讲述这个故事，讲述给谁听，是祖克曼这本书的核心问题，也是《人性的污秽》的核心问题。

有人认为，罗斯用自由间接引语令人信服地捕捉到了一大群人物的思想。你可以不同意这种观点。你也可以不喜欢他的文风：罗斯使用了很多华丽的长句和段落，在某些人看来无疑过于华丽了。但是必须承认，罗斯塑造了一群社会经济背景各异的人物，他不仅描绘了这些特定的人物，还描绘了一幅整个美国的画卷。这部小说的眼界和理想不属于祖克曼，而属于罗斯本人。罗斯明白你知道这一点，并鼓励你记住这一点，无论他将人物塑造得多么栩栩如生：

> 仅在三月以后，当我得知这秘密，并开始撰写这本书时——是他从一开始就请求我写这本书的，不过并不一定是按照他的要求写的——我才觉悟到加固他们契约的基础结构是什么：他已告诉她他的全部故事，只有福妮雅一个人知道科尔曼是如何变成他自己的。我怎么会知道她知道了？我不知道。当时我就连这也不可能知道。现在更不可能知道。既然他们都死了，没有人能够知道了。好也罢坏也罢，我只好按每个自以为知道的人的办法去做。我想象。我被迫加以想象。碰巧那是我谋生的手段、我的职业，

是我此刻所做的一切。①

不用说，这种自我意识不是罗斯的专属。我们已经讨论过纳博科夫。应该说，豪尔赫·路易斯·博尔赫斯（Jorge Luis Borges）也是这方面的典范，他的迷宫和谜题成为许多作家效仿的实验模板。比如，在短篇小说集《迷宫》（Labyrinths）中，《小径分岔的花园》（The Garden of Forking Paths）这样的故事讨论了迷宫，其本身的形式也是一个迷宫。你阅读博尔赫斯，不是为了了解人们如何恋爱或失恋，也不是为了了解他们的日常生活——他们的工作、他们早餐吃了什么。博尔赫斯告诉我们，小说有更重要的目标，那就是迫使我们以认识论的方式思考我们构建现实的方式，并接受所有的现实都是一种构建。

这里有一个重要提醒：当你在创作中采用元小说的方法时，要记住纳博科夫、博尔赫斯和其他许多人已经这样做过了。小说家内森·祖克曼的形象能够引起读者的共鸣，部分原因是罗斯已经用 29 本书树立了自己小说家和回忆录作家的形象。这并不意味着你不能这样做，而是说，这样做并不能自动使你成为天才。你需要做得特别出色，或者从一个新的角度，或者为了某个有趣的目的这样做。

教过大一新生作文课的老师都知道，每个学期都能收到至少一篇这样的天才论文：论文的主题是他想不出要给自己的论文找一个什么主题。元小说如果写不好，就会给人这种感觉。读者可能只会抱怨说："没什么新鲜的。"

说话的人（滔滔不绝的人）

我们在本章中讨论了各种叙事的可靠性，当今小说中最常见的就是滔滔不绝的、极度不可靠的第一人称叙述者。然后，随着故事的发展，读者发现叙述者是个胡言乱语的疯子，这也不再是什么新鲜事。

---

① 译文摘自：罗斯. 人性的污秽. 刘珠还，译. 南京：译林出版社，2011. ——译者注

比如，夏洛特·珀金斯·吉尔曼（Charlotte Perkins Gilman）的短篇小说《黄色壁纸》（*The Yellow Wallpaper*）中，陷入"暂时的神经质"的妻子被关在阁楼上，最后，她把卧室的墙纸都撕了下来，解救了她想象中困在图案背后的女人。通常，这些说个没完的人既是疯子又是坏蛋。在第一人称叙事中，我们听到这些人物的声音，看到他们如何为自己的行为辩护；就像亨伯特一样，这些坏人往往非常健谈。在阿尔贝·加缪（Albert Camus）的《局外人》（*The Stranger*）中，杀人犯表现出存在主义的冷漠和无动于衷，下面是这部小说的著名开头：

> 今天，妈妈死了。也许是昨天，我不知道。我收到养老院的一封电报，说："母死。明日葬。专此通知。"这说明不了什么。可能是昨天死的。①

在后面的章节中，还有更多大卫·福斯特·华莱士（David Foster Wallace）那种躁郁症患者似的不分段的表述，以及连篇累牍的注脚。

纳博科夫对文字游戏产生了重要影响，他喜欢让读者进入一个不那么正常的大脑。当代小说中，许多第一人称叙述者即使不是杀人犯，也会以这样或那样的方式造成伤害。丹尼斯·约翰逊（Denis Johnson）的短篇小说《搭车遇险记》（*Car Crash While Hitchhiking*）中有一个没有名字的叙述者（作者只用"坏家伙"来称呼他），他嗑药嗑嗨了，丢下一个婴儿，跟跟跄跄地离开了车祸现场：

> 一个推销员喝了酒，开车时睡着了……一个切罗基人灌了一肚子波旁威士忌……一辆大众汽车里满是大麻烟雾，开车的是个大学生……
>
> 还有来自马歇尔敦的一家人，他们撞死了一个从密苏里州的贝瑟尼向西行驶的人……
>
> 我在倾盆大雨里睡了一觉，起来时浑身湿透，有点神志不清，

---

① 译文摘自：加缪. 局外人. 柳鸣九，译. 上海：上海译文出版社，2010.——译者注

多亏了前面提到的那三个人——推销员、印第安人和大学生——他们都给了我一点药。我在入口处的坡道前等着,不指望能搭上车。我浑身都湿了,不会有人让我上车,把睡袋卷起来还有什么意义呢?我把它像斗篷一样披在身上。大雨冲刷着柏油路,凹陷处积起了水洼。我可怜的脑子转得飞快。旅行推销员给了我一些药片,让我觉得血管的内壁都被刮掉了。我的下巴疼。我知道每一滴雨点的名字。我在一切发生之前就感觉到了。我知道有一辆奥兹莫尔比牌的汽车会为我停下来,甚至在它减速之前我就知道了。车里传出一家人甜蜜的声音,我知道我们会在暴风雨中出车祸。

我不在乎。他们说他们可以捎我一程。

虽然故事是用过去时讲述的,但是回顾并没有给我们提供安全感。在故事的最后,我们得知叙述者后来在康复中心度过了一段时间,但我们不确定这是否有效。当他在医院里开始出现严重的幻觉时,没有亨伯特式的总结或反思:"我总是对医生们撒谎,仿佛只要具备欺骗他们的能力,我就完全健康了。"

应该注意,和在第三人称中一样,作者在第一人称中也可以使用意识流的技巧。詹姆斯·乔伊斯的《尤利西斯》以莫莉·布鲁姆(Molly Bloom)的第一人称意识流结尾,这段意识流长达五十多页,只有一个段落、一句话,在不分段的漫谈方面很难有人超越了。不过,第一人称叙述者在把自己呈现给想象中的观众时,通常并不是受困于自己的头脑中,而是像汤姆·琼斯的短篇小说《寒流》中的叙述者一样,直接向读者倾诉。我不会引用整个第一段,因为它太长了,有很多页,下面是这段独白的一部分:

我刚从非洲回来,我在那里给土著人当医生,结果得了一场严重的疟疾,减掉了三十磅体重,不过是我的一次躁狂症发作让全球援助组织把我送回了家。这是我到目前为止最严重的一次发作,我吃了锂片,得了严重的牛皮癣,看起来像鳄鱼人。你可以吃卡马西平来治疗躁狂症，但我吃这个会杀死白细胞，有一次差点丢了性命，所以当我发作时，我喜欢皮下注射一点吗啡，我随身带着一加仑吗啡，它能让你冷静下来——而且，不像酒精，这是我能控制的东西。不过我必须承认，我在美国因为滥用药物失去了行医执照，事情了结后，我加入了全球援助组织……

和约翰逊一样，琼斯自己也有过吸毒史。你肯定怀疑，作者知道他说的用来治疗抑郁症的鸡尾酒是什么。但是，琼斯和叙述者是一体的吗？虽然叙述者是在为他自己代言，但是在故事的情节和背景中，作者的存在也很明显。琼斯有一个有严重心理健康问题的妹妹（叙述者也有一个这样的妹妹，因为对她的关心，使他更加令人同情）；天气的"寒流"是人物心理状态的隐喻。换句话说，你在听到人物声音的同时，也能听到作者在赋予他生命。你没有完全受困在人物的大脑里。

乔纳森·勒瑟姆（Jonathan Lethem）的长篇小说《布鲁克林孤儿》(Motherless Brooklyn)中，患有妥瑞氏症的孤儿莱诺尔（Lionel）也是如此：

  语境决定一切。不信的话给我换身衣裳看看。我是游园会的吆喝师傅，是拍卖场的主持人，是闹市区的表演艺术家，是神灵附体的乱语者，是提案受阻的醉酒参议员。我有妥瑞氏症。我的嘴巴一刻都不肯停歇，尽管多数时候我只是低语或默念，就像我正在大声朗读，喉结不住跃动，上下颚的肌肉颤抖着，如同面颊底下埋了颗微型心脏，声音沦为囚徒，悄然逸出的字词仅仅是它们自己的幽魂，是没有气息和音调的空壳。（让我当《迪克·特雷西》故事中的恶棍，我肯定选"嘟囔"无疑。）失去声音的字词冲出我宛如丰饶之角的大脑，去世界的表层溜上一圈，像琴键上的手指，温柔地拨弄现实。爱抚现实，触碰现实……只是——唉，阻碍就在此了——等它们觉得完美已经过度……这时，我这支小军队就要造反，要烧杀抢掠了……于是，那种强烈的欲望来了，催逼我在教堂叫嚷，在托儿所叫嚷，在坐满人的电影院叫嚷。开始只是小小的瘙痒而已，无关紧要的小瘙痒，但很快就化作受到阻拦的激流，大坝受压变形。诺亚的洪水。这样的瘙痒就是我的全部生活。说着说着它又来了。捂住耳朵吧，打造方舟吧。

"吃我啊！"我尖叫道。①

读者根本不相信这幅画面是男孩自己描绘的。句子的节奏和隐喻都有着强烈的作者风格。这没问题。我们欣赏勒瑟姆的语言技巧。他是自己小说领域中的王者。不过，如果你尝试把这段话改成第三人称，它会因为坚持自己的风格而变得令人生厌。第一人称给了作者更多的掩护，让他有机会炫技。

有些读者可能认为，即使使用第一人称，这段话也太浮夸了。你可以嫌他们无趣，但是，如果你选择了炫技，你就需要给人留下深刻的印象。几十年前，大卫·福斯特·华莱士就开始疯狂地使用脚注和尾注，而不是更常规的插入语。所以，如果一位作家现在还想靠这种方法博得赞誉，他不会显得后现代，他只会像个模仿者。即使作者坚持他从没读过《无尽的玩笑》（*Infinite Jest*）也没有用。大卫·福斯特·华莱士太有名了，人们光凭他姓名的首字母 DFW 就能认出他，好像这是个机场的名字一样。一位作家一旦拥有这样的影响力，他的语气和风格就像流感病毒一样在空气中到处飘荡。

如果有人构思了一个他认为非常精彩的故事，讲的是一个人吃奥利奥，小心翼翼地把它掰开，露出中间的奶油，当他用牙齿刮掉奶油时他又陷入了童年的回忆，那么需要有人告诉他，普鲁斯特笔下的玛德琳已经这样做过了。作家本人是否读过普鲁斯特并不重要。无论他知不知道原作，他的作品都是仿作。对作家来说，博览群书是非常重要的，这就是原因之一。

---

① 译文摘自：勒瑟姆. 布鲁克林孤儿. 姚向辉，译. 桂林：广西师范大学出版社，2011. ——译者注

练 习

- 用人物的声音，以第一人称视角为一个明显不道德或令人讨厌的行为辩护。尽可能令人信服地让人物直接向读者申辩。然后尝试把他的辩护放在不同的位置——如果在讲述人物究竟做了什么之前先让他为自己辩护，是会更有说服力，还是相反？

- 用第一人称叙述者的声音写一段观察或感言，让读者听出来是你在发表观点。作者用这种方式巧妙地与读者交流，对叙事有什么好处？

- 不让人物照镜子，让读者了解主人公的外表。

- 用第一人称写一个段落，通过让叙述者对另一个人物或事件发表评论，让你的主人公讨人喜欢。换句话说，通过他对别人的评价，间接地告诉我们人物的性格。

- 分别用现在时和过去时撰写小说的一个关键章节。过去时需要主人公做出更成熟、更明智的判断吗？或者，过去时只是暗示叙述者已经从过去的事件中走出来了？

# 第 6 章　童年和动物视角

孩子（以及狗和黑猩猩）的语言

看到孩子受伤总是令人难过。孩子是那么无辜、那么无助,我们对他们怀有与生俱来的同情心。让他们成为孤儿,让他们有个家暴的酒鬼父亲,让他们去战争地带放风筝,几乎可以保证,读者会由衷地希望他们平安无事。

此外,儿童叙述者不太可能提供明显的判断。儿童叙述者能够让我们在细节层面上亲身体验苦难和冲击,而不会产生被说教的感觉。我们也相信,孩子能看到未加修饰的真相,而且不害怕说出来。最后指出皇帝没有穿衣服的是人群中的一个孩子。在《杀死一只知更鸟》中,全部由白人组成的南方陪审团做出了种族主义的不公正判决,让一个孩子感到惊讶,阿迪克斯·芬奇对他说:"假若陪审团是由你和十一个像你这样的娃娃组成,汤姆就自由了。"

这些作品中,很多都是用第一人称写的。我们可以看到时间距离的重要性——叙述者都是从未来的某个时间点回头讲述故事的,无论这个时间点是否与故事有关,叙述者的年龄和智慧都有所增长。我们也可以看到,细节和语气可能巩固所选择的视角,也可能破坏它。

将童年故事设定为叙述者长大后的回忆,是一种经典的叙事方式。哈珀·李(Harper Lee)的《杀死一只知更鸟》和卡勒德·胡赛尼(Khaled Hosseini)的《追风筝的人》(*Kite Runner*)都是这种结构。胡赛尼说"当我们还是孩子时",李说当我们"长大到可以回顾往事时",都是在用时间距离建立读者对叙述者的信任。

值得注意的是,叙述者在用回忆的方式讲述童年故事时,拥有成年人全部的词汇表。我们已经讨论过,作者可以与主人公融为一体,也可以将自己剥离出来。在第一人称儿童叙述者视角中,我们知道不是一个五岁、十岁或十四岁的孩子在写作。用儿童视角写作时,如果作家过于明显地模仿儿童的语气,或者把孩子写得过于天真无邪、不通世故，就可能流于"假天真"。在《杀死一只知更鸟》中，多年以后，斯各特（Scout）回忆起孩提时代令她困惑的那场审判，在下面这个段落中，她看着她的父亲询问证人：

> 阿迪克斯处事平和，好像牵涉到的是一件有关所有权的纠纷。他用那可以平息海潮的本事，把一件强奸案的审判弄得和布道一样乏味。陈威士忌酒和谷场的气味，睡眼惺忪和面色阴沉的人，夜空里那个"芬奇先生？他们走了吗？"的沙哑声——这一切留在我脑子里的恐惧通通消失了。黎明赶走了梦魇，到头来一切都会好的。①

这是成年人的用词（"处事平和""平息海潮的本事""面色阴沉"），也是成年人的感知。当斯各特的父亲开始询问证人时，她感觉更平静了，但是她还没有足够的理解力，意识不到在审判期间（以及她的整个童年），父亲是如何为她充当了抵御恐惧的堡垒。如果换成假天真的写法，可能是这样：

> 爸爸站了起来。我感觉好多了！他表现得很平静，那个人之前说了这么多可怕的事，但爸爸没有……

与此同时，叙述者在回顾过去时可以用成年人的语言表达童年的感受。在短篇小说《鹰头狮》（*Gryphon*）中，查尔斯·巴克斯特（Charles Baxter）让一个会看塔罗牌的另类的代课老师去教四年级的一个班级。毫无疑问，第一人称叙述者是从成年人的角度来回忆这件事的，因为一个四年级的学生永远不会说："因为五棵橡树是一个农村社区，而且在密歇根州，代课老师的来源仅限于镇上失业的社区大学毕业生，也就是大约四个全职妈妈。"虽然巴克斯特在这句话中加入了成年人的语气，但他也把孩子的认知和感受放在了首位。下面这段话也是如此：

> 她光滑的浅色头发盘了起来，多年以后我才知道那个东西叫

---

① 译文摘自：李．杀死一只知更鸟．李育超，译．南京：译林出版社，2017．——译者注

作"发髻"。她戴着一副金边眼镜,镜片隐隐泛着蓝光。坐在我对面的哈罗德·纳达尔低声说了句"火星人",我点点头,准备迎接这不可思议的一天。

一个四年级的学生会注意到,老师的发型跟密歇根妈妈们的标准发型不一样。但"多年以后我才知道那个东西叫作'发髻'",如果换成假天真的说法,他会说"她的头发在脑后打了一个奇怪的结"。我们也相信这个孩子渴望在学校度过打破常规的一天,但是他不会用"准备迎接这不可思议的一天"来表达。我们不想听他用大白话说:"天哪,我想这太奇怪了!"

不是所有的故事都需要采取回忆的视角。在《一笔吃亏的买卖》(My Hard Bargain)中,沃尔特·肯(Walter Kirn)用一个男孩的语言描述了他对举家在全国各地迁徙的感受:

> 开车去凤凰城的路上,我的任务就是给狗喂镇静剂。我讨厌这种感觉。首先,我得把药片包在一团湿乎乎的狗粮里,就像把石头包在雪球里一样。为了把药片塞紧,不让它掉出来或者露出来,我得把这团东西握在拳头里攥一会儿,黏糊糊的、温热的汁水就从我的指缝间渗出来。然后,我得爬过座椅,用膝盖夹住波莉的脖子,还不能让狗粮掉下来。我得抓住她的下颚,让她露出牙龈,把她的舌头往后推,把狗粮塞进去。她一点也不喜欢这样,我得随时做好准备以防她挣脱。当她挠着地板不肯咽下去时,我得用手夹住她的嘴并保持这个姿势……

这里的措辞显然是男孩自己的,也是他把这项艰巨的任务描述得如此富有戏剧性。请注意,肯的用词简单而不做作——"湿乎乎""一团""渗出来""抓住""往后推"。把石头包在雪球里的比喻绝对属于这个男孩。正如我们之前讨论过的,比喻的力量来自视觉以外的感官。我们有硬的和软的、冷的和暖的,还有狗爪子挠地板的声音。肯从不轻视男孩的认知,即使这些认知是错误的。比如,叙述者给他的小弟弟讲"注意力持续时间,当然,他这么小还没有注意力持续时间。如果你住在威斯康星的一个小镇上,每个人都认识你的家人并且会原谅你,那这玩意儿长点短点都无所谓,但是在亚利桑那的大城市就不行了"。

你可以试着把《一笔吃亏的买卖》改成现在时态,看看没有了时间距离是不是很别扭。你知道,作者想要实现我们从小说中寻求的那种虚构的直观性,但是这会将我们的注意力从人物身上转移到作者身上——男孩不是在旅途中写下这段话的。过去时态赋予它可信性,让我们更容易对主人公产生认同感。

那么你要问了,作家在从儿童的视角写作时,提醒读者注意他自己的声音有什么不对?在一定程度上,答案取决于你有多欣赏小说中的自我意识。马克·哈登(Mark Haddon)的《深夜小狗神秘事件》(*The Curious Incident of the Dog in the Night-Time*)中,十五岁的叙述者化身侦探,这个男孩聪明过人却患有自闭症,这是他的自我声明:

> 我的名字叫克里斯多弗·约翰·法兰西斯·勃恩。我知道全世界的国家和它们首都的名字,我还知道七千五百零七以前的每一个质数。[1]

下面这段话也是:

> 不过后来事情都解决了,因为母亲在一家园艺中心找到收银员的工作。医生也开药让她每天早上吃,治疗她的忧郁症,但这种药有时会使她头晕,而且她如果起身太猛会跌倒。就这样,我们搬进一间红砖大屋的一个房间里,床和厨房都在一个房间内,我不喜欢,因为房间很小,走道又漆成棕色,浴室和厕所必须和别人共享,我要使用以前母亲都必须先清洗一遍,否则我不用它。有时别人占用了,我还会尿湿裤子。房间外的走道有一股肉汁和

---

[1] 译文摘自:哈登. 深夜小狗神秘事件. 印姗姗,译. 海口:南海出版公司,2011.——译者注

学校清洗厕所时所使用的漂白水味,房间内也弥漫一股臭袜子和松木芳香剂的味道。

儿童的描述中经常有很多"也""还"之类的连词,来表现他们的发散思维。在现实生活中,孩子们确实经常这样说话,但是落在书面上,看起来就有点做作——过犹不及。可能是我对夸张的不分段接排的容忍度太低了。我也不敢相信,一个聪明的十五岁少年,即使是一个自闭症患者,竟然学不会"抑郁症""一居室公寓"和"共享浴室"之类的词。在我看来,这段话近乎假天真了。

不过当然,哈登的目的是让读者注意到他作为作者的存在,而不是塑造一个完全可信的人物。哈登希望你看到,他塑造了一个不同寻常的侦探,就像乔纳森·勒瑟姆在《布鲁克林孤儿》中塑造的那个患有妥瑞氏症的孩子一样。一般来说,这类人物会把他们的缺陷转化为惊人的优势。

《特别响,非常近》(*Extremely Loud and Incredibly Close*)是这种自我意识的又一个例子。在这部小说中,乔纳森·萨福兰·弗尔(Jonathan Safran Foer)采用了一个九岁男孩的第一人称视角,他的父亲在"9·11"事件中死于纽约,他在父亲的遗物中发现一把钥匙,开始寻找它能打开的锁。奥斯卡(Oskar)是一个非常聪明、富有创造力的孩子,但我们也在欣赏作者的聪明和创造力:我们知道,这本书的核心是用另一种方式讨论"9·11"的悲剧和损失。从第一个段落开始,我们并不完全相信这是男孩的叙述:

> 要不发明一种茶壶?茶壶嘴在冒热气的时候能够张开,合上,所以它能变成一张嘴,然后它能吹出好听的调调,或者演出莎士比亚,或者只是和我一起哈哈大笑。我可以发明一只能够用爸爸的声音阅读的茶壶,这样我就能睡着了。或者一套可以合唱《黄色潜水艇》的水壶,《黄色潜水艇》是甲壳虫乐队唱的一首歌,甲壳虫乐队是我热爱的人,因为昆虫学是我存在的理由(raison

dêtre），raison dêtre 是我知道的一句法语。我还有个绝妙的想法：我可以训练我的屁眼在我放屁的时候说话。要是我想特别逗乐，我会训练它在我每次放了一个特别缺德的臭屁的时候说"不是我！"。如果我在那个镜子厅里，就是凡尔赛宫里的那个镜子厅，就是巴黎郊外的那个凡尔赛宫，就是法国的那个巴黎，如果我在那个镜子厅里放了一个缺德的臭屁，我的屁眼会说："不是我！"①

在这个男孩身上，幼稚和成熟像油和水一样混合在一起。弗尔提醒你，当他走遍纽约，寻找那把钥匙能够打开的锁时，他会选择错误的方向。正如我们在上一章讨论过的，并非所有第一人称叙事都是严格的现实主义的。弗尔的艺术追求在于，传统叙事不足以涵盖"9·11"事件导致的悲剧，不足以说明它是如何撕裂家庭和现实的。

在某种意义上，奥斯卡的努力不仅让他走遍纽约的各个行政区，还让他神游不经意提及的法国各地。《一个青年艺术家的画像》（*A Portrait of the Artist as a Young Man*）中有一个类似的著名段落，詹姆斯·乔伊斯转述了六岁的斯蒂芬·迪达勒斯（Stephen Daedalus）的思想，来看看这里的第三人称有限视角有什么不同：

> 他打开地理书，学习他的地理课，可是，他没法记住美洲的那些地名。那里老有许多不同的地方叫着不同的名字。它们全都在不同的国家里，不同的国家又在不同的大陆上，不同的大陆在世界各个地方，世界又在宇宙中。
>
> 他翻开地理书的扉页，看着自己在上面写下的一些字：他自己，他的名字和他所在的位置。
>
> 斯蒂芬·迪达勒斯
> 基础班
> 克朗戈斯伍德学校

---

① 译文摘自：弗尔．特别响，非常近．杜先菊，译．北京：人民文学出版社，2012．——译者注

沙林斯

基德尔县

爱尔兰

欧洲

世界

宇宙①

试试把这个段落改成第一人称。"我翻开地理书的扉页，看看自己在上面写下的一些字：我自己，我的名字和我所在的位置。"在第一人称中，你会觉得男孩在要求别人称赞他的聪明，而且你知道，实际上这也是作者在要求别人称赞他的聪明。乔伊斯把这些想法交给了他的主人公。乔伊斯和弗尔想说的是，外面有一个令人生畏的广阔世界，而我们在这个世界上的立足之地非常狭窄。在这两个例子中，作者都在越过男孩的头顶对读者说话。

路易丝·厄德里克本来可以就印第安人保留地强奸案频发的现象对你说教一番，但是在《圆屋》中，她通过一个十三岁男孩的视角（他甚至还不太明白什么是强奸），让你看到强奸案是如何打破整个社区的平静的。男孩的母亲是这次暴行的受害者，精神受到了严重的创伤。男孩和他的朋友们开始寻找犯人。在某种层面上，厄德里克的情节引人入胜。她在后记中引用了大赦国际（Amnesty International）的数据，但小说不是也不应该是政治宣传册。她向我们保证，第一人称叙述者现在是个成年人了，拥有回顾的力量：

很久之后，等我做了法官再回头去查阅能找到的每一份文件和笔录，回忆那天和之后发生的每件事……②

---

① 译文摘自：乔伊斯. 一个青年艺术家的画像. 黄雨石，译. 北京：外国文学出版社，1983。——译者注

② 译文摘自：厄德里克. 圆屋. 张廷佺，秦方云，译. 上海：上海译文出版社，2019。——译者注

但是大多数时候，她追随事件的发展，让你沉浸在男孩的无助、恐惧和困惑之中，让你渴望强奸犯被绳之以法、孩子的母亲走出阴霾、男孩自己也脱离险境。

爆炸废墟中的孩子

我们都看过这样的照片：在废墟和瓦砾中，一群孩子光着脚踢足球。不管环境多么恶劣，他们似乎该玩还是玩。让孩子们留在最糟糕的环境中，能够避免自怨自艾。玛丽莲·罗宾逊笔下的莱拉是一个缺少关爱的穷孩子，她的宝贝娃娃"其实只是用布包着、用绳子系着的马栗子"。让儿童成为悲剧事件的叙事核心，是一个很有吸引力的选择。他们的天真无邪和奇思妙想经常使故事出人意料，也更加令人心痛。

开始阅读凯尔泰斯·伊姆雷（Kertész Imre）的自传体小说《无命运的人生》（*Fatelessness*）时，封底上的内容简介告诉我们，一个匈牙利男孩要被送往奥斯威辛集中营。他深爱的父亲已经被驱逐出境。但是，我们跟随男孩到达集中营时，凯尔泰斯没有渲染不祥的气氛。事实上，他是自愿去的，凯尔泰斯亦步亦趋地跟随这个十四岁的男孩，从好奇、乐观的视角，以从容不迫的节奏描述了那个时代的各种细节（包括犹太人如何争先恐后地获得他们的黄星，"因为黄色的布料现在自然是很紧缺的"）。叙述者的反应大多是愚蠢或错误的，比如，他想象的劳动营是这样的：

> 最主要的是，通过工作，我终于可以盼到井然有序、有事可做的新生活了，说来有些可笑，总之，它是一种比这里的这种生活更有意义、更合我意的生活，如同他们所承诺的，自然也是我们这些男孩所设想的那种生活。此外，我甚至还想到，这样一来我还可以看看外面的世界。①

---

① 译文摘自：伊姆雷. 无命运的人生. 许衍艺，译. 上海：上海译文出版社，2003. ——译者注

我们已经习惯了这样的画面：拥挤的列车停在奥斯威辛门口，站台上到处是吼叫的德国人和狂吠的牧羊犬。所以，看到我们的叙述者在到达之前还能打个盹，让我们卸下了防备。对于穿着条纹囚服的囚犯，我们已经见怪不怪了，所以叙述者对他们的反应不免让我们感到惊讶：

> 我大吃了一惊，因为这毕竟是我平生第一次（至少是这么近距离地）看见真正的犯人，他们身穿犯人的竖条囚服，剃着光头，戴着圆帽。我自然不由自主地向后倒退了几步。

小说没有采用回顾过去的视角，这个选择至关重要。随着集中营解放的临近，叙述者染上了致命的疾病，并产生了强烈的幻觉，他不知道自己只需要再坚持一下就可以了。我们和他不一样，我们猜测盟军就在附近了。我们知道的东西与男孩知道的东西之间的割裂，成为悬念的一部分。

类似地，在长篇小说《房间》（Room）中，爱玛·多诺霍（Emma Donoghue）以儿子杰克（Jack）的视角讲述了一个被绑架、囚禁进而沦为性奴的女人的故事。杰克在囚禁中孕育，在囚禁中长大。故事是用现在时讲述的，没有任何回顾的成分。多诺霍想让你看到，这个五岁的男孩和他的母亲是如何在这个十一英尺见方、没有窗户、完全隔音的棚屋里度日的，母亲努力为她的孩子创造出一个完整的世界；那个他们称为"老尼克"的恶人来强奸她时，她让孩子躲在衣柜里。小屋就是杰克的整个世界，他用天真的语气叫出每一样东西的名字——勺子、恒温器、椅子、天窗：

> 我跳上摇椅看看手表，他说七点十四分。我可以在摇椅上撒手滑行，然后滑回羽绒被上"滑雪"。
>
> 我选择了融勺，融勺的柄上满是白色滴状斑点，那是有一次，它被不小心放在一锅沸腾的意大利面边上溅到的。妈不喜欢融勺，但它却是我的最爱，因为它与众不同。

傻鸡鸡挺了起来，我把它摁了下去。①

艾梅·本德（Aimee Bender）在《纽约时报》书评中写道："杰克的声音是这部小说最纯粹的成功之一：她塑造的这个儿童叙述者是近年来最令人着迷的人物之一……多诺霍的语言精妙绝伦，既让人想起儿童学语时的稚拙可爱，又不会显得忸怩做作。"和弗尔一样，这不仅仅是文字游戏，因为这是一个让人手不释卷的悬疑故事：母亲为孩子设计了一条逃跑的道路，当他们两人终于获救时，杰克要面对他从未见过的一切。在我看来，后来的故事就有点假天真的嫌疑了。下面是杰克在医院里的所见所闻：

> 这里的地板又硬又亮，和地板不一样，墙是蓝色的，还有更多的墙，太吵了。到处都有不是我朋友的人。有个长得像太空船的通体发光的物体，里面的东西——比如一袋袋薯片和巧克力棒，都待在它们的小方块格子里，我走过去看，试着碰了碰它，可它们都被锁在玻璃里。
>
> 那个女人也在哭，她的眼睛下面都是黑色的泪滴，我不知道为什么她流出来的眼泪是黑色的。她的嘴唇是血的颜色，像电视上的那些女人。她有一头浅黄色的短发，不过不全是短的，在她的耳朵洞下面一点的地方插着金色的大圆球。

显然，如果采用回顾的视角，叙述者就会认识自动售货机、睫毛膏和耳环，但这里是现在时态。一旦多诺霍决定，在没有时间距离的条件下将我们锁定在儿童的意识里，她就受困于这类规则。还有一些事情她也不能做。她不能告诉我们母亲的感受，除非让孩子观察她，或者让孩子在对话中引用她的话（或医生和心理咨询师的话）。这可能有点尴尬，我们更多是听到作者在传达必要的信息，而不太相信孩子能够听懂这样的对话，并准确地记下来：

---

① 译文摘自：多诺霍. 房间. 李玉瑶，杨懿晶，译. 北京：人民文学出版社，2012. ——译者注

医生和妈讨论了一些事情，比如她为什么睡不着，心动过速和重复体验。"试试这些，在睡觉之前，"他说，往他的本子上写了点东西，"消炎药可能对你的牙痛更有效……"

在某种程度上，作者选择这种不同寻常的叙事角度，默认就是在引起读者对这种选择的关注，从而引起读者对作者本人的关注。然而矛盾的是，《房间》要求我们坚定不移地将同情和关注倾注在这个勇敢的小男孩身上。多诺霍可能会这样解释：关于被绑架的女人的故事已经讲得够多了，包括现实生活中受害者亲口讲述的故事。

第三人称中的孩子

到目前为止，本章只讨论了第一人称视角。当然，也有第三人称视角的童年故事。它们通常采用第三人称有限视角，而不是第三人称全知视角。查尔斯·狄更斯的《圣诞颂歌》（*A Christmas Carol*）中，除非斯克鲁奇（Scrooge）改变主意，否则可爱的小蒂姆·克拉特基特（Tiny Tim Cratchit）就会死去，可能连圣诞节的烤鹅都吃不到。但是，当代读者很难对这个人物自动产生同情。在当代小说中，采用第三人称有限视角的童年叙事往往采取更加不动感情、就事论事的风格，避免矫情、做作和多愁善感。

就我们这一章讨论的年龄范围而言，拉塞尔·班克斯（Russell Banks）的《触觉失忆》（*Lost Memory of Skin*）中的"小鬼头"有点超龄了。他是一个年轻人，被迫和他的宠物鬣蜥蜴住在桥洞下；作为一个登记在册的性犯罪者，他戴着电子脚镣，尽管他的"罪行"很轻微——他是被诱骗的，而且还是个处男。班克斯通过自由间接引语紧密追随小鬼头的思想：

这并不是说小鬼头在当地因为做了一件好事或一件坏事而出名，即使人们知道他的真实姓名，也不会改变对待他的方式，除非他们上网去查，而他不想他们那么做。

正如我们在无数例子中看到的那样，班克斯与人物保持着足够的距离，以赢得读者对人物的同情，而不是把这当成理所当然的事。正如海伦·舒尔曼（Helen Schulman）在一篇书评中说的那样，无论你对性犯罪者有什么先入之见，这个年轻人"如此孤独、如此迷失、一无所有，即使在他最可恨的时候，也只有铁石心肠的人才会不同情他"。

班克斯还引入了一个对比人物——一个令人深恶痛绝的成年性犯罪者。当然，在第一章中，我们还没有看到主人公是如何陷入这种困境的。我们不断翻页，就是想发现这个年轻人的罪行究竟是怎么一回事。这部小说不是按照时间顺序组织的，童年也不是故事的全部。

《渺小一生》（*A Little Life*）也是如此。柳原汉雅（Hanya Yanagihara）在这部洋洋洒洒 720 页的小说中描写了四个男人的命运。跛脚的裘德（Jude）有着不为人知的过往，他是个孤儿，在修道院长大，被恋童癖的修道士们虐待、强奸，送给外人享用。随着小说的进展，这段不堪回首的童年断断续续地闪现。我们能够理解，裘德试图掩盖创伤，所以关于暴行的回忆不是按照时间顺序出现的，而是他想起来一点就告诉我们一点。

但是，读者是否会跳过对法学院和艺术展开幕式的详细描写，以及裘德与其他三人在晚宴上的对话，直接进入他创伤的核心——那些导致他跛足的虐待，那些让他小时候用头撞墙、现在用刀片割伤自己的阴影？关于这类事件的描写，什么时候是勇敢地面对恐惧，什么时候沦为渲染恐怖色情，是一个有争议的问题。有些读者会直奔这些部分，有些读者则会感到厌恶。我们又一次看到这个悖论："你当然会感到厌恶。你就应该感到厌恶。强奸和性虐不是好事，我的任务不是保护你不要感受到主人公的痛苦，事实上，刚好相反……"我仍然认为，这种关键分歧总是与视角有关：关系到我们与主人公的经历有多接近，以及我们是否相信作者对这些经历的描述是出于同情而不是渲染色情暴力。

狮子、老虎和熊（实际上，主要是狗和黑猩猩）

当小鹿斑比、狮子王辛巴、流浪汉查普和精灵鼠小弟大摇大摆地走进孩子们的故事中时，这些动物本质上就是孩子。它们天真无邪，活力四射，用尖细的童声说话。这类故事几乎都是直白的寓言，有好人和坏人，还有正义战胜邪恶。

也有成年读者喜欢这种拟人化的故事。在理查德·亚当斯（Richard Adams）的《兔子共和国》（*Watership Down*）中，可爱的兔子们终于找到了可以作为家园的养兔场。1945 年，奥威尔（Orwell）创作了讽刺小说《动物庄园》（*Animal Farm*），描写了一头名叫拿破仑的猪成为独裁者的故事。奥威尔可能对《兔子共和国》的情节嗤之以鼻，但是他与动物的共情同样真实可靠。在影视剧的感人世界里，狗狗对他们的主人都很忠诚——主人大多是男孩，而不是女孩，狗狗大多是金毛猎犬或拉布拉多犬。（作为一个养灵缇犬的女性，这真是太不公平了！）

然而，在当代文学小说的世界中，以动物为主人公的作家通常会在视角上做文章，而不是简单地说："当然，我是一只刚出生一天的兔子，但我已经会说合乎语法的英语了。"讲故事的声音是主要元素之一。

保罗·奥斯特（Paul Auster）在长篇小说《在地图结束的地方》（*Timbuktu*）中采用了一条叫"骨头先生"的狗的第三人称有限视角。他知道这种天马行空的写作（好吧，实际上是任何写作）不可能是狗完成的，即使那些思想看起来是属于狗的。在下面这个段落中，骨头先生思考着他无家可归的主人的健康状况：

> 一条可怜的狗又能做什么呢？从他还是一条小狗时起，骨头先生就和威利在一起。现在，他几乎无法想象一个没有主人的世界……但让骨头先生对将要发生的事情深感恐惧的并不只是出于

爱或者迷恋。那是一种本体论的恐惧。①

在这个段落中，我们跟随的是谁的视角，奥斯特的还是骨头先生的？奥斯特让我们同时听到狗的声音（狗不太可能使用"本体论"这个术语，实际上，不太可能使用任何术语）和他的狗语者的声音。不是所有的读者都会买账。亚当·贝格利（Adam Begley）在一篇书评中抱怨道："奥斯特的'狗语'（以及暗含的作者的整体风格）是假天真的……在翻译犬类的思维过程时，奥斯特落入了愚蠢的陷阱。"

本杰明·黑尔（Benjamin Hale）似乎意识到了这个陷阱，在《猩人：布鲁诺的进化》（*The Evolution of Bruno Littlemore*）中，他没有假装为他的黑猩猩翻译，而是完全让黑猩猩讲述自己的故事：

> 我名叫布鲁诺·利特摩尔。布鲁诺是别人取的，利特摩尔是我自己取的，在催促之下我终于决定，大方地把我的回忆录公布给这个低下又疯狂的世界。我送这个大礼的目的，是希望人们能被启发，进而着迷，然后警觉，从中学习，或许还能获得娱乐。②

这个第一人称的语气老派得有些不自然，甚至有些滑稽，让人想起让-雅克·卢梭（Jean-Jacques Rousseau）的《忏悔录》（*Confessions*）。这个声音肯定不属于一只黑猩猩，而且假定读者从一开始就知道这一点。黑尔进行了研究，当我们讨论关于猿类认知的主题时，这部小说能给我们提供启示。不过，黑尔让他的黑猩猩用一种老派的声音，讲述了一个热闹、老派的冒险故事，包括他与女科学家火辣的爱情——这是我最喜欢的两个跨物种爱情故事之一，另一个是泰德·穆尼（Ted Mooney）的《轻松游历其他星球》（*Easy Travel to Other Planets*），后者描写了一个女人和一头性感海豚的恋情。

---

① 译文摘自：奥斯特. 在地图结束的地方. 韦玮, 译. 杭州：浙江文艺出版社，2008.——译者注
② 译文摘自：黑尔. 猩人：布鲁诺的进化. 李建兴, 译. 北京：北京联合出版公司，2017.——译者注

黑尔小说的基调是前卫大胆的。如果是一部对动物认知进行更严肃的哲学思考的作品呢？尤其是涉及我们如何对待动物这样的伦理问题。

在《美丽的真相》（*A Beautiful Truth*）中，科林·麦克亚当（Colin McAdam）向我们介绍了一只名叫路易（Looee）的黑猩猩，它被一对没有孩子的夫妇精心抚养长大，后来被送到灵长类动物中心进行生物医学实验。麦克亚当使用了一系列人类和黑猩猩的第三人称视角，试图准确地呈现一只会手语的黑猩猩是如何思考和表达自己的。当路易学习理解单词时，会有这样的自由间接引语：

> 戴夫教他们颜色，颜色是描述无法描述的画面的方式。
>
> 妈妈喜欢红色。
>
> 戴夫一边说，一边举起消防车。
>
> ？妈妈，消防车是什么颜色的。
>
> 红色。
>
> ？妈妈，口红是什么颜色的。
>
> 红色。

但是，如果整部小说充斥着这样的段落，那就太烦人了（尽管随着小说的发展，黑猩猩变得越来越聪明——它们的认知和表达能力的变化是麦克亚当关注的问题之一）。所以，他也为黑猩猩的一些想法做了翻译［朱迪（Judy）和沃尔特（Walt）是它的人类"父母"］：

> 这是路易第一个真正有记忆的夏天，他可以把这些回忆带到下一个夏天。他可以从树上低头看着朱迪，选择不向她跑过去，因为现在他知道，他可以过一会儿再这样做。然后，他可以坐在门廊上舔沃尔特，把他的牛仔裤卷边里的盐分吸出来，回想还在树上的时候。回忆是晾衣绳上挂着的蓝色和黄色的床单（路易，别把它们扯下来）；固定又不固定的颜色轻轻拂过他的脸。回忆让他捶着门廊，还想弄出更大的动静。他想在整片花圃里打滚。

和儿童视角一样，感官变得更敏锐、更原始——味道、质地。后来，麦克亚当从被关在笼子里的灵长类动物的视角捕捉到了它们的恐惧。预先警告，这里的动物遭遇到比《人猿星球》(Planet of the Apes)中更残酷的虐待，甚至让小说中的一位科学家感到反胃，他意识到："研究人员置身事外，距离感让他们认为黑猩猩是一堆数据、一堆用来获取信息的有编号的尸体。梅杰博士必须知道它们的名字和编号。"

在这一系列第三人称有限视角中，作者是否像奥斯特和黑尔一样傲慢？我不这么认为。我认为任何有说服力的第三人称有限视角都鼓励我们更加专注于人物，而不是他们的创造者（注意是"有说服力的"）。而在这里，主人公刚好是一只灵长类动物。当然，在某种程度上，作者希望你欣赏他的同理心和想象力。但作者使用第三人称有限视角的目标是建立强烈的认同感。

显然，创作《我们都发狂了》(We Are All Completely Beside Ourselves)时，凯伦·乔伊·富勒（Karen Joy Fowler）也对灵长类动物中心做过研究。她的设定与麦克亚当类似：一只黑猩猩，在充满爱的家庭中长大，后来经历了恐怖的医学实验。但是，富勒是从黑猩猩的人类"妹妹"的视角来讲述这个故事的——至少小说的叙述者露丝玛丽·库克（Rosemary Cooke）把毛茸茸的费恩（Fern）当成自己亲爱的姐姐。黑猩猩被带走以后：

> 我想念费恩的气味，想念她靠在我脖子上时黏黏湿湿的感觉。我想念她的手指划过我头发的感觉。我们坐在一起，躺在彼此身上，每天推、拉、打、闹上百遍，可是忽然之间这些都不见了，这让我很痛苦。这是一种身体上的疼痛，是我皮肤表面的饥渴。①

富勒拒绝为黑猩猩代言。对费恩的爱让露丝玛丽这个人物可爱而值得信赖。正如我们在本章讨论过的许多童年叙事一样，叙述者坦承，

---

① 译文摘自：富勒. 我们都发狂了. 刘敏, 译. 重庆：重庆出版社，2016. ——译者注

所讲述的故事后来经过重构，存在漏洞、盲点和修饰：

> 很显然，爸爸想让我知道，按心理学家让·皮亚杰的观点来看，五岁的我在认知思考和情感发展上正处于前运算阶段。从更加成熟的角度来看，爸爸是想说我正在用我自己的逻辑框架来思考一件当时根本不存在的事情。处于前运算阶段的儿童的情感都是二歧分枝且极端的。
>
> 就当这是对的吧。

这段话的语气是讽刺和随意的。富勒没有让我们一头扎进令人心碎的痛苦回忆之中不能自拔。相反，她让谴责的情绪在读者心中悄悄滋生。和露丝玛丽一样，那些残酷的实验也让读者不忍直视。

《我们都发狂了》在结构方面有一些大胆的尝试：随着时间的推移，叙事风格也在改变，叙述者相当坦率地承认是她在塑造这个故事（"我们这些跟黑猩猩一起生活过的人都争先恐后地写书。"）。实际上，富勒在很长一段时间里让我们忘记了是她而不是露丝玛丽在写这个故事。值得注意的是，这是一部有自我意识的小说，却没有高调地表现出自我意识。费恩的命运是这本书的核心，而露丝玛丽的命运也同样重要。富勒没有对我们说教，而是引导我们看到"'人类'的含义，'类'这个词远比'人'这个词重要得多"。

我们看到的这三只灵长类动物都既不幼稚，也不可爱或做作。它们表现出完整的、明显非拟人化的洞察力和社会互动。在动物认知方面，这几位作者的处理手法各不相同，但很明显都不是迪士尼式的。

我们还没有讨论多和田叶子（Yoko Tawada）的《雪的练习生》（*Memoirs of a Polar Bear*）中口齿伶俐的熊，莎拉·格鲁恩（Sara Gruen）的《大象的眼泪》（*Water for Elephants*）中受尽折磨的大象，或者村上春树作品中的许多猫。还有《陌生人与表亲》（*Strangers and Cousins*）中的老鼠（三岁时已经是三百多个孩子的母亲），利娅·黑格·科恩（Leah Hager Cohen）这样翻译她的感知："她的胡须碰到了月光。"但我希望我们已经涵盖了表现动物意识的一系列方法——从拟人化到动物化。在选择动物主人公时，作者要求我们将视角作为故事的核心元素，加以特别关注。这同样适用于我们下一章将要讨论的几种非常规视角。

练 习

- 试着描述一些小孩子不会表达的东西,确保自己没有落入"假天真"的陷阱。

- 从你的小说中选取一个重要场景,看看从事件发生时孩子的视角出发与事后作为成年人回顾有什么不同。

- 利用我们对动物感官的了解,从动物的视角写一个段落。对于嗅觉特别灵敏的动物,一件东西闻起来如何?在飞翔的猫头鹰眼中,地面上的猎物是什么样子?

第 7 章 叙事创新

"你"、"我们"、书信体及其他

在前面的章节中，我们反复询问了这样一个问题：作为读者，与你建立关系的主要是作者还是主人公？我们说过，一种明显更加以自我为中心的选择是作者强势表明自己的存在——"嘿！我在这儿，关注我，而不是那边那个人！"但是，我们如果承认所有的写作本来就是在寻求关注，或许就可以换一种方式来看待具有强烈个人色彩的作家：既然作家占用了你的时间，他们想要确保自己有这个权力。这些作家就像饭店的厨师："你如果要出去吃饭，当然希望吃点自己在家做不了的东西。我做的菜是独一无二的，你甚至不知道我都用了什么食材，也不会想到像我这样把它们搭配在一起。"你可以把作者的独创性、他们对惊喜和快乐的强烈渴望看作盛情款待。他们竭尽所能，只是为了让你摆脱无聊，给你提供深层次的享受，别无其他。

当然，有些晚上你只想吃芝士通心粉。在这样的夜晚，这些视角就不适合你了。或许你会说，美味的红酱汁和完美的烤鱼也需要技巧。创造简单的假象并不容易。每件事情都必须做得恰到好处——没有花招，没有掩饰，所有的错误和弱点都暴露无遗，无法转移读者的注意力。在这一章中，我们将审视一系列非常规的选择，读者无法对作者的大胆尝试视而不见。我们可以称之为"反舒适"食物——一种视角的新菜系。

第二人称

使用"你"不是什么新鲜事了。你知道第二人称，以前也看到过这样的小说。你要么喜欢，要么不喜欢，这有点像鹅肝，或者麦芽，或者——最好别再用烹饪的比喻了。（又或许我可以继续试试看。）

表面上，第二人称的目标是把你的脚塞进人物的鞋子中，制造一种强烈的认同感。杰伊·麦金纳尼在《如此灿烂，这个城市》的开头写道：

> 你不是大清早会待在这种地方的人。但你偏偏人在这里，而且不能说你对此处毫不熟悉（你至少对它的细节还有点模糊的概念）。你人就在一家夜店里，面前坐着一个光头妞。这家店既不是"心碎"，也不是"蜥蜴廊"。只要你遁入洗手间，再吸一点点"玻利维亚行军散"，头脑说不定就会灵光起来。不过这一招也许不会管用……①

第二人称就像玩电子游戏。你走上球场或战场，镜头从你身后拍摄比赛或战斗的过程；或者像上面的例子中那样，直接进入主人公嗑药后昏昏沉沉的精神状态之中。

在创意写作研讨班上，经常说第二人称能产生"直观性"。的确，麦金纳尼的开头直接将读者推进俱乐部。但矛盾的是，通过迫使读者成为主人公，第二人称也会造成疏远和距离感。首先，我肯定不会出现在上面那种地方，因为我不是一个男人。所以，如果后来我们的主人公要跟一个他在俱乐部认识的女人上床，我肯定会感觉很陌生。

实际上，当故事要求你参与一项让人反感甚至违法犯罪的活动，让你远离自己的舒适区时，第二人称的效果是最好的。事实上，第二人称并不是在要求你的认同，而是在制造一种不舒服的割裂。

在短篇小说《导购女郎》(*Shopgirls*)中，弗雷德里克·巴塞尔姆(Frederick Barthelme)让"你"成为一个变态跟踪狂，喜欢去当地的购物中心，偷窥性感的女店员。他是偷偷摸摸这样做的，但是当然，女店员发现了他，并且找他算账：

> "我不认识珍妮。"你说。但是，女孩拉着你的胳膊，越过展柜指向鞋区，你不需要看。你知道她说的是谁，那个在鞋区工作的高个儿短发女孩。你几个星期以来一直跟着她在商场里转悠，

---

① 译文摘自：麦金纳尼. 如此灿烂，这个城市. 梁永安，译. 北京：作家出版社，2018. ——译者注

看着她工作，看着她吃饭，看着她坐在购物中心涂得花花绿绿的喷泉旁边——你一直跟着她，直到你开始担心。然后有将近两个星期，你没到商场去，再回去时小心地避开了鞋区。这并不完全是真的。有一次，你花了半个上午乘自动扶梯上上下下，就是为了透过少女休闲装区密密麻麻的货架看到她。

电影《偷窥狂》（*Peeping Tom*）中，一个杀手喜欢拍下受害者被杀的瞬间，记录她们死亡时的恐惧（他的摄影机里装有一把刺刀，有一次甚至刺穿了受害者的眼睛）。因为我们看到了谋杀过程中拍摄的影片，不得不和凶手建立身份认同。凶手不只是那个偷窥狂，我们都是同谋。《导购女郎》中的跟踪狂没有这么可怕，但其中的第二人称也有类似的效果。一群女孩把跟踪狂团团围住，带他去吃午饭，并且质问他的动机。"其他人都觉得你疯了，"一个女孩对他说，"要我说你只是孤独。"故事中的"你"惊恐地发现，自己从观看者变成了被观看者。

事实上，这种关于观看的自我意识往往是第二人称叙事的核心。在《空心潜水服》（*The Diver's Clothes Lie Empty*）中，文德拉·维达（Vendela Vida）把她的"你"送到了卡萨布兰卡。你的背包在你入住酒店时被偷了。在一个语言不通的国家，没有现金、护照和信用卡，你实在太倒霉了——不过，警察愉快地给了你一个背包和几张不属于你的信用卡，当然，这些卡肯定会被注销的——然后你在一部电影的片场找到一份工作，给一个女明星当替身。戴上她的假发，你跟她确实有点像。事实证明，替身还不是你人生中扮演过的最奇怪的角色。你还帮你的双胞胎妹妹代孕。在卡萨布兰卡，你给这个孩子取了你自己的名字。

试试看用第三人称（"她的背包在她入住酒店时被偷了"）或第一人称（"我的背包在我入住酒店时被偷了"）来概述这段情节。在某种程度上，这样更容易理解，但是抹杀了小说所依赖的那种迷惑和不安的感觉。维达希望读者拥抱这种不确定性：

你一周前乘同一航班来到卡萨布兰卡。或许不是……你最近不太对劲。

这部小说对身份的空洞和易变进行了饶有趣味而令人不安的思考。第二人称是最适合这个主题的。

使用第二人称的作者需要注意一件事，就是主谓结构不能过多。在某种程度上，这是不可避免的——维达用了很多"你看到""你回到原来的话题""你听到""你转过身来"——但是仔细阅读她的段落，你会发现她是多么注意改变句子的结构和长度，以避免过多地使用"你这样""你那样"的简单句。实际上，这对所有的写作都是很好的建议，除非你要参加一年一度的模仿海明威国际大赛。但是在第二人称中，这一点尤为重要，因为在第二人称中，连像"迪克跑过去"或者"简走过来"这样愚蠢的简单句都可能让人感觉做作。前面引用的巴塞尔姆所写的那个段落也是如此：七个句子中只有两个以"你"开头。第二人称从一开始就容易显得做作，一定不能用力过猛。事实上，正是由于这个原因，用第二人称创作短篇小说要比长篇小说容易得多。

"我们"和共同视角

叙述者可以把自己定位为群体的一员，代表这个群体说话。人人为我，我为人人。这种视角称为复数第一人称，"我"就像是某家工厂的工会会员，或者某个帮派的团伙成员。这种视角可以帮助叙述者获得前面讨论过的善意和可靠性，还不止这些。复数第一人称视角最著名的例子是威廉·福克纳的短篇小说《献给爱米丽的一朵玫瑰花》（*A Rose for Emily*），叙述者讲述了一个南方小镇对镇上最富有的公民之死的反应。关于老太太的流言和猜测比比皆是：她的情郎怎么了？她是自杀的吗？

在情节方面，复数第一人称作品几乎总是涉及叙述者与其他大多数人最终的区别。在主题方面，小说几乎总是涉及个人与群体身份认同的问题。随着情节的展开，主人公总是与"族群"中的其他人渐行渐远。

凯伦·拉塞尔的短篇小说《圣露西的狼女孩之家》(*St. Lucy's Home for Girls Raised by Wolves*) 中有一个字面意义上的族群：十五个半狼半人的女孩——狼人的后代。"我们的父母希望我们过得更好；他们想让我们戴上牙套，用毛巾，完全掌握两种语言。修女们出现时，我们的父母无法拒绝她们的提议。修女们说，她们会让我们归化为人类社会的公民。"不用说，族群中有些人更容易成为"纯种女孩"。叙述者是头狼中的一员，讲述了当他的妹妹米拉贝拉（Mirabella）艰难地适应人类生活时，狼群是如何对待她的。

贾斯廷·托雷斯（Justin Torres）的长篇小说《我们是动物》(*We the Animals*) 描写了三兄弟，他们在布鲁克林的一个贫困家庭中长大，父亲暴躁易怒，母亲敏感脆弱。他们几乎没有成年人监管，经常吃不上饭。故事的叙述者是其中最小的弟弟，他对家庭有着强烈的部落式的忠诚，这种忠诚经常是难以捉摸和危险的。托雷斯在故事一开头写道：

> 我们要的更多。我们用餐叉顶端敲击餐桌，用汤匙轻叩空碗；我们饿。我们要更大的音量，更多的骚动。我们旋转电视上的旋钮，直至耳朵被愤怒者的叫喊震痛。我们要更多的电台音乐；我们要节拍；我们要摇滚。我们要柴火胳膊长肌肉。我们的鸟骨头，空心又轻飘飘，我们要它们更有密度、更有分量。我们有六只抢夺手、六只跺地脚；我们三兄弟，三个男孩，是被锁入一场争夺宿怨的三位小君王。①

托雷斯说："我们是兄弟，我们是火枪手。"但是，无论他们多么珍惜父母和睦相处、家中一切正常的时光——少有的"我的兄弟们和

---

① 译文摘自：托雷斯. 我们是动物. 张阅, 译. 上海：上海文艺出版社, 2014。——译者注

我穿着干净的衣服,吃得饱饱的,不害怕长大"的时光——他们还是开始分崩离析,以不同的方式应对童年的苦难。

约书亚·弗里斯(Joshua Ferris)的长篇小说《曲终人散》(*Then We Came to the End*)从集体的视角来审视职场文化。"我们"是芝加哥一家广告公司的员工,工作之余以八卦和恶作剧为乐。然后,裁员开始了。人物太多了,简直无法相信我们能记住所有人的名字和怪癖,谁喜欢发送骚扰邮件,谁在员工休息室(有时候有百吉饼!)交换最新消息——直到他们一个接一个地离开大楼,从自己的隔间里抱走一个可怜的小箱子。这部以讽刺的口吻描写白领工作的小说提出了一个问题——职场在多大程度上挤压了个人的身份认同:

> 幸好我们从来没有邀请过乔·蒲柏参加公司的垒球队。不喜欢任何群体——那好了,他觉得自己在广告代理公司工作是在干什么?我们有个特大新闻要告诉他。他是我们中的一员,不管他是个是心甘情愿。他每天早晨和我们在同一时间来上班,他需要和我们一起参加同样的会议,他和我们其他人受到同样的时间限制。对他来说,广告业是一个多么奇特的职业,它的全部意义和目的就在于吸引更多的人购买你推荐的产品,穿戴你宣扬的品牌服饰,驾驶你鼓吹的汽车,加入你推崇的群体。让我们来谈谈这个居然不得要领的家伙。①

用这种声音来维持整部小说是一件棘手的事。笑话讲多了就没意思了。为了避免重复,弗里斯使用了不同的第一人称复数,他让每个人物以第一人称讲上一大段话,因此他可以使用一系列的声音。他还让人物讲述其他人物的故事,这种讲述是否可靠就成了核心问题。("但是如果这么描述马丁,可能太过于片面了。")

当然,部分悬念在于叙述者能否保住他的工作。这有点像搞笑版

---

① 译文摘自:弗里斯. 曲终人散. 李育超,译. 北京:人民文学出版社,2009. ——译者注

的阿加莎·克里斯蒂（Agatha Christie）的《无人生还》（*And Then There Were None*），或者荒岛求生真人秀，每章都把一个人物赶出小岛。弗里斯知道你了解这类情节，也知道你明白他在以一种讽刺的方式使用它，把这种模式套用到不同的背景下讲述一个更现实的故事。

在长篇小说《处女自杀》（*The Virgin Suicides*）中，杰弗里·尤金尼德斯（Jeffrey Eugenides）用第一人称复数讲述了李斯本（Lisbon）家五姐妹的悬疑故事。在郊区生活了一年后，五姐妹都自杀了。但是，为什么？这个问题一直困扰着"我们的小镇"上一群邻家男孩，故事的叙述者是其中一个男孩。他告诉我们："对于塞西莉亚为何自杀，每个人都有一套说法。"在分析证据时，这些男孩变得越来越像同一个人：

> 塞西莉亚的日记是从她自杀前一年半开始记的。许多人认为贴得花里胡哨的日记构成了一篇象形文字，很难在里面读到什么绝望的情绪，不过大部分图饰看上去是喜气洋洋的。日记本上有把锁，但大卫·巴克，从水暖工的助手斯基普·奥尔特加那儿拿来日记的人告诉我们说，斯基普在主卧室的卫生间旁边发现了这本日记，当时锁已被撬开，像是已经被李斯本夫妇读过了。蒂姆·温纳，我们的智囊，坚持要查看日记内容……①

为什么要选择群体身份作为叙事的立场？尤金尼德斯强调，这些男孩是典型的少年，李斯本姐妹是典型的少女——直到你发现，他们并不是。试图透视女孩心理状态的"证据"不仅包括用望远镜监视她们，还包括一位精神病学家"希望发表的许多文章"的笔记，被定义为"4号证物"的从年鉴上撕下来的几页纸，甚至还有一家快递公司给李斯本家的送货清单。稍后我们将讨论对这类"文档"的使用。显然，尤金尼德斯使用男孩们能够获得的证据，不是为了进行法律或精神病

---

① 译文摘自：尤金尼德斯. 处女自杀. 李卉, 译. 上海：上海译文出版社，2003. ——译者注

学案例研究，恰恰相反：

> 我们很想让你相信李斯本家里到底是个什么样，姑娘们被囚在屋里到底是个什么感觉。有时候，我们被这种打破砂锅问到底的想法搞得精疲力竭，特别渴望有一丁点线索，特别渴望有一块罗塞达碑来最终破解姑娘们的感觉。那年冬天确实不是个令人愉快的冬天，可即便如此，我们也拿不出更有力的证据了。

在这个例子中，第一人称复数的非常规选择确保了小说在探讨青少年和青少年的群体思维时具有独创性。更常规的选择是从其中一个姐妹的视角来叙述——最后自杀的那个，原因很明显，或者从其中一个姐妹的爱慕者的视角来叙述。故事中确实有一个这样的男孩，只不过不是主角。尤金尼德斯认为，小说不能解开人类生活中的所有谜团。所有的故事都只是"拼图的碎片"，而不是开锁的钥匙。

切换视角

我们已经讨论过，通过以不同人物的第三人称有限视角呈现一系列章节，可以实现类似于全知视角的效果。人物越多，场景越大，作者就越有理由用这种多元化的形式来挑战读者。在长篇小说《第十一站》(*Station Eleven*) 中，艾米丽·圣约翰·曼德尔（Emily St. John Mandel）在各个章节中分别用第三人称全知视角和第三人称有限视角描写了许多人物，还使用了文档、信件、明信片、清单，甚至采访记录。鉴于《第十一站》描写了一场杀死世界上大部分人口的末日大流行病，这种走马灯似的切换是合乎情理的。这是一个昔日熟悉的快乐已经随着电力一起消失的世界，曼德尔在观察它时尽量不发表评论：

> 再也不能跳进从水底看是浅绿色的加氯游泳池。再也没有泛光灯下进行的橄榄球赛。再也没有夏日夜晚门廊灯旁的飞蛾。再也没有用输电轨惊人电能驱动的列车行驶在城市地底。再也没有城市。再也没有电影了，除非用上发电机，那噪音都能淹没一半

电影对白，这还是在那些发电机燃料耗尽之前才可能，因为汽油两三年后就变质了。航空汽油能存放更长时间，但是很难获取。①

在最简单的层面上，我们已经适应了闪电般的快速切换，事实上，我们不会在搭建布景或幕间休息时长时间地静坐等待。这种全知全能的风格似乎更适合习惯了推特速度的现代人。当然，曼德尔希望读者注意到，她笔下各式各样的人物已经不再有电话、书信和电子邮件来相互沟通，与现实形成了讽刺的对比。

在许多情况下，各个章节可以在第三人称和第一人称之间切换。人们曾经认为这是绝对不能接受的，是一条小说作家不能跨越的红线，但是现在，规则已经放宽了很多。在长篇小说《弗莱施曼的麻烦》（*Fleishman Is in Trouble*）中，塔菲·布罗德塞尔-阿克纳（Taffy Brodesser-Akner）在各个章节中不断切换视角：托比·弗莱施曼（Toby Fleishman，第三人称有限视角）的妻子突然离家出走，留下他和两个孩子，还有他热辣的床伴们；托比的朋友、老太太莉比（Libby，第一人称视角）讲述了托比的故事，她也有自己的婚姻问题；然后，莉比讲述了他失踪的妻子蕾切尔（Rachel）的故事，说明了她的行为和动机。不过，或许托比的章节也是莉比写的？这部小说在很大程度上要归功于菲利普·罗斯的元小说手法，尤其是因为莉比作为叙述者，拥有几乎和布罗德塞尔-阿克纳自己一样的记者生涯。

凯蒂·瓦尔德曼（Katy Waldman）在《纽约客》书评中指出，这些视角上的转换是合理的，可以让这部关于婚姻的小说代表不止一种（通常是男性的）视角。瓦尔德曼写道："布罗德塞尔-阿克纳对婚姻小说的形式进行了探索。婚姻不只是另一边的床上睡着一个人。如果有第三者呢？如果对照顾家庭感到厌倦的是女性，孤独地留下来当好爸爸的是男性呢？"读者是否喜欢这部小说，取决于他们是否喜欢布罗德塞尔-阿克纳提供的多重视角，以及他们是否觉得敏感多思的莉比和那

---

① 译文摘自：曼德尔. 第十一站. 孔新人, 译. 北京：新星出版社, 2015. ——译者注

个一头雾水的父亲一样有趣——这个被遗弃的男人突然发现自己可以随便找女人了。

下面还有两个例子，证明视角的切换对于表达小说的意义至关重要。

在长篇小说《分手去旅行》（Less）中，安德鲁·肖恩·格里尔（Andrew Sean Greer）向我们介绍了亚瑟·莱斯（Arthur Less）——一位孤独的中年同性恋作家。亚瑟·莱斯害怕孤独终老，为了逃避前男友的婚礼，去世界各地巡回宣传他的新书，失去恋人的痛苦仍然萦绕在他心头。乍看之下，叙述者似乎是作者，使用的是老派的第三人称。他开玩笑地称亚瑟为"我们的英雄"，他了解亚瑟（经常丢失的）行李箱里的每一件东西，以及亚瑟对爱情生活和文学事业的担忧和遗憾。不过，接下来我们发现，叙述者是亚瑟的一个熟人。随着故事的展开，他更直接地出现在我们面前。这并不是说叙述者故意隐瞒了自己的身份——他很早就告诉我们："我记得亚瑟·莱斯年轻时的样子。""那时我大概十二岁，在一个无聊透顶的成人聚会上。"有时候，叙述者对亚瑟的了解令人惊讶："有个事实必须说明：亚瑟·莱斯的床上功夫不怎么样……"最后的结局皆大欢喜，叙述者也从阴影中走出来，与亚瑟团聚。

乍看之下，这是《了不起的盖茨比》中的尼克·卡罗威的第一人称叙事，退后一步讲述另一个人物的故事，但是结局峰回路转，叙述者也是主人公之一。

通常，带有这种转折的叙事是对单一视角可靠性的挑战。在苏珊·崔（Susan Choi）的长篇小说《信任练习》（Trust Exercise）中，一群高中戏剧社的学生度过了糟糕的一年。小说采用公认值得信赖的第三人称视角，但是中途切换到了第一人称视角。小说前半部分中一个无足轻重的人物走到舞台中央，这个"现实生活中的"学生说，到目前为止我们读到的一切都是一部小说，而她完全不是小说中描写的那个样子：

"凯伦"站在洛杉矶的天窗书店外，等待她的老朋友——作者，她的高中同学——作者。称呼她为"朋友"是不是有点过分？让她称呼自己为"凯伦"是不是有点过分？"凯伦"不是"凯伦"的名字，但是看到"凯伦"这个名字时，"凯伦"知道指的是她。除了"凯伦"，谁在乎"凯伦"的真名是什么呢？

在这部小说的世界里，连人物的名字都不是一个稳定可靠的事实。

洛丽·摩尔（Lorrie Moore）的短篇小说《这儿只有这种人：儿科肿瘤病区咿呀学语的儿童》（*People Like That Are the Only People Here：Canonical Babbling in Peed Onk*）中，人物甚至没有名字。一对只被称为"母亲和丈夫"的夫妇得知他们的宝宝得了癌症。故事讲述了宝宝在儿童医院肿瘤科接受治疗的过程，恐惧、悲伤的父母在那里等待消息（等待期间，他们也见到了其他患儿的父母）。"母亲"显然是洛丽·摩尔自己，因为一位医生拿出一本她最新的小说，请她签名。"做记录，"丈夫劝她，"记下来。我们会需要钱。"母亲反驳说，她不可能把他们的痛苦变成艺术——"我是写小说的。这不是小说……这是场多愁善感之叙述的噩梦。这没法设计。"——但我们正在阅读的确实是她的故事，设计得非常巧妙。这种平淡、疏离的第三人称是一种自我保护的技巧："她只想听别人的悲伤和紧急状况。"在故事的结尾，宝宝出院了，摩尔直言不讳地承认了她在故事中扮演的角色：

记录有了。

现在钱在哪里？

摩尔的视角切换不仅是一种元小说的技巧，也是一个深爱孩子的母亲与这段经历保持距离的需要。这个故事与其说是关于悲剧本身的（尽管摩尔确实让我们看到了儿童医院肿瘤科那些令人心碎的病例），不如说是关于我们如何谈论悲剧、如何用不同的方式来表达现实的——医生冷冰冰的医学语言、其他父母的坚强乐观。艺术的目标是让人们对他人的痛苦产生共鸣，摩尔就在尝试这样做。但是，她也警告我们（转到第二人称，她在小说中也是这样做的）："最后，你独自承受痛苦。"

书信、日记、文件、票证、作中作，以及平底锅模样的人类灵魂

我打算在这部分塞进很多东西。这种大杂烩正好与作家使用的拼贴技法相得益彰，包括他们叙事中蹩脚的东西、从其他地方摘录的东西、让我们脱离直接叙事范畴的东西。这些作家就像把涂满颜料的婴儿鞋挂在画布前的画家一样。他们的目标就是扩展使用的媒介。

拼贴法中最常规、历史最悠久的就是传统的日记和书信以及今天的电子邮件和短信。这类文档具有证物的性质。作者只是在收集证据。这些文档不仅可以为故事增加真实感和透明度——作者保证，我没有在编故事，你自己看到了——还让作者可以用不同的声音来丰富小说的情节。有的声音可能文化程度不高，不过不必让整部小说充满拼写错误或者使用简单的措辞，那样可能适得其反。它们可以创造一种相互对照的声音，比如前面谈到过的阿迪契的《美国佬》中的博客文章。它们可以暗示日常生活中充斥着的那些琐事，比如玛利亚·森普尔（Maria Semple）的《伯纳黛特，你要去哪？》（Where'd You Go，Bernadette?）中展示的内容五花八门的电子邮件和短信，从逛宜家的失望到看到急诊室账单的愤慨——各种作为妻子和母亲不想看到的东西。通过日记和邮件，作者能够融入大量的背景故事（在第三人称有限视角中这些东西可能是主人公所不知道的）。

书信体的传统可以追溯到很久以前——没有它，就没有《傲慢与偏见》，因为如果没有达西（Darcy）那封动人的信，丽萃·班纳特对他的误解就不会消除。A. S. 拜雅特（A. S. Byatt）的《隐之书》（Possession：A Romance）突破了这种方法的界限。两位当代学者发现了一对19世纪的名人之间的秘密恋情，两人自己也在揭秘的过程中坠入了爱河。通过巧妙安排的线索，维多利亚时代的科学家（身处一段无性婚姻中）和诗人（秘密的女同性恋者）之间的秘密一点点在读者面前

被揭开，发现这些宝藏信件的学者必须保守秘密，因为其他竞争对手也在追踪他们。

不用说，所有措辞古雅的书信和19世纪的诗歌都是拜雅特自己写的，20世纪的侦探需要根据他们的发现重新解读这些诗歌。我们钦佩她丰富的想象力和博学多识，她将虚构的人物融入真实的文学史和科学史，伴随着生动、紧张的情节，将四个主人公（而不是两个）描写得栩栩如生。

拜雅特在关键章节引入了第三人称全知叙述者。为此，她解释道：

> 至今，我仍然不时收到来自世界各地的愤怒的邮件，说这些段落是一个错误——我通过文档、日记、书信、诗歌巧妙地讲述了过去的故事，却笨拙地打破了自己的风格。但我的决定是经过深思熟虑的……最近，第三人称叙述者受到了很多非议——它并不想假装扮演"上帝"，它只是一个叙述的声音，明白自己知道的事情。我想表明的是，这样的声音可以让读者更接近人物的激情和思想，而不是让他们欣赏小说家的聪明才智。这很讽刺——作者和读者达成共识，分享了评论家和学者没能发现的东西。

请注意，拜雅特强调，"不是让他们欣赏小说家的聪明才智"。她说，第三人称全知视角能够做到一些其他视角做不到的事。

不过，在这类作品中，许多当代作家抛弃除文档以外的一切，通常是为了制造喜剧效果。比如朱莉·舒马赫（Julie Schumacher）的《亲爱的委员会成员》（*Dear Committee Members*），主人公是一位不得志的创意写作教授，在一所平庸的学院教书，整部小说就由他写的一系列推荐信构成。里克·穆迪（Rick Moody）的《北美酒店》（*Hotels of North America*）中，酒店评论员雷金纳德·爱德华·莫尔斯（Reginald Edward Morse）在RateYourLodging.com网站上对各种档次的跨国酒店——从纽约的广场酒店（The Plaza）到俄勒冈州坎农海滩（Cannon Beach）的沙坑饭店（Sand Trap Inn）——发表了一系列搞笑评论，还顺便讲述了自己令人忍俊不禁的人生故事。穆迪维护着 RateYourLodging.com 网站和人物的"人生导师"专栏，所以实际上小说还在以一种虚实结合的方式延续了下去。

对于在这条道路上找到了原创方法的作者来说，这简直妙不可言。舒马赫有推荐信，穆迪有酒店，珍妮弗·伊根（Jennifer Egan）在《恶棍来访》（*A Visit from the Goon Squad*）中把小说的高潮写成了加长版 PPT。独一无二，或者至少是首开先河：哪位作家不渴望这个呢？用得好时，这当然很好。但是，用不好时，我们能感觉到作者在努力创新，但是我们这些经验丰富、难以取悦的读者只会嗤之以鼻，指出已经有其他作家这样做过了，而且做得更好。随着技术的发展，这种方法也存在过时的风险。当短信变得无处不在，整部小说都用短信写成的想法就不那么令人兴奋了，包含超链接的小说也是如此。

采用这种手法的小说通常更加轻松愉快。并不是说这类小说不能涉及酗酒、离婚、抑郁之类的严肃主题，只是说整体基调倾向于恶搞。帕西瓦尔·埃弗里特（Percival Everett）的《抹除》（*Erasure*）的主人公是一位"严肃""不好打交道"的黑人小说家塞隆纽斯·"蒙克"·埃利森（Thelonius "Monk" Ellison），他厌恶奥普拉式的黑人文学——像风靡一时的畅销书《我们生活在贫民窟》（*We's Lives in da Ghetto*）那样，以荒谬的方式表现贫困和混乱。出于恶作剧的心理，他用笔名写了一部恶搞版的"黑人"小说，即斯塔格·R. 利（Stagg R. Leigh）的《他妈的》（*Fuck*）。整部小说从叙述者刺伤自己的母亲开始，充满了黑人不规范的英语和故意的拼写错误，以作中作的形式完整地包含在《抹除》中。让这位严肃作家惊讶的是，这部"假"小说居然成了畅销书。埃利森要在电视上宣传这本书。他所在的委员会正在考虑授予《他妈的》一个重要的文学奖项，他的评委同行们称之为"一部真实、生动、伟大的杰作……故事中普通黑人的活力与野性令人耳目一新"。

埃弗里特创造了塞隆纽斯·埃利森，埃利森创造了斯塔格·R.

利，当然我们知道这两个人物都是埃弗里特创造的。埃利森的小说采用第一人称叙事，但埃利森就是埃弗里特吗？不，因为《抹除》不仅恶搞了这部糟糕透顶的作中作，也恶搞了埃利森后现代主义的虚荣做作。小说错综复杂的结构就像俄罗斯套娃，读者永远不知道谁是最后的人物。埃弗里特认为，无论黑人作家是否符合世人对黑人作家的刻板印象，都没有好结果。但埃弗里特本人确实摆脱了这种刻板印象，创作了一部小说，对小说中的种族刻板印象发表了一系列精彩的评论，既具有高度的文学性，又具有高度的可读性。

并非所有这类小说都是轻松愉快的，乔治·桑德斯的长篇小说《林肯在中阴》（*Lincoln in the Bardo*）就是一个例外。亚伯拉罕·林肯痛失爱子。悲痛欲绝的林肯来到埋葬儿子的墓地——对那些灵魂还没有上天堂（或下地狱）的死者来说，墓地是某种边缘地带，这些人都没有意识到他们已经死了。（他们把自己的棺材称为"病号箱"，抱怨没有人来看他们，恐惧地等待着他们称为"万物发光现象"的天使的到来。）桑德斯介绍死者和他们的背景故事时，包含了一些滑稽的甚至是闹剧的元素。一个新婚的男人还没圆房就死了，走到哪儿都带着一个勃起的（特别巨大的）阴茎。另一个男人疯狂地朝其他男人招手、抛媚眼，而他活着时从来没有出柜。

整部小说由一系列关于林肯的出版物（包括虚构的）的简短摘录组成，每段摘录都标明了"资料来源"（包括虚构的），然后是众多死者的文字记录（包括虚构的），每一行对话也都有出处。在小说中找到立足点需要费一番工夫，事实上，阻止读者迅速、准确地找到立足点无疑是作者的目标之一。当林肯的儿子第一个宣布，他发现大家不是在康复，而是实际上已经死了时，其中一个死者的声音直接说明了这一点：

"现在你看，"沃尔曼先生对男孩说，"你错了。如果你说的是真的——是谁在这么说？"

"是谁在听？"我说。

"现在谁在和你说话?"沃尔曼先生说。

"我们在跟谁说话?"我说。

完全正确。关于每一部小说和每一个叙述者,我们都要问这些问题:是谁在说话?对谁说?桑德斯向这些问题的传统答案提出了强有力的挑战。

在上述所有例子中,使用文档作为叙事形式不仅仅是装饰性的,也不仅仅是为了与众不同或博得关注。这种方法对于作者想要表达的观点至关重要,可以更好地体现孤立感、被剥夺感,以及人物生活中狂热、不安、混乱或荒谬的感觉。在《使女的故事》的续集《证言》(Testaments)(这是一个双关语,"Testaments"既有"证言"的意思也有"《新约》"的意思)中,玛格丽特·阿特伍德用第一人称写了一系列章节,称为"证人证言369B"。这个证人是《使女的故事》中奥芙弗雷德的女儿,奥芙弗雷德被绑架、沦为生育奴隶时,这个女孩被人偷走了。书中还收录了《使女的故事》中反派人物的一些秘密记录,在这些记录中,人物经常直接与我们交流("嘿,读者,我欠你一个解释")。阿特伍德很在意是谁在讲故事、给谁讲故事,因为这就是我们理解历史的方式:通过个人故事的积累。

插图

20世纪70年代初,唐纳德·巴塞尔姆(Donald Barthelme)开始在他的短篇小说中使用天马行空的黑白插图。《在托尔斯泰博物馆》(At the Tolstoy Museum)的开头写道:"在托尔斯泰博物馆,我们坐下来哭泣。"其中包括托尔斯泰的仿古版画。《鸽子飞离宫殿》(The Flight of Pigeons from the Palace)也有插图,包括解剖图和建筑透视图。《巨蟒剧团之飞翔的马戏团》(Monty Python's Flying Circus)的结尾,一只卡通大脚踢进屏幕,这些拼贴元素的功能与之类似:它们完全破坏了原来的基调,因为这些元素显然应该作为书面证据,却完全看不出来它们能够证明什么。巴塞尔姆的《照片》(*The Photographs*)的开头写道：

> 附上人类灵魂的照片（图1和图2），1973年12月14日由第一艘航行到太阳系外的宇宙飞船"先驱者10号"拍摄，当时飞船正离开木星磁场。当然，这组"照片"（实际上是飞船上的九英尺碟形天线传回地球的编码无线电信号）是拍摄木星的附带品，拍摄木星本身才是这次任务的主要目标之一。它们是由英国皇家学会成员、卡文迪什实验室的雷金纳德·霍布森博士制作的，使用柯达IIIa-J型光学底片，曝光前在65摄氏度的干燥氮气下晾晒了五个小时。

听起来很正式，对不对？只不过故事中附带的"照片"根本不是照片，而是黑白图画。"我们该怎么处理这些该死的东西？"雷吉①看着这些图画说，他们一致同意，它们"很像一口平底锅"；"坦率地说，人类的灵魂是非常丑陋的"。

《照片》在《纽约客》上占据了两页版面。如果还不过瘾，可以试试《莉诺·杜兰和哈罗德·莫里斯收藏的重要文物和私人财产：包括书籍、街头时尚和珠宝》(*Important Artifacts and Personal Property from the Collection of Lenore Doolan and Harold Morris, Including Books, Street Fashion, and Jewelry*)。作者是利安娜·夏普顿（Leanne Shapton），但是她的名字没有出现在封面上。相反，这份"目录"属于——

> 斯特拉坎和奎因拍卖行（Strachan & Quinn Auctioneers）
> 纽约 * 伦敦 * 多伦多

这本书里的照片比文字多（文字都是图片说明）。夏普顿这本书无疑开了先河。

---

① 雷金纳德的昵称。——译者注

说到带插图的书，当代出版业中有另外一个类别可供选择：图像小说。作为一种类型，它们现在得到了严肃的对待，主题和风格也越发多样，从大屠杀［阿特·斯皮格曼（Art Spiegelman）的《鼠族》(*Maus*)］到照顾年迈的父母［罗兹·查斯特（Roz Chast）的《我们能谈点开心的事吗？》(*Can't We Talk About Something More Pleasant?*)］无所不包。

小说中的时尚和美食

最后这部分讨论的所有混合媒介视角都可以归入后现代主义实验的范畴。后现代主义的延伸定义我就不讲了，读者可以自己上网搜索，这里只讲两个关键要素。你会看到，在使用拼贴法时，尤其是在叙事中插入借用或影射的元素时，所有的作家都试图打破传统的叙事方法。他们用戏谑的态度向我们从乔伊斯等现代主义作家身上看到的庄严发起了挑战。后现代主义者相信，一部小说既能给人启迪，也能给人娱乐。因此，"高端"和"低端"艺术之间的区别被有意识地忽略了（巨蟒剧团短剧中的卡通大脚，就非常像是从老式动画片里"借用"来的；这种对经典元素的吸收在后现代主义作品中很常见）。最后，尽管所有作家都尽量避免用过度简化的方式总结作品的主题，但是可以说，拼贴是为了讲述一个更真实的故事。唐纳德·巴塞尔姆这样评价他自己的作品：

> 我命中注定要写这种大杂烩……混乱的信号，不纯净的信号，给你逼真的感觉。就好像你不情愿地去参加一个葬礼，发现它办得很糟糕。

和巴塞尔姆一样，桑德斯也相信快乐和悲伤并非互不相容——参加过爱尔兰守灵仪式的人都知道这一点。在巴塞尔姆的短篇小说《学校》(*The School*)的评论文章中，桑德斯敏锐地分析了我们喜欢巴塞尔姆的原因，"因为我们发现他怀有惊人的勇气"。这个故事基本上没有情节，但是挑战了我们对阅读的期待。桑德斯说，巴塞尔姆让我们永远无法领先他一步。为了让我们愉悦，他愉悦地打破了我们的期待。

记住，小说可以勇敢，可以冒险，这一点很重要。勇敢是吸引观众的窍门。攀登珠穆朗玛峰还有其他原因，不只是因为山就在那里。一旦你给自己设定了更高的目标，失败也会显得更惨痛——爬得越高，摔得越狠——读者对那些追求原创性的小说往往比对传统小说更苛刻。

当然，你可以一天晚上吃比萨，另一天晚上吃稀奇古怪的创新菜。传统小说和实验小说能够满足不同的情绪。喜欢乔治·桑德斯，并不意味着你就不能读艾丽丝·门罗了。

关于创新，要记住，无论你做了什么，模仿者都会有样学样。一旦一位作家采用了大胆的新手法，后来的作家先是会模仿他，然后会试图超越他。很快就会像奥运会项目一样，成了难度的比拼（阿克塞尔两周！阿克塞尔三周！阿克塞尔三周，反向落冰！）。评论家哈罗德·布鲁姆（Harold Bloom）在《影响的焦虑》（*The Anxiety of Influence*）一书中阐述了这个不可避免的过程。一旦现代主义带着艺术的崇高出现在舞台上，后现代主义便带着无政府主义的修正紧随而至。

20世纪60年代末70年代初，约翰·巴思（John Barth）、罗伯特·库弗和威廉·H. 加斯（William H. Gass）创作了大量晦涩难懂、强调形式的实验作品。但是到了70年代后期，安·贝蒂（Ann Beattie）和博比·安·梅森（Bobbie Ann Mason）等小说家回归了一种更直接、更传统的叙事方式，一种不再那么刻意"艺术化"的风格。不过，这些作家也加入了一个新花样：他们用简洁的语言描述美国消费文化的细节，对物质和品牌的描述极尽具体，简洁之父海明威绝对不会允许自己这样做。这种风格被戏称为肮脏现实主义，或凯马特（Kmart）[①]小说，或无糖可乐极简主义。然后，仿佛一夜之间，再也没有人使用品牌名称了，评论家的注意力开始转向大卫·米切尔这样的极多主义

---

① 美国最大的连锁零售商之一。——译者注

作家，这些作家重拾了早已过时的全知风格。

所以，我们看到流行的视角也像时尚一样循环往复。喇叭裤重新流行时，通常在剪裁、面料或长度上有了新的变化，这样你就必须买新的，而不能把旧牛仔裤从衣柜里拿出来。

说到长度，一个极端是米切尔这样的极多主义者，另一个极端是微小说的激增——这些故事非常短，没有起承转合或完整的情节。微小说并不新鲜。弗朗茨·卡夫卡的《寓言与悖论》(Parables and Paradoxes) 中有这样一个故事，全文如下：

> 豹闯入寺院中，把祭献的坛子一饮而空；这事一再发生；人们终于能够预先打算了，于是这成了宗教仪式的一个部分。①

这就是《神庙里的豹》(Leopards in the Temple)。它可能超出了你对故事的期待。但是，当你读过足够多的微小说时，这个故事就存在于一套牢不可破的传统之中，就像神庙里的豹子不再令人感到震惊一样。

然后是莉迪亚·戴维斯（Lydia Davis）。

这是她的短篇小说《春日的怒气》(Spring Spleen)：

> 我很高兴叶子长得那么快。
> 很快它们就能把邻居和她哭叫不停的小孩给挡住了。②

下面是她的另一则短篇小说，叫作《旅馆房间里关于现在完成进行时的例子》(Example of the Continuing Past Tense in a Hotel Room)：

> 你的管家叫雪莉。

戴维斯不是第一个写微小说的人，但是天哪，她的有些小说真的很短，而且她的作品真的很多——她的短篇小说集有 752 页。不过，

---

① 译文摘自：卡夫卡. 卡夫卡全集：第 5 卷. 黎奇，赵登荣，等译. 石家庄：河北教育出版社，1996.——译者注

② 译文摘自：戴维斯. 困扰种种. 吴永熹，译. 北京：中信出版社，2016.——译者注

其中的作品长度不一。有些更接近普通的短篇小说，但是很多只有一页。风趣幽默的评论家德怀特·加纳（Dwight Garner）在戴维斯的小说集《不能与不会》（*Can't and Won't*）的书评中写道：

> 莉迪亚·戴维斯的短篇小说很难描述，但人们总想试一试。我的一个朋友把它们比作蚊子：有些被你赶跑了，有些会吸你的血。
>
> 丹·恰森（Dan Chiasson）在《纽约书评》（*The New York Review of Books*）上把它们比作"预示着星际生命的雷达光点"和"罐子里的生物标本"。小说家凯特·克里斯滕森（Kate Christensen）在《世界时装之苑》（*Elle*）杂志上说，读她的书就像从薯片袋子里掏出一样别的东西，"一根小黄瓜，一个花椒，一块松露，一块牛肉干"。
>
> 我喜欢小黄瓜的比喻。我们应该这样评价戴维斯女士：她出版了一本关于小黄瓜的新书。归根结底，她的故事就像泡菜小黄瓜一样，咸咸的，大多非常美味，但也可能有几根发育不良。你可以用牙签戳着吃。

有趣的是，我们又看到了食物的比喻——用味道来描述作家的风格和手法。或许，我们可以尝试换个花样，采用品酒师的行话，用水果、酸度和单宁之类的术语来谈论作家。在我看来，这部小说有点……软木塞的异味。

除了极端的简洁，戴维斯还采用了书信、票证（清单和现成品）和拼贴等我们在本章中讨论过的方法。她以独特的方式将这些既有的元素组合在一起。现在，只有一个莉迪亚·戴维斯，就像只有一个唐纳德·巴塞尔姆一样，而且我怀疑也只有一个乔治·桑德斯〔虽然现在很多艺术硕士项目都在模仿他在小说集《大衰退中的内战之地》（*Civil-WarLand in Bad Decline*）中创造的怪异、衰败的主题公园的比喻〕。

对小说家来说，总共就只有这些视角，我们已经全部讨论过了。

希望你能看到，作家们在这个有限的范围内实现了如此多的可能性，并受到鼓舞。你可以把它想象成一个数学问题，十几个人参加一个晚宴，有多少种排座位的方法——可能性太多了。就在这一章，第三人称复数的部分，我们看到了贾斯廷·托雷斯的长篇小说处女作：他从"我们"的集体视角和童年视角写作；而且，他聚焦的这个家庭是纽约的波多黎各人，他对这种身份和文化有话要说；再加上叙述者是同性恋，关于这一点他也有话要说。此外，这本书由一系列短小、抒情的而不是传统的明显相互联系的章节组成，借鉴了时下流行的短篇小说中的长篇小说的风格。将现有的可能性切分组合，你最终会创作出属于自己的小说。

　　作家写出一种新的视角时，无疑是令人兴奋的。他们的大胆不仅是在博求关注，而且代表着对我们智慧的尊重，以及对惊喜和快乐的热切渴望。但是，全新的叙事方式并不是必需的——在现有传统中完全可以创作出你自己的小说。为了写作，你必须相信，不管你的书架上有多少其他人的作品，你讲述的故事是你自己的，只属于你自己。

练习

- 试着描述一些小孩子不会表达的东西，确保自己没有落入"假天真"的陷阱。

- 把你的一篇小说的开头从第三人称或第一人称改为第二人称。这样做能使读者卸下防备吗？是拉近还是疏远了读者？

- 现在尝试把小说改成第一人称复数。"我们"是如何代表一个群体发言的？

- 在你的小说中插入一份"发现的文档"——一篇报纸上的义章或一封信，这会如何改变叙事的声音？一系列这样的文档会是推动剧情的一种好办法吗？你甚至可以尝试通过插入的方式揭示主要情节。例如，你的人物正在闹离婚，变卖他所有的财产，这时可以插入易趣网的广告，每则广告都会勾起一段回忆。

- 从报纸上找一个有趣的故事（例如，一对男女第一次约会时，男的就去抢银行，然后强迫女的开车带他逃跑），想想你会用什么视角讲述这个故事。

第 8 章　小说的视角与电影的视角

像摄影机一样思考

当新手作家以"创作一幅生动的画面"为目标写作时，他们经常以电影的方式思考。画面在想象中展开，就像是被拍摄出来的。但是，在屏幕上表达感情的方式与在纸面上表达感情的方式有着本质的区别。现在，让我们来看一下这些关键区别，特别注意它们是如何影响文字描述的——从人物的外表到关键行动。

我们大多数人都非常熟悉电影人用来营造气氛的技巧。看到一个杀手手里刀子的特写，我们就知道他马上要发动攻击了。如果要表现一个孩子战战兢兢地抬头望向严厉的老师，我们知道镜头从下往上拍会让老师看起来更有威胁，让孩子看起来更脆弱。在汽车从悬崖上滚落的镜头中，不需要解释，我们也知道手持摄影机晃动、模糊的画面是为了表现失控的感觉。如果《侏罗纪公园》中出现一个汽车翻倒在谷底的远景镜头，喇叭声远远传来，画面中却没有任何动静，那么即使霸王龙还没出现，我们也会担心情况不妙。

新手作家经常犯的一个错误是写得像剧本。对初学者来说，剧本主要是一种视觉描述。所以从本质上讲，作家是在像摄影机一样思考。至少他自己是这样认为的。可惜，作家可能不像摄影师那样，对镜头、灯光、拍摄角度和胶片有着深入的了解。作家得不到电影剪辑师的帮助，也没有配乐来帮助他烘托气氛［此处应有《大白鲨》（*Jaw*）中鲨鱼逼近的主题音乐］。

最重要的是，作家缺少演员。我们没有演员一脸震惊的特写。我们没有演员运用他的表情、手势和声音来翻译和放大情绪。在《生死时速》（*Speed*）中，基努·里维斯（Keanu Reeves）看着巴士爆炸，我们能通过他感受到爆炸的全部威力。剧本只是导演和演员的脚手架：

巴士

爆炸。

杰克

冲击波把他掀翻在地，他滚了半圈。尖利的汽车警报响起。人们四散奔逃。巴士残骸在燃烧，鲍勃躺在扭曲的金属和燃烧的塑料中。杰克本能地想上前帮忙，但是已经来不及了，火焰把他逼了回来。

杰克呆立在原地，我们注意到电话铃响了，随着杰克意识到这个声音，铃声越来越大。

他忽然回过神来，梦游似的转过身，朝电话走去，拿起听筒。

爆炸发生前，演员已经做出了一系列漂亮的动作：他把刚买来当早餐的甜甜圈放在车顶上，摸索着找车钥匙开门，差点忘了把甜甜圈拿进来。剧本巧妙地在平静的早晨和打破平静的爆炸之间制造了对比。我们的英雄可能有点心不在焉，这让他更加讨人喜欢，直到这一天需要特警介入——然后他成了英雄。

但是，小说这么写是不行的——太泛泛了。请注意，这是一个好剧本，编剧真的知道怎么设计演员的动作。车顶上的甜甜圈（警察和甜甜圈！）给了我们一些关于人物的有效和必要的信息，进一步建立了观众的信任——让我们知道，导演很清楚我们知道电影里的警察是什么样，并让我们会心一笑。但是随后，他们打破我们的先入之见，让我们大跌眼镜，就像杰克的早晨被打乱了一样。事实上，整个《生死时速》是一部反向的动作电影，我们对狂轰滥炸的动作场面已经麻木了，现在我们要的是慢下来！

不过，小说有一个优势是任何先进的数字科技都无法比拟的：那就是深入人物的内心世界。电影的直观性是直接的，它可以制造一种氛围，暗示人物的心理状态，通常是通过剧本中的"主观镜头"——向我们展示通过人物的主观视角看到的东西，然后向我们展示人物的反应，通常是面部表情的特写。但是，电影无法像小说那样让你代入人物的经历。小说仍然拥有对人物情绪和动机的最深入考察。

什么是小说家能做到而电影人做不到的？在小说中，杰克可以有过去和未来。回忆和希望可以在同一天中出现。电影只能通过明显的淡入淡出或影调的变化来表现回忆或"背景故事",或者让人物在与别人的谈话中谈到这些。杰克可以有一些发散的印象和联想(而且不仅仅是视觉上的,还包括味道和触觉,以及最重要的气味——气味是触发回忆最可靠的要素)。人物的思想也不一定是直线运动的,它们可以像真实的思想一样迂回曲折,或者突然改变方向。

下面是简·奥斯汀的《傲慢与偏见》中一个关键场景,展示了视觉意象是如何成为故事的一部分,而不是整个故事的。我们从中还可以看到,小说中的风景描写更内在、更主观,是电影无法复刻的。

聪明活泼但并不富有的伊丽莎白·班纳特拒绝了达西的求婚,因为虽然他是个黄金单身汉,但是她认为,他简直骄傲得无可救药。现在,她和她的舅父母一起度假〔他们是很可爱的人,但"从事贸易",因此按照特朗普(Trump)之前的社会标准,属于下层阶级〕,她偷偷参观了达西的豪宅。我们可以想象电影要如何拍摄这场戏:丽萃从马车里向外张望,一个远景镜头,豪宅出现在长长的林荫道尽头;进入室内,我们会看到许多房间,摆满了豪华的装饰品,有些是特写镜头,比如那座华丽的落地大钟可能在一片静穆中轰然敲响,切换到丽萃·班纳特敬畏的表情。电影可以做到这些。但是,电影做不到这个:

> 一个个房间都高大美观,家具陈设也和主人的身价颇为相称,既不俗气,又不过分侈丽,比起罗新斯来,可以说是豪华不足、风雅有余。伊丽莎白看了,很佩服主人的情趣。
>
> 她心里想:"我差一点儿就做了这儿的主妇呢!这些房间也许早就让我走熟了!我非但不必以一个陌生人的身份来参观,而且还可以当作自己的住宅来受用,把舅父母当做贵客欢迎。可是不行,"她忽然想了起来,"这是万万办不到的事:那时候我就见不到舅父母了,他决不会允许我邀请他们来。"
>
> 她幸亏想起了这一点,才没有后悔当初的事。

一个好演员可以表现出伊丽莎白受触动和伤感的神态。我们如果看过一个女演员的一些戏,对她的表情和动作足够熟悉,就能知道如何解读她的矛盾情绪。但是,任何女演员都很难捕捉到这一刻的全部冲击力,因为丽萃仍然固执地认为拒绝求婚是一个正确的决定。奥斯汀的读者——不是伊丽莎白本人——能看到她的骄傲仍然在妨碍着她。在接下来的一场戏中,读者会愉快地看到,本来应该不在庄园的达西出人意料地现身了,而且对前面提到的她的舅父母非常亲切,证明丽萃大错特错。

对读者来说,戏剧性就在于看到女主人公看到了什么,然后看到比她更多的东西。我们可能像丽萃一样自以为是,然后像她一样在关键时刻对事件的转折感到惊讶。这个场景是多层次的,而不仅仅是奢侈品的堆砌。丽萃知道什么?她是什么时候知道的?如果观察者的意识被遮蔽,那么连参观房子也会变成一个谜。

请注意,电影人不能用画外音来解决这个问题。将小说改编成剧本的编剧经常试图通过这种方法,把作者的一些关键台词偷偷加进去。但是,让丽萃面对镜头说话会侵犯她的隐私。画外音经常被用来给影片的基调增加喜剧色彩,比如电影《独领风骚》(*Clueless*)将奥斯汀的小说《爱玛》由第三人称改成了活泼的第一人称;或者用来说明难以用画面表现的大量背景设定,比如《终结者2》(*Terminator 2*)。很多电影评论都在讨论,画外音什么时候是有效的、什么时候只是一种廉价的技巧。影评人莎拉·科兹洛夫(Sarah Kozloff)说:"画外音就像浓烈的香水,只要一点点就能散发出强烈的气味。"

注意上面引用的奥斯汀所写段落中有一句"她心里想",这句话作为枢纽,把我们从房间带入女主人公的头脑中。现在,来看看在长篇小说《来自月球的声音》(*Voices from the Moon*)的前两个段落中,安德烈·迪比(Andre Dubus)是如何进入人物的思想的。迪比巧妙地控制着读者看到的图像和主人公看到的图像:

> 是因为离婚,他父亲昨晚说。这是里奇·斯托醒来时记得的

头一句话。这是一个夏天的早晨，离他设定的六点四十五分的收音机闹钟还有十分钟。但是这些话不像是从他记忆中浮现出来的，甚至不像是昨天晚上说的，而是像十二年来他经常听到的其他那些话一样，仿佛当他熟睡时就在他头顶上方静静等待，等他睁开眼睛，就会看到它们像旗帜一样预示着新的一天的到来：今天有数学考试；豪伊去接你放学……是因为离婚。他关掉闹钟，这样收音机就不会响了。电扇轻轻吹拂着。他是一个瘦削的男孩，不高也不矮，皮肤晒得黝黑，只穿着一条内裤。他感到伤口在裂开，他原本以为它已经愈合了，他又感到深深的无助和悲伤，还有愤怒，因为他才十二岁，这一切都不是他的错。

他起身穿上牛仔裤、T恤和跑鞋，走进浴室，墙上挂着一张吉姆·赖斯的海报。他一边小便，一边盯着海报看，研究赖斯强壮的大腿和手臂（海报上的赖斯挥舞着球棒，抬头望向左外野），里奇脑海中又浮现出赖斯没打到球球棒就断了的那一刻：他试着挥棒，球棒朝着一垒飞了出去，赖斯手里只剩下手柄。这一幕在电视上播出时，里奇简直不敢相信眼前的一切，直到他又看了一遍慢镜头回放。

我们知道这部小说的主题是什么：离婚对一个小男孩的影响。我们也知道他是个什么样的男孩：中等（"不高也不矮"），但是聪明、敏感。他不会自怨自艾：他关心家庭的变故，但不会过于纠结这件事情，他还能想到棒球。迪比向我们保证，他了解里奇的思想，但他不会仅仅通过男孩有限的语言和感知来表达这些思想——开篇这些长句子无疑属于作者，而不是里奇。

在某种意义上，这是最传统的开头：闹钟响起，故事开始。但是，它也很有电影感，镜头从上方俯视躺在床上的男孩。我们看到了里奇看到的东西，但是我们也看到了里奇。（给自己贴上"不高也不矮"和"晒得黝黑"的标签的不是里奇。正如我们在第5章中说过的，第一人称叙述者很难描述自己的外表。）看到这个还没到青春期的小男孩与海报中强壮的成年棒球运动员的对比时，我们又得到了其他信息：作者提醒我们，这是一个关于成长的故事。

迪比精心引导读者注意力的方式在很大程度上借鉴了电影。不过，用视觉图像来表达情绪的基本理念可以追溯到每一部以天气描写开头的文学作品。天气描写和闹钟响起一样，因为过于俗套，现在已经不怎么用了。埃德加·爱伦·坡的《厄舍府的崩塌》开头，叙述者在"那年秋天的一个沉闷、幽晦、静寂的日子"，骑着马前往书名中注定要灭亡的府邸。房屋亟待修缮的状态也象征着房子里的人的堕落，叙述者注视着"光秃秃的墙垣，空洞眼眸似的窗户，繁密的菖蒲，凋萎的树丛中的白色枝干——除了瘾君子午夜梦回后的空虚，沉沦寻常生活的辛酸，陡然间面纱飘落的恐惧，我无法以尘世的情感来比拟心中的这份惆怅"。我们明白了，埃德加，即使我们不知道菖蒲是什么！这个晚上会很不好过！

对于当代的恐怖电影爱好者来说，暴风雨之夜加上特雷门电子琴配乐的开场已经被用滥了，但是我们必须感谢爱伦·坡，正是他创造了这种经常被模仿以至于成为B级片标准的模板。当代电影更有可能在风平浪静的日常生活和即将发生的恐怖事件之间制造对比。闹鬼事件不是发生在特兰西瓦尼亚（Transylvania）[①]，而是发生在南加州阳光明媚的郊区社区。下面是雪莉·杰克逊的短篇小说《摸彩》的开头，天气预报中也没有对石刑仪式的悲观预测：

> 六月二十七日早晨，天气晴朗，万里无云；那浓浓的盛夏的气息，新鲜而温暖；花儿繁茂地开着，草儿绿油油地长着。[②]

这是美国天堂里典型的好日子。赫群森太太（Mrs. Hutchinson）到达广场时已经很晚了——"把这日子整个儿给忘了。"她说。对于看过几部电影的读者来说，镜头（或作者）有意识地聚焦在人群后方的

[①] 罗马尼亚中西部地区，传说中吸血鬼德古拉的故乡。——译者注
[②] 译文摘自：杰克逊. 摸彩. 孙仲旭，译. 北京：人民文学出版社，2013.——译者注

赫群森太太身上，是一个不那么隐晦的伏笔，预示着在接下来的结局中她是个嫌疑人。

如今，在恐怖电影中，阳光明媚的开场已经变得跟不祥的乌云和雷鸣一样俗套了。我们知道坏事就要发生。对类型片来说，这没有问题：我们去看《电锯惊魂3》(*Saw III*)，就不会期待《战争与和平》。这将是一趟鬼屋之旅，我们要享受被吓一跳的乐趣。

爱伦·坡的故事是用第一人称讲述的，杰克逊的故事是用第三人称讲述的；我们听到并追随的不是主人公的声音，而是作者的声音，是作者构建了这个故事。这种方法是完全属于作者的。全知全能是使这些故事显得过时的原因之一。但是，仍然有很多当代作品和爱伦·坡一样，使用单一的主基调。在《路》(*The Road*)的开头，科马克·麦卡锡是这样向我们介绍"男人"和"孩子"的：

> 幽暗的森林，冰冷的夜晚，他醒来时，总要探手摸向睡在身旁的孩子。夜的黑，远胜过浓墨，白日则比那些逝去的日子更加灰暗了。就好像患了青光眼，生冷的眼珠模糊了这世界。他的手随着孩子的每一次珍贵的呼吸，轻柔地起伏着。扯开塑料防水布，他从臭烘烘的大衣堆和几床毯子里直起身来，想从东方寻出一丝亮光，但根本没有。刚才那个将他唤醒的梦里，孩子正牵着他，在一个洞穴中漫游。照明用的光晃映着湿漉漉的钟乳石墙，仿佛哪个神话故事中写到的朝圣者，让花岗岩怪兽吞进肚子里，找不到出路。石壁深邃，只闻水滴发出的乐声，一分钟、一小时、一天、一年，周而复始，在这静谧中"嗒嗒"作响。终于，二人走进一个巨大的石室，那里躺着古老且水色幽深的湖。岸那边，一只兽从石头圈成的池塘中抬起涎水涟涟的嘴，如蜘蛛卵般惨白无神的双眼盯向光源。它的头贴着水面摇晃，似是要对自己无从看见的东西嗅出个究竟来。这只苍白、赤裸、半透明的兽蹲伏在那里，雪花石膏色的骨架在其身后的岩石上印下了影子，以及肠子和跳动的心脏。脑则在晦暗的钟形玻璃罩中搏动。它的头来回摇

晃，接着发出一声低鸣，猛地侧身，悄然跨入黑暗之中。①

麦卡锡将我们直接带入主人公身处的后启示录世界。我们无从得知每个男人和每个孩子的名字。作者使用了童话一样的语言："幽暗的森林""神话故事中写到的朝圣者""那里躺着古老且水色幽深的湖"。和迪比的作品一样，这里主要采用的是第三人称视角，与人物和他的观察保持一致，不过作者能够在需要的时候放大人物的思想。这个男人不会使用"青光眼"和"花岗岩"这样的词汇，但是我们相信他能在梦中看到强大的幻象。

麦卡锡为摄影机设计了动作，从抚摸孩子的手部特写开始，男人站起来，拉开帐篷的门，镜头转向远景，然后是他望着日出的方向、试图分辨时间（但他办不到）的长镜头。但是然后，就像奥斯汀的作品一样，我们进入人物的内心，在他的梦境中徜徉的时间比在现实世界中更长，麦卡锡还给出了如何拍摄光影的具体指导。注意叙述中有多少内容不是纯视觉的，而是迅速唤起所有其他感官。天气寒冷。毯子臭烘烘的。洞穴一片寂静，兽悄然转身离去，水滴在石壁上发出乐声。

虽然我们跟随的是男人和孩子的视角，但我认为，与我们建立关系的主要是麦卡锡，他完全遵循现代主义的传统，呼吁人们关注文字本身，以及作者创造世界的技巧。经验丰富的读者可能还能看出最后一句话的文学暗示，"粗暴的野兽"影射了 W. B. 叶芝（W. B. Yeats）关于启示录的诗歌《二次降临》（*The Second Coming*）。

这个故事中的兽原本是人类，他们毁灭了地球，然后开始同类相食。在故事的高潮，两位主人公旅行到食人族的地盘，幸运的是，食人族人外出狩猎去了，两人发现了地下的食品储藏室。为了不剧透，我就不在这里引用这个惊险的段落了，但我要指出的是，这段描写充满了电影色彩。我们跟随他们走下黑暗的台阶，只能看到他们在打火

---

① 译文摘自：麦卡锡．路．杨博，译．重庆：重庆出版社，2009。——译者注

机的光线下看到的东西。这个段落体现了希区柯克式的理念，即想象的恐怖事物比能够清楚看到的更加令人不安：这就是为什么在《异形》（*Alien*）首部曲中，怪物只在黑暗中惊鸿一瞥，滴着黏液的下巴咔嗒咔嗒作响，却比续集中许多夸张的CGI生物更恐怖。

麦卡锡的意象令人毛骨悚然，他使用的语言却简单朴实，毫不夸张。人们通常把这种手法归功于海明威——"老爹"① 的确喜欢简洁明快，他使用的都是常用的单词，而且很短（《老人与海》的英文标题"Old Man And The Sea"，每个单词都只有三个字母）——但这种方法真正的鼻祖是契诃夫。1899年，他在给他的作家朋友马克西姆·高尔基的一封信中说：

> 您的风景描写是有艺术性的；您是真正的风景画家。可是您常把风景比做人（拟人化），例如大海呼吸，天空瞧着，草原怡然自得，大自然低语、说话、忧郁等，这类用语使得描写有点单调，有时太甜腻，有时却又含混不清；风景描写的生动鲜明只有靠朴素才能达到，像"太阳落下去""天黑下来""下雨了"之类朴素的句子就是。②

在《带小狗的女人》中，契诃夫遵照自己的建议，第一句话就直奔主题，描写了德米特利在海滨度假胜地物色到的目标："有一个年轻的金发女人在走动，她身材不高，戴一顶圆形软帽；有一条白毛的狮子狗跟在她后面跑。"像一个优秀的编剧一样，他把选角的任务交给专业人士。她的容貌可以任由你想象，你只要明白，就像迪比描绘的那个不高也不矮的小男孩一样，这个女人"一点也不出众"。所以，德米特利对她的迷恋让他自己都感到惊讶。他有过其他的婚外情，却从没有爱上那些婚外情的对象。

---

① 海明威的绰号。——译者注
② 译文摘自：契诃夫. 契诃夫文集：第16卷. 汝龙，译. 上海：上海译文出版社，1999.——译者注

当他开始爱上她时,他们一边在海边散步,"一边谈到海面多么奇怪地放光,海水现出淡紫的颜色,那么柔和而温暖,在月光下,水面上荡漾着几条金黄色的长带"。这对情侣沉醉其中,月光下的海洋被浪漫化了,就像几乎每一部发生在纽约的爱情电影里都要有男女主人公在布鲁克林大桥前接吻的镜头。景色没有太大的变化,直到德米特利回到莫斯科和他无爱的婚姻中去——在冬天。

任何上过高中英语课的人都知道如何解读季节的象征意义:冬天象征着死亡,春天象征着重生。契诃夫在故事中反复使用单一的色彩——灰色。安娜有一双"灰色的眼睛",当她的追求者被迷住时,就变成了"美丽的灰色眼睛"。这双眼睛和她"瘦弱的脖子"几乎是对她仅有的细节描写。当然,还有那只小白狗,作为故事中的重要标志,就像《绿野仙踪》中多萝西的小狗一样,第一个镜头中就出现了它的白毛。德米特利去找她时,在一家旅馆租了一个房间,"房间里整个地板上铺着灰色的军用呢子,桌子上有一个蒙着灰尘的墨水瓶,瓶上雕着一个骑马的人像,举起一只拿着帽子的手,脑袋却打掉了"。他跟踪安娜到她家时,看到街对面"立着一道灰色的围墙,很长,墙头上钉着钉子"。在故事的结尾,当他们面对即将到来的难题时,他看见镜子里的自己,注意到"他的头发已经开始花白了"。

我个人不想分析灰色在这里"象征着什么"。诚然,灰色不是一种明亮的、令人愉快的色彩,它也不是非黑即白的,而是充满了不确定性,就像这桩婚外情。但我认为,除了帮助确立基调(电影中称之为色调——总体的色温和观感,有助于营造氛围和唤起情绪)之外,灰色不需要有更多的含义。契诃夫做得很成功,海明威在《白象似的群山》中也是如此。男女主人公在西班牙的一座车站候车,作者迅速勾勒出背景中许多分歧的意象——铁轨、装饰珠帘,还有很多时候一边是阴影,另一边是阳光。这些都暗示着,对于他们正在隐晦讨论的堕胎手术,"美国人"和"女孩"的态度截然相反。海明威小说的色调是粗糙、苍白、曝光过度的,就像书名中的群山一样。在契诃夫的小说中,虽然主人公在海滨，表面上应该阳光明媚，但契诃夫描绘的色调是朦胧、不确定的。这对出轨的男女真的不知道以后要怎么办；在19世纪的俄罗斯，这是个棘手的问题。虽然我们的文化和离婚率都与他们大相径庭，但这个故事仍然非常真实，能够引起我们的共鸣。

在契诃夫的作品中，和在麦卡锡的作品中一样，主人公看到的事物是什么样，我们看到的就是什么样。这是一种绝对主观的叙事。理论上，这个想法非常简单，但实现起来需要一些练习和耐心。下面是查尔斯·巴克斯特的短篇小说《相对的陌生人》（*A Relative Stranger*）中的一幕，叙述者即将见到他一出生就被迫与之分离的同卵双胞胎哥哥：

> 在盛夏的午后走进一家酒吧，你立刻就能摆脱炙热的钢铁和灼人的阳光；这能让你放松下来，浑身舒爽。这家酒吧的墙壁是木头的，空气已经五十年没有循环过了，墙上挂着纯种马和汽车的照片，旁边是镀铬装饰的轮毂盖。这是个男人的酒吧，弥漫着香烟、汉堡和啤酒的味道。昏黄的灯光从头顶上某个凹陷的光源照在你身上，高脚凳的皮革衬垫柔软得像女人的手，用不了多久，酒吧就会变成一张大床，一张乘着驳船从河流上缓缓漂过的大床，除了在岸边排成一排的好朋友，什么也没有。这就是为什么我是个酒鬼。这个地方是介于工作和家庭之间的中转站，在这里可不容易喝到可口可乐。我正准备点上这次戒酒以来的第一杯，身后的门开了，一道强光勾勒出门框的形状，我哥哥从光芒中向我走来。他戴着一顶帽子，动作不紧不慢。门关上了。我的眼睛适应了一下，看得更清楚了：我立刻认出了他。他早就说我会的。精灵们偷走了我的影子，交给了他。一个陌生人，长着我自己的脸。另一个我从外面走进来，穿着西装，打着领带。

请注意，同样，这段描写也不仅仅是视觉上的，还包括其他感官上的：酒吧的气味、触感、质地和声音。同样，这些观察结果也不是以列表的形式提供的，而是全部混在一起，给人一个整体的印象。事实上，作者描写的不只是这个酒吧，而且是"那些酒吧之一"——你去过那些酒吧，知道它们是什么样子——这是另一个重要的姿态。你可能知道这种地方，但是和叙述者不一样，你不会把它当成酗酒的场所。从这段话的长度，我们能看出叙述者在酒吧里如释重负。河对岸的朋友的讽刺是叙述者的，而不是作者的。作为一个酒鬼，他知道生活不是软饮料广告，也不是一集《干杯酒吧》（Cheers）。还要注意，他让他的哥哥在强光的照射下戏剧性地登场。哥哥戴着帽子，穿着西装，打着领带——我们的叙述者则更像是蓝领。我们不需要知道西装的颜色或品牌。

给我们提供主观镜头，通过人物看到的东西来引导读者的视线，是一种非常有效的方法，而且对描写人和风景都适用。弗兰纳里·奥康纳在《好人难寻》中是这样介绍那个"格格不入"的人的，他开着一辆"黑色的大车，车身破旧，像一辆灵车"（这是个暗示）。他停下来，准备谋杀正在度假的祖母和她全家：

> 司机下车站在车边，居高临下地看着他们。他比那两个人要年长些，头发刚开始变白，戴着银丝边眼镜，看上去像个学者。他那张长脸上生着不少皱纹，没穿衬衫，也没穿汗背心，只穿一条绷得过紧的蓝色牛仔裤，手上拿顶黑帽，还握着支枪。那两个年轻人也有枪。

这段描写与麦卡锡揭示地下室里可怜的俘虏们的手法有异曲同工之妙：奥康纳把枪留到了这段话的最后。换成是你，首先就会注意到车里的人都是全副武装的。但是，你追随的是祖母的视线，她要从头到脚慢慢看。事实证明，说"格格不入"的人看起来"像个学者"是正确的，因为他对犯罪行为的反思展现出很多哲学的火花。我们知道，祖母自己打扮得像个淑女，却没有首先注意到他袒胸露背的事实。我们很快会知道，他的牛仔裤太紧了，因为那是他从上一个被害人那里偷来的。

那么，为什么要这样平铺直叙？他们是因为一场车祸才陷入这个绝境的，即将被射杀的孩子们在遭遇车祸时"狂喜"地尖叫，一路喋喋不休、固执己见的祖母却沉默了。她惊呆了！这很重要，因为从这时候起，作者将剥去她身上讨厌的自以为是和先入之见，让她能够死得体面、优雅，这是虔诚信仰宗教的奥康纳希望给予她的。

在长篇小说《标准偏差》（*Standard Deviation*）中，凯瑟琳·海尼（Katherine Heiny）并没有简单地告诉我们某场晚宴很无聊，拖了太长时间。这一晚终于结束时，"伊丽莎白一脸若有所思的神情，好像刚看完一部特别野蛮的野生动物纪录片，本特鲁普则像深夜便利店的购物者一样，一副没精打采的样子"。这些观察应该属于作为小说意识中心的安静的丈夫。海尼把自己的幽默感慷慨地赋予了她的叙述者。

下面是乔伊·威廉姆斯的短篇小说《探视权》（*The Visiting Privilege*）的开头：

> 唐娜穿着黑色长大衣来访。已经是春天了，但天气仍然寒冷，她从不穿浅色衣服，她又不是一株毛茛。她是来探望她的朋友辛西娅的，辛西娅因为抑郁症住进了池塘屋。来看辛西娅之前，唐娜一口酒也没喝。她没有放纵自己，带着一种微妙的沉沦感，清醒地到达了目的地。

小测验：这是谁的视角？我认为是自由间接引语："她又不是一株毛茛"显然是唐娜自己的措辞，"没有放纵自己"也是骄傲和略带自嘲的。从故事开头的几句话我们就知道，唐娜没有只关心自己的幸福，进入诊所时"微妙的沉沦感"有点奇怪，也有点不合时宜。威廉姆斯喜欢让我们马不停蹄地直接进入情境。那件黑色长大衣就像契诃夫和奥康纳小说里的帽子一样，几乎就是唐娜闪亮登场时我们需要看到的全部。

全员出演的大场面

所有这些例子（也许除了未来的同类相食）都描写了相当现实的场景，对服装或血迹斑斑的床垫的描写给了你需要知道的信息。如果故事中的人物更多、场面更混乱——恐怖、科幻，甚至战争——视觉效果要如何呈现？在这些场景中，我们需要超越一个人物的视角，看到更大的画面。

作家可以提供相当于大屠杀的全景镜头，比如理查德·弗兰纳根的《深入北方的小路》：

> 接下来是叙利亚战役的岩石、干山羊粪球、干橄榄叶，背负着沉重的行囊，滑溜着从塞内加尔人因时间因地点而肿胀的尸体旁经过，他们的想法只有他们自己知道，同时远方传来别处战斗和小冲突的枪声、爆破声、爆裂声。死人和死人的枪支弹药及行装像那地方的石头一样散布着——无所不在，无可逃避，他们没有躲着走，而是在死人肿胀的身形上踩踏而过——任何评论或思想都无法触及的身形。

一个主人公可以观察到这些东西。但是，请注意，当作家用俯拍镜头全方位地展示全景式的苦难时，你需要一个全知叙述者。就某些视觉效果而言，电影能比小说更客观地描绘大规模的场景或事件，比如泰坦尼克号沉没或诺曼底登陆。第三人称有限视角的叙述者或第一人称叙述者无法从头顶观察自己。

不过，作家可以紧紧依附于某个主人公的感受，来表现深刻的苦难。在描写奴隶制时，托妮·莫里森喜欢高度集中的主观叙事。《宠儿》中的保罗 D 回忆了恐怖的一幕，自己和另外四十五个人被脚镣锁在一起，关在壕沟中的匣子里，大雨倾盆而下：

> 匣子里的人们一面听着水在壕沟里涨起来，一面当心着棉嘴蛇。他们蹲在泥水里，泥水里睡觉，泥水里撒尿。保罗 D 以为自

己在喊叫：他的嘴大张着，又能听见劈裂的喊声——不过那也可能是别人在喊。接着，他又以为自己在哭。有什么顺着他的脸颊流下来。他抬起两手去抹眼泪，看到的却是深棕色的泥浆。在他头顶上，小股的泥流穿透屋顶的木板滑下来。屋顶要是塌了，他想，它会像捻死一个臭虫似的把我压瘪。事情发生得这么快，他都来不及多想。有人在猛拽锁链——一下——猛得简直像要拉倒他的腿，让他摔进泥浆里。他始终没想清楚自己是怎么懂的——别人又是怎么懂的——可他的确懂了——他懂了——于是他用两只手狠命地拽左边的一截锁链，下一个也就知道了。水没过了他的脚踝，漫过了他睡觉的木板。然后就不再是水了。壕沟在塌陷，泥浆从栅栏下面和栅栏中间涌进来。①

看看莫里森给了摄影师多少信息。镜头近到幽闭的程度，直到男人们一起从牢笼中挣脱出来——"因为如果一个人死了，所有人都得死"——我们从更广阔的视角看到其他奴隶在泥浆的洪流中一起挣扎。电影中看不到的，是莫里森巧妙地进入保罗 D 的思想："屋顶要是塌了，他想，它会像捻死一个臭虫似的把我压瘪。"你也无法从"他始终没想清楚自己是怎么懂的——别人又是怎么懂的——可他的确懂了——他懂了"这句话中感受到不断增强的恐慌节奏，这句话既加速了奴隶们的逃亡，又将时间节点转换到"他始终没想清楚"，让我们知道这个关键时刻在他的记忆中是多么不可磨灭。同时，这个场景既属于疯狂的现在，也属于未来，体现了莫里森提出的更宏大的主题：奴隶制是如何对奴隶个人和这个国家产生深远影响的。

这是一个需要阅读的场景。纸面上发生的事情不能在屏幕上发生。当然，一个优秀的演员可以让你感受到保罗 D 的痛苦，一个好导演可以用电影语言来描绘小说中关于自由的复杂情感［导演乔纳森·戴米（Jonathan Demme）甚至用了小说中没有的昆虫和蝴蝶作为视觉隐喻］。

---

① 译文摘自：莫里森. 宠儿. 潘岳，雷格，译. 海口：南海出版公司，2013。——译者注

但是，奥普拉·温弗瑞（Oprah Winfrey）虽然出色地饰演了一位勇敢的女主角，但仍然是奥普拉·温弗瑞。观众对人物和现实生活中女演员的双重认识会造成偏差。珍妮特·马斯林（Janet Maslin）在《纽约时报》影评的结尾写道："温弗瑞女士雄心勃勃地将这个故事搬上银幕，结果却是强调了她自己的宝贵信条：去阅读这本书。"

《宠儿》是对原著小说的忠实改编。斯坦利·库布里克（Stanley Kubrick）1980年拍摄的《闪灵》（*The Shining*）则完全不是。电影中许多最著名的视觉符号在斯蒂芬·金的小说中并不存在。小说讲的是一个淡季酒店管理员和家人被大雪困在一家闹鬼的酒店里。小说里没有一个精心修剪的树墙迷宫，杰克最后冻死在里面；小说中的妻子温蒂也不是电影里没用的爱哭鬼。温蒂用球棒保护自己、对抗发疯的丈夫的经典场面重拍了127次——根据吉尼斯世界纪录，这是有对话的场景中重拍次数最多的一幕——库布里克在片场无休止地羞辱女演员谢莉·杜瓦尔（Shelley Duvall）。难怪她哭了。

斯蒂芬·金在接受《滚石》（*Rolling Stone*）杂志的安迪·格林（Andy Greene）采访时抱怨说："这部电影太歧视女性了。我是说，温蒂·托伦斯被描绘成了一块只会尖叫的洗碗布。"他直言不讳地表达了对这部电影的不满：

> 我认为《闪灵》是一部美丽的电影，看起来很棒，正如我以前说过的，就像一辆漂亮的凯迪拉克，里面没有引擎……电影中的人物没有弧光，完全没有任何弧光。我们第一次看到杰克·尼克尔森（Jack Nicholson）时，他在酒店经理厄尔曼先生（Mr. Ullman）的办公室里，然后，你知道，他就像房子里的老鼠一样发疯了。他所做的一切就是越来越疯。在书中，他是一个与理智作斗争、最终失去理智的人。在我看来，这是一个悲剧。电影中没有悲剧，因为没有变化。

斯蒂芬·金要求我们对小说主人公杰克失去理智这件事感到同情。

尽管有超自然元素，他的小说仍然紧密聚焦于人物。演员尼克尔森演绎的杰克却带有一种不协调的荒谬感。事实上，电影的整个基调与小说大相径庭——以至于后来，斯蒂芬·金要求在出售电影版权之前，剧本、导演和演员都要得到他的批准。

但是，"不同"就一定是"坏事"吗？没有哪部恐怖片能像《闪灵》那样既荒谬又恐怖。可以说，这部1980年的电影将幽默感和恐怖感完美融合，为后来的许多恐怖电影奠定了基调。这些电影有意识地嘲笑自身的诡异设定，同时要求我们在真正的恐怖中迷失自我。

最后，这部电影并不真正属于人物，而属于库布里克自己。库布里克是影评人所说的"作者导演"，他控制着电影中的每一句台词、每一个镜头和每一处布景装饰。

在本书中，我们经常问，你在阅读一本书时"听到"的是谁的声音——书中人物的还是作者的。电影也是如此：在库布里克的电影中，你听到的主要是库布里克的声音。就连明星也只是点缀。众所周知，另一位作者导演阿尔弗雷德·希区柯克曾经这样评价他的演员："所有的演员都是牲畜。"（他后来纠正说："我从来没有说过所有的演员都是牲畜；我说的是所有演员都应该被像牲畜一样对待。"）你可以喜欢或不喜欢库布里克，但你应该知道你是在与谁建立关系。

斯蒂芬·金声名显赫，却并不以自我为中心，他的人物享受着明星级的待遇。在《写作这回事：创作生涯回忆录》中，斯蒂芬·金坦言在进行修订时，"在我看来，重读过程中最刺眼的错误多半关系到人物动机"。他总是要确认他们的行动轨迹，并且确保他们的行动合乎情理。他们不是木偶。

电影能像小说一样，既聚焦于对特定人物的深切同情，又具有导演强烈的个人色彩吗？答案是肯定的。罗曼·波兰斯基（Roman Polanski）的《罗斯玛丽的婴儿》（Rosemary's Baby）中，一个可怜的女人被迫生下撒旦的孩子，因为她邪恶自私的丈夫与一些崇拜魔鬼的邻居做了交易。这部电影比艾拉·雷文（Ira Levin）的原著小说还要出色。当然，是雷文提出了整个概念，更不用说，几乎每一幕场景和每一句台词都出自他的手笔。但是，是波兰斯基把故事发生地变成了一座令人难忘的恐怖迷宫，这座纽约的公寓大楼过薄的墙壁和黑暗的地下洗衣房都给人留下了深刻的印象。是波兰斯基让罗斯玛丽几乎出现在每一个场景中，以这种方式让我们感受到她怀孕期间的脆弱。雷文讲给我们听；波兰斯基表现给我们看。[影评人佩内洛普·吉列特（Penelope Gilliatt）称这部电影为"妇科哥特"。]波兰斯基是一位给平凡的细节注入不平凡的陌生感的大师。波兰斯基把公寓大楼本身变成了故事中的一个人物、一个像《厄舍府的崩塌》中那幢腐朽的房子一样强大的客观存在。在小说中很难达到这种效果。

伟大的小说可能最不容易拍成伟大的电影，因为会损失更多的微妙之处。一部有着原创故事情节和人物设定，但不太依赖语言和风格的小说，可以给导演和演员更多的创作空间。

正如我们看到的，在小说中，即使是描写人物的服装这样简单的事情，视角也会发挥作用。我们希望作者把我们的注意力引导到重要的事情上，帮我们制造沉浸式的体验。最重要的第一步是鼓励我们对人物产生同情心。但是在某些情况下，作者也可以巧妙地引导我们，去理解人物尚未意识到的东西，或者质疑人物的观点和对事件的描述。此外，通过描述的语气——句子的长度、措辞、意象的性质——作者也拥有了自己的声音。即使在一个紧密追随人物感知的故事中，我们也知道作者是谁。正如我们将在关于修订的章节中讨论的，这种注意力的平衡是一个棘手的问题，初稿中的弱点经常是由错误地估计了这种平衡造成的。作者可能没有花时间去充分想象人物在事件中的经历。相反，他只是机械地跟随人物穿过门廊。

在最简单的层面上，如果作者让我们花时间阅读关于一顶帽子的描写，我们就必须知道他为什么要描写这顶帽子。真的不必告诉我们，这个男人在走进酒吧之前，抓住门把手并转动它。我们知道他必须先迈一只脚，再迈另一只脚，走进房间，然后才能走到吧台前说"双份，快一点"。但是用不着描写这些，作者可以提高引擎的转速，直奔下一个场景。用契诃夫的话来做总结吧：

> 我写道"一个人坐在草地上"，那么这是通俗易懂的，因为它清楚明了，不妨碍注意力。要是我写道："一个高个子、窄胸脯、中等身材、长着稀疏的棕色胡子的人坐在绿色的、经行人践踏过的草地上，不出声地、胆怯地、战战兢兢地左顾右盼"，那么恰好相反，这句话就难以理解，伤透脑筋。它不能一下子印入人的脑海，而小说应该一下子立刻印入人的脑海。

练习

- 让人物对事件的观察具有高度的主观性,制造类似于电影中的"主观镜头"的效果。

- 从你的小说中找一个以视觉为主的场景,加入其他感官所感受到的,如质地、味道、气味——这些都是小说相对于电影的优势。

- 尝试在你的小说中制造高潮,将焦点从关于事件的远景镜头(战场或地震后的混乱场面)转移到局部特写(你自己的人物受伤)。

第 9 章 关于修订

视角中的陷阱

你可能注意到了，我没有在每一章最后提供小结，罗列出关于每一种视角选择的注意事项，让你可以照着打钩，就像去度假之前对着清单打包行李一样。视角问题可比那种数字填色游戏复杂多了。变量太多了。相反，我希望给你一种思考方式，把由谁来讲述故事当成所有小说的核心问题。

我要强调的是，这些问题是你在修订中需要考虑的。作者不可能在创作初稿时严格控制自己的冲动，这样做会束缚他的手脚。关于如何讲述故事，你应该尊重最初的直觉并加以引导。但是，在随后的修订中，作者需要更深入地审查自己的作品。即使最终修改稿还是无法令人满意，你发现并试图修正的每一个错误也都是有用的，能让你在创作下一部作品时拥有更敏锐的直觉。

很多认知都来自精读——本书中我们一起进行的那种阅读。不只是贪婪地吸取整束鲜花的芬芳，而且是像嗅觉灵敏的调香师一样识别每一种气味。精读会告诉你，视角的选择是如何影响所有关于声音、措辞、句子节奏、语气和描述的选择的。

以下是一些关于视角的常见问题，以及在修订过程中如何解决它们的建议。

消除默认的全知视角

我发现，初稿中最常见的一个问题是作者会自动地采取一种全知视角。正如我们在第 3 章中讨论过的，全知视角仍然是最安全、最受认可的方法。所以，我们会看到很多这样的开头句子（你可以把它想象成一个填词游戏，自己填空）：

（名字）抬头看着（确定位置的名词），然后（动词）。"（一句对话，以感叹号结尾！)"

比如："莎拉抬头看着酒保脖子上的飞鸟文身，笑了起来。'真不赖，伙计！'她想。"接下来通常是一个动作——"她用吸管搅动着自己那杯莫吉托"。或者来个阴郁点的例子："医务室昏暗的灯光下，二等兵马文·T.琼斯努力把注意力集中在旁边病床上呻吟的病人身上。上帝啊，他的腿没了。天哪，是弗雷德！马文自己的胳膊也开始痛了起来，他以为那是他的胳膊，直到他意识到……"

这种类型的开头将我们直接带入行动，介绍主人公，提供关于地点的基本信息，向读者交代利害关系。所有的作家都得到过这样的告诫：不要在背景设置上浪费太多时间，要紧凑而高效。但问题是，这种开场太标准、太没有个性了，不能给我们提供足够的信息。实际上，它什么也没提供。除了：

> 我在写一个故事！
> 这是一个关于莎拉/马文的故事！
> 莎拉/马文失去了她的男朋友/他的胳膊！

第三人称叙事的声音既要介绍作者，也要介绍人物。我们需要对作者与人物的关系有更清晰的认识，如果作者选择了全知视角，我们需要看到他统摄全局的权威、他作为记录者的个性和可靠性，还需要看到他能够真正接触到人物的思想。下面是科林·麦克亚当的长篇小说《美丽的真相》的第一段：

> 朱迪和沃尔特·里布克住在艾迪生郡东部边界上的十二英亩崎岖不平的土地上，靠天吃饭，虽然算不得事事如意，但他们还是感到知足。朱迪比沃尔特年轻，她的梦想在事实面前戛然而止。距离他们从她子宫里取出一个比甜瓜还大的肿瘤已经过去五年了。她的子宫萎缩了，整整一年时间，她每天都在散发着甲醛气味的黎明中醒来，感到恶心、孤独和绝望，知道自己再也不能生孩子了。

看出区别了吗？看到叙述者对主人公的态度了吗？"崎岖不平的土地"和"散发着甲醛气味的黎明"让我们知道，麦克亚当会饱含深情地解释人物的问题。安东尼·马拉（Anthony Marra）的短篇小说《白森林之狼》(*Wolf of White Forest*) 也是如此：

> 没有人能够解释狼群为什么在俄罗斯联邦立国之初重返。生物学家们秉持显赫的头衔与塑胶档案夹而来，欠下一屁股旅馆账单离去，学者们的研究结果极为分歧，你看了这些莫衷一是的报告，甚至会惊叹他们居然同意狼有四条腿、两只眼睛、一个鼻子。有些学者将之归咎于人口兴衰的周期失常，有些学者怪罪全球暖化和偏远西南方过度砍伐。大部分学者觉得大小事情都是他们母亲的错。薇拉有一套她自己的理论，但是没有人想到请教她。①

考虑到当代作家可供选择的视角的数量，一位作家如果要选择全知视角，最好有充分的理由。他最好能让读者看到，他的视角更广阔、更可靠——如果让人物自己讲述故事的话，有些事情是他们不知道的。

请注意，上面引用的两个开头段落都说明了我们讨论过的时间距离的问题。叙述者知道人物的全部故事。可以说，它们都是从中间开始的：朱迪五年前做了手术，失去了生育能力，她要收养的不是一个婴儿，而是一只黑猩猩（你可以从封底的内容简介中看到）；狼群已经占领了俄罗斯，薇拉（Vera）将与它们展开互动（足以吸引我们阅读下一段）。所以，这是她们一生的故事，而不仅仅是某一天或某一个事件。

再看一个例子，如果你要从场景开始，那么应该是一个强有力的场景：

> 离开孟般亚的时候，有人朝他们的方向抛来个东西。那东西呈淡棕色，落在离他们船尾几米远的地方，在水里漂着。
>
> "又是个死婴。"芬说。

---

① 译文摘自：马拉. 我们一无所有. 施清真, 译. 南京：江苏凤凰文艺出版社，2018. ——译者注

> 这时他已经把她的眼镜摔坏了,所以她也看不出他是不是在开玩笑。①

孟般亚（Mumbanyo）在哪里（或者是什么）？芬（Fen）是谁？"她"又是谁？芬为什么摔坏了"她"的眼镜？在长篇小说《欢愉》（*Euphoria*）中，莉莉·金（Lily King）迅速让你进入主人公的第三人称有限视角。主人公是一个以玛格丽特·米德（Margaret Mead）为原型的人类学家，正乘船离开他们刚刚研究完的最后一个部落。她得了疟疾，没有眼镜几乎什么也看不清，甚至产生了幻觉。她正在逃离某些东西，正要去追求某些东西，两端都是未解之谜。

本章将讨论如何处理第三人称有限视角的各种弱点，但是我发现，我们在上面的例子中看到的不同层次的时间框架，是新手作家面临的最大的困难之一。故事在作家的脑海中展开，他们想到什么，我们就看到什么。更有经验的作家知道如何在叙事中领先一步，就像棋手在下棋时要多看几步一样。他们对全景一目了然。所以，我们看到的不仅是一系列人物——在上面的例子中，我们马上就能看出，麦克亚当、马拉和莉莉·金将无缝地进入主人公的第三人称有限视角——而且是时间线上的一系列人物。我们的视线不会局限于那一刻的鸡尾酒是摇的还是搅的。

时间距离可以在修订的过程中实现。把它想象成烹饪一道美味的酱汁或炖菜：你要把所有的食材一起煮，直到它们变得浓稠，而不是简单地把它们搅拌在一起装盘。通常，这还需要另一项技巧，即精心设计的"呈示部"——作家用来设置场景和提供背景信息的语言。我发现，这也是经验不足的作家不太擅长的。

总结与场景

显然，读者需要看到小说中的关键场景，而不仅仅是听说。但并

---

① 译文摘自：金. 欢愉. 马韧, 译. 长沙：湖南文艺出版社, 2017. ——译者注

不是每个场景都需要事无巨细地写出来。如果上文提到过的莎拉要跟那个脖子上有飞鸟文身的酒保一起回家，我们可以直接跳到他们上床，甚至跳到做爱后的失望。作者可以保留搭讪场景的重要细节，而不必告诉我们每一件小事，就像克里斯汀·鲁佩南（Kristen Roupenian）的短篇小说《猫派》（*Cat Person*）的开头："秋季学期快结束的一个周三晚上，玛戈结识了罗伯特。当时，她在城区那家颇具艺术气息的电影院小卖部兼职，而他来买了一大份爆米花和一盒'红藤'牌的红蜡糖。"在某种意义上，这个开头跟我们在前几页批评过的"莎拉在酒吧"的开头很接近。它以标准的名字和地点开始，然后给出了标准的对话作为开场白："'这个选择……真是不同寻常啊。'她说，'你好像是我遇到的第一个买红蜡糖的客人。'"

但是随后，鲁佩南很快转向第三人称有限视角，加入了时间距离："跟顾客调情是她在咖啡厅当服务生时养成的习惯，能帮她赚到更多小费。在电影院她赚不到小费，这里的工作实在太无聊了。何况她确实觉得罗伯特有点可爱……"通过这种迅速的转变，作者把玛戈的过去（她作为咖啡师的工作）和她的未来（无论她与罗伯特之间会发生什么）放在了一起。这相当于作者的承诺，作者知道这段关系的整个弧线，这个故事值得我们花时间阅读。

莉莉·金的例子也是如此。她从一开始就明确告诉我们，她的叙述与主人公内尔（Nell）的观察密不可分。所以，莉莉·金不能这么说："内尔的丈夫，芬"，因为这会破坏一致性。她也不能说："他已经摔坏了她的眼镜——又一次喝醉了撒酒疯"，或者像一个突兀的全知叙述者那样说话。但是，莉莉·金明确告诉读者：（1）她非常了解内尔，（2）她会告诉我们最重要的部分。《欢愉》的第一章是时间距离和浓缩的范例。玛丽昂·温妮克（Marion Winik）在《新闻日报》（*Newsday*）书评中说："这本小说像兰花花肥一样高度浓缩，短短 250 页包含了相当于三倍篇幅的叙事力量和精神能量。"

实际上，写好呈示部是一项可以单独练习的技能。从你的小说中选取一个完整的场景。假设有五页，描写了哈利和萨莉第一次见面的派对。现在，拿起荧光笔，不带感情地看看这个场景中值得注意的地方。有哪些对话、哪些描写？有用的和没用的都要停下来仔细看，这很重要——如果某段文字让你感到愉悦，却又说不上来为什么，甚至在你当初写作时就有这种感觉，那么问问自己为什么。将"背景故事"提炼成一个坚实、丰满的段落，选择那些最有力量、最能说明问题的细节——如果没有这样的细节，那么就回到绘图板上，重新想象这个场景。

现在，把它放到故事中试试看。第一次见面不一定是第一个场景。在这个紧凑的段落中，你也可以省略一些细节，以后再慢慢补充。比如，萨莉发现哈利的长春花蓝色（她最喜欢的颜色）的衬衫上有新鲜的折痕，满意地想到他一定使用了干洗服务，因此他是一个有固定职业的正经人；故事中未来的某个时刻，她又想起了那件衬衫——离婚之前，压倒她的最后一根稻草是他下班后懒得把衬衫放进洗衣篮，而是随手扔在地板上。

然后，在随后的修订中，你可以把这段失败的婚姻写得不那么俗套，不要只有丈夫乱丢脏袜子，或者把眼镜放在洗手池里，或者不把马桶盖放下来之类已经用滥了的细节。（稍后会讲到更多这类细节。）

如果要我选择一种能力，以之来区分经验丰富的作家和经验不足的作家，那就是完成这种场景浓缩的能力。它影响着整个故事和单个场景的力度。通常情况下，在初稿中，作者会事无巨细地描写每一个细节——第一次见面，第一次约会，人们穿什么衣服，他们的头发是什么颜色，他说了什么，她如何反驳，他们的衬衫，他们脱掉衬衫，他们上床——所以，写到离婚时，已经没有足够的时间和空间了，"哎呀，已经有十五页了。明天就要在研讨班上讨论我的故事了。我知道，无论如何，没有人会发表超过十五页的短篇小说，尤其是新手作家的作品。该让离婚律师出场了……"我们得到的是失衡的焦点。这些故事是头重脚轻的。

这种时候，修订应该大胆地删除整个场景，把它们进行压缩，真正地从中间开始。

再来看另一种消除默认的全知视角的方法。

舞台指导："然后他点燃一支香烟"

马丁·艾米斯的长篇小说《金钱》（*Money*）中有一句幽默的台词：

"行啊。"我说，又抽起一根烟。

除非我特别明说，否则我总是在抽另一根烟。①

糟糕的小说里充斥着打断对话的舞台指导，尤其是在第三人称中。人们摇头。他们微笑，咧嘴，点头。他们扬起眉毛，转动眼珠。他们双手叉腰，交叉双臂，跺脚。他们摔门或踮着脚走出房间。他们喝酒。他们把冰块晃得咔咔响。他们吹开咖啡冒出的热气。有时候，他们真的很有创意，用一只手指悠闲地在杯子边缘画圈圈。

他们还抽烟。他们总是抽很多烟。厄普代克曾经说，每次卡壳时，他都会点上一支烟，然后给他的人物也点上一支。香烟是思想的替代品。本质上，它就相当于轻踩油门的那只脚，以防止叙事的引擎熄火。

有人会说，当作家让人物不停地喝咖啡、搅拌、东张西望、拿起叉子、摆弄叉子、清嗓子、抽烟时，经常什么也没发生。人物每划一根火柴，都让人物和读者陷入无意义的烟雾之中。

在这方面，文学小说和商业小说截然不同。商业小说中充满了这类动作，文学小说中却很少见。商业小说中的动作就相当于剧本中对演员的动作指导——只不过，只有业余编剧才会这样写剧本；专业人士尊重演员，总是把这类指导减少到最低限度。他们不喜欢没完没了地跺脚和叹息。如何表达情绪是演员的工作，他们应该根据对话本身或场景中发生的事件自己弄清楚。如果一个人物刚刚被人开车追尾，

---

① 译文摘自：艾米斯. 金钱. 陈新宇，译. 上海：上海译文出版社，2014。——译者注

作者不需要告诉我们她惊叫起来。

在修订时,作者可以再次拿出荧光笔,标出每一处舞台指导,确保每一个动作都是有意义的,能够真正揭示人物或增加其他价值。如果它没有增加价值,删掉它。或者相反,你可以练习把它改写得生动、可信,贴近观察者的感知,从而使这个动作更有意义。下面这个段落摘自查尔斯·巴克斯特的短篇小说《韦斯特兰》(Westland):

> 我带她去了一家快餐店,让她坐下来,给她买了一个招牌巨无霸芝士汉堡。她贪婪地用两只手抓着汉堡,注视着伍德沃德大道上来往的汽车。我追随着她的目光,等我回过头来,芝士汉堡只剩下一半了。她甚至连嚼都没嚼,也不看食物,像个散兵坑里的士兵一样吃着。她用修长的手指抓着剩下的汉堡,指尖涂着粉嫩的指甲油。她有一种未经雕饰的美。

这段文字的成功之处在于,叙述者出于善意,请这个看似无家可归的年轻女孩去吃午饭。他显然被她迷住了。这段话不是凑字数的。通过他的判断,我们对叙述者的了解和对他描述的这个女孩一样多:他被她吸引,不过显然认为她低他一等。我们也能看出,她对这顿午饭比对桌子对面的男人更感兴趣。当然,叙述者不知道这些——又是一个作者知道的比叙述者多的例子,和我们在关于第一人称的章节中看到的一样。不过,对她狼吞虎咽的吃法的描写,以及散兵坑里的士兵的比喻,这种幽默感是属于人物自己的。

现在,把动作当成对话的间隔或垫片(你可以自己想一个比喻)已经不时兴了,许多当代作家为这种做法敲响了丧钟。通常,这类描写有点类似于后现代宣言,表明作者想挑战传统的叙事方式,包括这种方式。下面是《洛丽塔》中的一段,其中包括必不可少的吸烟者,我们可以看到,纳博科夫和亨伯特·亨伯特都反对"致命的传统":

> 门厅尽头有道楼梯。我站在那儿抹去额头上的汗水(这时我才发觉室外天气有多么热),同时为了有件可以观赏的东西,就把眼睛

盯着一个放在橡木橱上的灰色旧网球。就在这当口,从上面的楼梯口传来黑兹太太的女低音。她伏在楼梯栏杆上,悦耳动听地问道:"是亨伯特先生吗?"一小撮香烟灰也跟着从那儿落了下来。不一会儿,这位太太本人——凉鞋、绛紫色的宽松长裤、黄绸衬衫、四四方方的脸依次出现——走下楼梯,她的食指仍在弹着香烟。

我想最好马上描摹一下她的样子,就此了结掉这件事儿。

这段话直接向读者承认,介绍人物并详细描写第一次见面的文学惯例只是一种惯例。所有进出门的动作、冷热的感觉都是纯粹无意义的舞台指导。"为了有件可以观赏的东西,就把眼睛盯着一个放在橡木橱上的灰色旧网球",这句话嘲弄了这样的事实:文章必须充满细节,而这些东西又灰又旧,就像那个放错地方的网球一样,毫无用处。不过,这个段落非常有趣,虽然嘲弄了这种惯例,但纳博科夫还是通过它,有效地传达了亨伯特对主人美式庸俗品位和装腔作势的不屑。

当然,纳博科夫有意识的戏谑与经常出现舞台指导的小说截然不同。丹·布朗的《达·芬奇密码》就是一个例子,第一章中充满了歪头、睁大眼睛、移动视线等,然后枪声四起,一片混乱。但是在文学小说中,甚至在正常的现实主义叙事中,重要的是细节要新鲜、出人意料,并且有助于塑造人物。下面是乔纳森·弗兰岑(Jonathan Franzen)的长篇小说《纠正》(*The Corrections*)中的一个段落,描写了一对恋人在一次学术会议期间忘情地缠绵[奇普(Chip)是梅莉莎(Melissa)的教授],其中包括了必不可少的香烟和舞台指导:

他一把将梅莉莎摁倒在二十三号房间被烟头烫掉一层的地毯上,连房门都顾不上关。

"这样可真棒!"梅莉莎说着,一脚将房门踢上,她使劲扯下裤子,高兴的喊声里几乎带有哭腔,"这可太棒啦!"

整个周末他都没穿衣服。当他接过送来的比萨饼时,身上裹着的大毛巾一下子敞开,送货的伙计忙不迭地转过脑袋。"嗨,亲爱的,是我,"梅莉莎对着她的手机说道,奇普在她身旁刚躺下,向她扑去。她挣脱了手上有手机的一只胳膊,连连附和的嚷嚷透出几分孝心。"嗯——嘿……嗯——嘿……没错,没错……是的,那事不好办,妈妈……是的,你说得对,那事不好办……没错……没错……嗯——嘿……没错,那事确实,确实难办。"她说着,嗓音里流露出些许欣喜。周一周二两天他口授了梅莉莎因跟温德拉·奥法隆而停笔罢写的论卡罗尔·吉利甘的长篇论文。他能几乎一字不差地回忆起吉利甘的观点,对整个理论驾轻就熟,这让他无比兴奋,禁不住开始用他的勃起撩拨梅莉莎的头发。①

这两个人简直歇斯底里,不是吗?你清楚地知道,分享他们在二十三号房间嗑药发情的具体细节的同时,弗兰岑也在嘲笑他的人物。在这里,他没有回避传统小说的机制。他像纳博科夫一样,追求更高的目标,嘲笑自己使用的所有惯例,同时也坚决地让它们发挥作用,将人物和读者推向文字和比喻的高潮。只不过这里有多个高潮:在段落中建立高潮,然后不断累积。对弗兰岑来说,少不是多。更多才是多。

当然,也有许多作家以完全不同的方式来解决舞台指导的问题。他们保持描述简洁、语言精练,摆盘和口味都像日本料理一样简约精致。没有任何闲笔。这也是一种方法。但是,无论极多还是极简,所有成功的作家都必须认识到"然后他点燃一支香烟"的问题,要么努力为传统方法注入新鲜感,要么干脆回避这种写法。

现在,看看你作品中每一处转动眼珠、扬起眉毛、双手叉腰的描写,问问自己:谁在看着人物这样做?读者需要看到这个吗?我是不是在偷懒,陷入了默认的全知视角?我能不能让这个动作更有意义?如果不能,我能拿出黑色记号笔把它划掉吗?

尝试修订一份初稿,无论是一则短篇小说还是长篇小说中的一章,

---

① 译文摘自:弗兰岑. 纠正. 朱建迅,李晓芳,译. 南京:译林出版社,2013。——译者注

删掉10%的内容。在一个十五页的故事里，肯定有一页半的夸夸其谈。你如果能忍住不去看以前的草稿，甚至不会注意到少了什么。一旦清除掉那些不太能引起共鸣的意象和无意义的舞台指导，你就更容易看出遗漏了什么，以及哪些地方是真正写得好的。

耶稣（或你的人物）会做什么

小说家最重要的工具不是技术，而是对他人的浓厚兴趣。小说家收集故事。在拥挤的餐厅里，他们会偷听邻桌的谈话。在飞机上，他们会在去洗手间的途中注意到，有一个女人独自坐在中间的座位上，一边小声啜泣，一边摆弄着一排小酒瓶。有些兴趣不那么高尚，可能流于八卦，甚至贪婪——作家是潜在情节的拾荒者、小偷和剽窃者。但是，最优秀的作家拥有一种天赋，能够让读者在他们的想象中感受到同情。正如乔治·爱略特所说的："对于我的作品，我最大的希望是，它们能让读者更好地想象和感受那些与他们在任何方面都不同，却同样在挣扎和犯错的人们的喜怒哀乐。"

在某种意义上，小说家和记者都有提出正确问题的能力。让对象说话，让对象感觉受到重视。任何为小说做过调研的人都知道，人们真的很喜欢谈论他们做了什么。优秀的小说家不仅愿意倾听，而且善于倾听。他们让对象说下去，不一定要按照顺序，因为最重要的可能不是他们提供的第一个细节（事实上，这种情况很少见）。

通常情况下，作家卡壳时需要做更多的调研，无论是通过阅读还是直接采访，去深挖一个人物。假设有个优等生正在创作一部小说，故事中，两个主人公形成了鲜明的对比：一个是刚刚大学毕业、开始第一份工作的计算机程序员，另一个是他所在办公大楼的清洁工——一个收入微薄、没有文化、心力交瘁的中年女人。猜猜看，在这个年轻男性作家的故事中，哪个人物更令人信服？本质上，即使他在以清洁工的视角写作，他也是从外部观看她的。这不仅仅是正确处理细节的问题，当然细节也很重要——实际上，我是在创作我的第二部小说时认识我丈夫的。我在那部小说的初稿中写到一个人物在"铺石膏板",有人告诉我,石膏板是用"挂"而不是用"铺"的。我如果想写一个与建筑业有关的人物,或许应该去参观一下建筑工地。另外,你也可能陷入调研的黑洞。为了创作我的小说《爱情炸弹》(*Love Bomb*),我设法结识了一群特警队员。当然,我了解到很多关于特警的事,99%的电影都会弄错,但实际上,我只是在白费功夫。我其实不需要知道那么多细节。(只不过当时,了解这些比写作更有趣。)

最重要的是,记住当你采用第三人称有限视角时,是人物而不是叙述者在进行观察。观察不应该是机械的,而应该表现人物或揭示动机。

例如,你的故事里下雪了。拜托,我真诚地拜托你别再用"一片白茫茫"这么俗套的说法了。如果你的人物生活在寒冷的环境中,而你在用第三人称有限视角写作,那么这个人物应该知道无数表示"雪"的词。在丹尼尔·伍德里尔(Daniel Woodrell)的《冬天的骨头》(*Winter's Bone*)的开头,女主人公看着邻居留下来充当诊费的肉:

> 云团孕着雪,已经占满了整个天际线,将峡谷盖在黑暗里面。肉在干冷的风里打着转,拉着树枝上下地颤。芮今年十六岁,一头棕色的长发,奶白的皮肤,一双眼睛绿得突然。她光着两只膀子站着,面对着风,身上那条泛黄的连衣裙在风中舞动。她的脸颊渐渐泛红,就好像给人接连打了一串耳光……她闻见天边围拢过来的云层中那冰冷的湿气,便想起家里那间阴暗的厨房和那只空荡荡的橱。她朝那堆矮小可怜的木头看了一眼,耸了耸肩。天看样子就要变,这意味着晾在外面的衣服会冻成硬板,她也只好在厨房里斜穿着拉一根绳子,挂在烧木头的炉子上面,而那一小堆劈开的柴火,只够把妈妈的内衣烤干,最多还有男孩子们的几件T恤。①

---

① 译文摘自:伍德里尔. 冬天的骨头. 朱沉之, 译. 北京:法律出版社, 2011。——译者注

这是典型的全知视角，然后过渡到第三人称有限视角。这是一个我们在第8章中讨论过的电影化的风景描写段落：伍德里尔将场景设定在荒芜、贫困的欧扎克（Ozarks）。如果完全采用第三人称有限视角，人物就不会注意到自己的颤抖，或者她微微褪色的裙子，肯定也不会注意到自己"一双眼睛绿得突然"（我最喜欢的一处描写。必须承认，在我看来这段话中的形容词太多了一点）。然而，当伍德里尔探索芮的思想时，他知道雪对她来说意味着什么，不是明信片上的美景，不是她乘雪橇去祖母家过圣诞节时的铃儿响叮当。正如我在这本书中强调的，他调动了所有的感官：嗅觉、听觉、触觉和视觉。小说的开头就是天要下雪了，这很好。当他转入芮的思想时，伍德里尔就只写了"炉子"，而不是"作为家中唯一热源的大肚腩火炉"——在第三人称有限视角中，你不能这样写。

　　了解这种区别需要练习，超越"一片白茫茫"的俗套也需要花时间。俗套总是第一个出现在你脑海中，直到你继续深入挖掘。如果说在全知视角中，俗套还只是令人遗憾，那么在第三人称有限视角中，俗套则是完全不能原谅的。作为练习，我经常让学生们分享他们的妈妈在厨房里的故事。最开始得到的总是一些俗套的答案：她的铜锅闪闪发亮，她有洁癖，香料都是按字母顺序排列的。不过，接下来，开始有人想到一些真正有意义的东西，让我看到一个特别的母亲，在属于她的领域里呼风唤雨。也可以让学生描述相亲活动中桌子对面那个毫无吸引力的相亲对象：他嚼东西太大声，吧唧嘴，一边吃东西一边说话；她的牙缝里有菜叶，总是玩头发。这些都是俗套的答案。但是经过一番努力，你能得到一些有意义的东西，类似于包法利夫人听到她的丈夫查尔斯喝汤时勺子碰到牙齿的声音，心中感到轻蔑那样的细节。"像个散兵坑里的士兵一样吃着""她贪婪地用两只手抓着汉堡"——她当然是这样做的，你还能怎么拿汉堡？但是在主人公看来，这让她看起来像一只握着坚果的松鼠，有点野性。作为一个对丈夫了如指掌的女人，《欢愉》中的内尔像个人类学家一样精确地解读了他：

尽管芬背对着她,但光从他弓着背微微踮起脚的姿势,她也能猜到此刻他脸上的表情。他用男人味十足的坚毅眼神使人们忽略了他身上那件皱巴巴的衣服和他所从事的古怪职业。他脸上不会有一丝笑容,除非是他自己开了个什么玩笑。

有一种技巧能够帮助你创造真正有意义的观察,那就是赋予你的主人公充分的智慧,而不是把所有的洞察力都留给作者自己。小说中有许多塑造得很成功的智障人物〔比如《紫色》《献给阿尔吉侬的花束》(Flowers for Algernon)〕,但我经常在新手作家的小说中看到一个人物被写成这样的"典型":拼写错误、浓重的口音、经常被嘲笑。优秀的作家会选择有趣和有头脑的人物。梅格·沃利策(Meg Wolitzer)的《女性的引领》(The Female Persuasion)中,相貌平平("实际上,我只是圆脸型")的格里尔(Greer)在一个典型的大学周末参加了一个典型的兄弟会派对,远离她交往多年的男友,并即将被强奸。但是,这个人物在聚会中谈到她的宿舍时妙语如珠:

她告诉他她住在伍利,他说:"我同情你。那里太压抑了。""的确如此。"她说,"墙壁是助听器的颜色,我说得对吗?"她记得,她这么说时科里笑了,对她说"我爱你"。但是达伦又用那种恼火的眼神看着她。她觉得她甚至从他的表情中看到了厌恶。但是接下来,他又笑了,所以也许她什么也没看见。人脸有太多可能性了,它们就像快速切换的幻灯片一样,一个接一个地出现。

沃利策必须让格里尔生动迷人,否则我们根本没有理由在她身上花时间。沃利策从来不从外部描述她。格里尔知道自己不是传统意义上的美人,但她相信,"她有一种独特的吸引力,瘦小、结实、坚定,像一只鼩鼠"。这个比喻是格里尔自己的。格里尔告诉我们,她那缕蓝头发是"十一年级时用急救包自己在家染的。她站在楼上浴室的水池边,把洗手池、地毯和浴帘都染成了蓝色,最后整个房间看起来就像另一个星球上的恐怖片场景"。还要注意这里的时间框架:我们都"在现场"，对过去的事件进行总结。

作者如果把所有巧妙的台词和观察都留给自己，最后可能显得自私而不讨人喜欢。这就像老板把下属的功劳据为己有一样糟糕。你知道吗，伍迪·艾伦（Woody Allen）电影中所有的人物都是他自己的化身，语气和动作都带有他强烈的个人色彩。一个电影或电视人物当然可以重复扮演同样的角色，就像《消消气》（Curb Your Enthusiasm）中的拉里·戴维（Larry David）一样。但是，拉里·戴维的妻子和朋友说话的方式跟他完全不一样，其他人物提供了必要的衬托和对比。我们如果要在纸面上聚焦于一个人的思想，可能就要考虑第一人称叙事了。

自传体素材的使用："但是这真的发生了"

这个题目很大，足够另外写一本书了，但是必须承认，当主人公就是作者本人时，要与主人公保持适当的距离就变得更加困难。作者更不容易知道什么是有趣的，也更不容易知道从哪里开始。我们在关于第一人称的章节中讨论过的信息过量问题无处不在。

作家往往会将自己与人物分开，让人物明显是另一个人。这样做增强了客观性，能使写作更容易。所以，虽然奇内罗·奥克帕兰塔（Chinelo Okparanta）在尼日利亚长大，但《乌达拉树下》（Under the Udala Trees）中的人物艾迪欧玛（Ijeoma）并不是她自己。相反，她利用自己的过去塑造了一个可信的人物。奥克帕兰塔在接受采访时说："我的母亲看着她的父亲在战争中死去，就像我的主人公一样。"她还说："在我成长的过程中，经常听人背诵这些谚语，还有《圣经》的经文，我觉得把它们放在小说里应该很有趣。"注意作者的态度：这些经历是她自己的，但是为了保留创作空间，她与素材保持了足够的距离。

在下面的例子中，至少在我看来，作者没有与人物保持足够的距离。在《降落伞和亲吻》（Parachutes and Kisses）中，主人公伊莎多拉（Isadora）和作者埃丽卡·容（Erica Jong）本人一样，是一位畅销小说家，忙于其他工作的同时努力挤出时间写作［伊莎多拉也是容的畅销书《怕飞》(Fear of Flying)的主人公］：

> 作家在孤独中写作，无论沉浸在幸福感还是偏执狂之中。作家对自己作品的感觉就像手淫；如果是女作家，整个世界都会联合起来强化这个概念，说她"自恋"或"自我陶醉"（好像毕加索不是这样，詹姆斯·乔伊斯不是这样，所有的艺术家都不是疯狂的自恋者似的——沉溺于自我是超越自我的必要条件之一）。

这里的主语虽然是"作家"，但很明显，这番辩解也适用于埃丽卡·容自己。而想要避免自恋的指责，把自己与毕加索相提并论可能不是一个好办法。

那么，容是不是不应该把她的女主人公写成一位畅销小说家？比如，她可以把她写成一位心脏外科医生？或许，但有时候，这样的改动会造成其他难题，因为你改变的每一个细节——无论是为了保护无辜的人（或者有罪的人，他们可能控告你诽谤），还是为了小小的伪装——都改变了人物，有可能使人物的行为和思想前后矛盾。你如果是个作家，要将你的自传体人物塑造成一个画家，就必须让人物像视觉艺术家一样思考。

有时候，"现实比小说更离奇"。现实生活中发生的事情写出来根本不可信。太多巧合，或者太多悲剧接二连三地发生，会让读者感到麻木，或者……很多事情都行不通。

使用自传体的作家必须具备一种品质，要么是自嘲，要么是自我批评，甚至是严厉的批评。我们之前讨论过，幽默感是第一人称创作的关键技巧。艾丽斯·欧文斯和塔玛·贾诺威茨（Tama Janowitz）都以尖刻、自嘲的口吻，塑造了带有强烈自传色彩的单身女性形象，这些女性总是陷入糟糕的恋情。在《荒诞斯坦》(Absurdistan)中，加里·施特恩斯坦（Gary Shteyngart）以幽默的手法讲述了自己作为俄罗斯移民的经历，把自己（和他的化身）描绘成愚蠢的呆子。

不那么有趣的经历呢？凯瑟琳·哈里森（Kathryn Harrison）以乱伦为主题创作了几部长篇小说，但她发现，在把真实事件改编成小说的过程中，一些必要的改动使情节显得不那么真实。她在接受采访时说，正是出于这个原因，她才写了回忆录《吻》（The Kiss），讲述了自己和父亲乱伦的经历。回忆录出版后，一些评论家指责她哗众取宠，为了出一本畅销书不择手段。我认为这非常不公平。无论是在小说还是在回忆录中，她都没有把自己描绘成一个无可指摘的受害者。这也是这本回忆录有力量的原因之一。它完全摆脱了自怨自艾和自我辩白。

哈里森也用自己过去的其他经历来创作历史小说。她的长篇小说《缠足椅：关于放足的社会调查》（The Binding Chair, or: A Visit from the Foot Emancipation Society）描写了19世纪末20世纪初中国妇女缠足的痛苦和屈辱。她的祖母当时生活在上海。显然，这部小说不是关于她祖母的——她是一个没有缠过足的犹太人——但哈里森使用了她听到的关于那个时代的异国故事来创作这部小说。作家讲述自己的故事时，一种非常有效的方法是：不要把它作为故事的全部，甚至不要作为故事的主体。发挥想象，超越自我。你可能得了癌症，但其他人也会得癌症。或许你必须亲身经历，才能对治疗有这样的了解：

> 血液病专家在杰克屁股上方的骨头上钻了一个洞，以便提取骨髓——医生身材瘦削、举止优雅，把所有呻吟的肌肉都塞进杰克的屁股里，就像清理汽车轮胎上的冰碴一样。完事后，他给杰克看了战利品：一个一英寸长的海绵圆柱，不是杰克想象的白色，而是红色的。医生的发际线上满是汗水；年轻的助理护士脸都绿了，她在手术开始前就告诉杰克，她也从没做过这样的手术。杰克坐起来时仍然感到疼。

但是，菲尔德（Feld）不是杰克。他只是把自己的洞察力和知识赋予了这个人物。

我有一门课就叫作"真相与谎言：自传体小说和小说体自传"。在这门课上，我们研究那些在回忆录和小说中写过相同主题的作家。丹齐·森纳（Danzy Senna）在小说《高加索》（*Caucasia*）和回忆录《你昨晚在哪儿过夜？》（*Where Did You Sleep Last Night?*）中都讨论过自己的混血问题。里克·穆迪在小说《冰风暴》（*The Ice Storm*）和回忆录《黑面纱》（*The Black Veil*）中都谈到了酗酒问题。某些问题会萦绕在某些作家心头，在他们的作品中反复出现；研究他们在不同类型的作品中是如何使用这些素材的，可能非常有帮助。在某些情况下，在诸多虚构情节中，会有一个疯狂或复杂的情节允许作者利用自己对某个主题的了解。比如，弗雷德里克·巴塞尔姆创作了小说《赌徒鲍勃》（*Bob the Gambler*）。他还与弟弟史蒂文·巴塞尔姆（Steven Barthelme）合著了回忆录《双倍下注：关于赌博和损失的反思》（*Double Down: Reflections on Gambling and Loss*），讲述了自己赌博成瘾的经历。

不是所有作家都既擅长写小说也擅长写回忆录。二者需要不同的技巧，主要是因为第一人称的区别：我们在第 6 章中谈到过，第一人称叙述者不是作者，而在回忆录中，他就是作者。但是，精心创作的文学回忆录不是名人自白，已经成为一种被普遍接受和受欢迎的文学体裁。如果一位作家的目标是讲述他自己的故事，读者可能会问，他为什么不直接写一本回忆录呢？

我们可以从小说《不对称》（*Asymmetry*）中找到一个很好的理由。虽然众所周知，作者莉萨·哈利迪（Lisa Halliday）年轻时在小说家菲利普·罗斯（Phillip Roth）的文学经纪公司工作，曾与罗斯有过一段恋情，但《不对称》中描写的与年轻作家传出绯闻的文坛传奇人物不是罗斯。哈利迪在接受采访时说："是的，有人会想到菲利普·罗斯，但埃兹拉·布莱泽（Ezra Blazer）是一个虚构人物。整本书融合了我多年来的恋爱经历，再加上大量的研究和想象。"这部小说由三个完全不同的部分组成，每个部分围绕一个完全虚构、完全不同的人物（不同性别、不同种族）展开，直到最后你才意识到这三个故事以迂回的方式联系在一起。《不对称》非常直接地回答了如何将生活改编成小说的问题：

> 关于我们到底在什么程度上可以穿透镜子，想象一种生活，准确说是一种意识，以减少我们自己意识中的盲点。表面上看来，小说和它的作者没有任何关系，但事实上，它是一个人蒙着面纱的肖像，一个决心要超越她的出身、她的特权、她的天真的人。①

我们又一次看到，一位作家对她自己的人物，以及她的自我认知和文学技巧的局限性提出尖锐的问题。《不对称》中的一个人物断言，小说家"可以把镜子照向任何一个选定的对象，以任意一个她喜欢的角度——她甚至可以把镜子举起来，不让它照到自己，以便更好地去自恋化——但还是绕不开这样一个事实：她总归是举着镜子的那个人。而且你看不到镜中的自己，可不代表别人也看不到你"。

值得一提的是，哈利迪是在人到中年之后才写的《不对称》，她和罗斯的恋情已经过去很久了——这又是一个时间距离制造批判距离的例子。我想，我有信心这样说，任何人都不应该在一段恋情刚刚开始时去描写它，也不应该在恋情刚刚结束、余怒未消时去描写它。在办理离婚案时，离婚律师会要求当事人就他们的婚姻纠纷写一份简短的摘要，他们得到的经常是一份用大写字母、粗体、斜体和下划线写成的充满仇恨的长文。但是，这就是你要雇一个律师的原因，你需要他以有效的方式陈述你的案件。我认为一个好的编辑也能达到同样的目标。

改变视角，改变重点

我们已经在本书中反复尝试过这种技巧，我相信这是检验视角选择的一个有效方法。

改变它们。

---

① 译文摘自：哈利迪. 不对称. 陈晓菲, 译. 郑州：河南文艺出版社, 2021。——译者注

换一种视角，看看一个关键段落是会变得更有意义还是相反。

随便选择本书所引用的一个段落，尝试把它改成另一种视角。这样行得通吗？为什么行，或为什么不行？

有时候，视角在叙事中的核心地位显而易见。比如卡佛的《大教堂》，从第一句话开始，你就知道这个故事必须用第一人称来讲述。这句话是："这个正赶过来到我家过夜的盲人，是我妻子的一个老朋友。"不能改成：

> 巴布不高兴妻子的一位老朋友即将来访，因为那人是个盲人。

看看这段第一人称叙事——

> 对于他的来访，我没什么热情，我又不认识他。而且他是盲人这点，也挺招我烦的。我对失明的印象都来自于电影……我可不想让家里来个什么盲人。[1]

——改成第三人称叙事会有什么不同：

> 对于他的来访，巴布没什么热情。他不认识那个盲人。而且他是盲人这点也让巴布感到困扰。巴布对失明的印象都来自于电影……巴布可不想让家里来个什么盲人。

毫无疑问，这是非常笨拙的改写。不过，我们能够从中看出，主人公以第一人称与我们直接交流是多么重要。"我又不认识他"，完美地表达了叙述者对妻子有自己的朋友并不感冒，而又没有直接说出来。"我对失明的印象都来自于电影"，赋予人物一种幽默感，而不是作者。改成"巴布对失明的印象都来自于电影"，则加入了作者的判断，完全破坏了认同感。如果作者直接告诉我们巴布是多么偏执和狭隘，我们就不愿意在这个人物身上花时间了。

契佛的《游泳的人》（主要）采用的是第三人称有限视角，这个故

---

[1] 译文摘自：卡佛．大教堂．肖铁，译．南京：译林出版社，2017．——译者注

事则不能改成第一人称——

> 过了树篱，我穿好了短裤，觉得很松。我怀疑就在下午这一会儿，我减轻了体重。我觉得冷，我觉得疲劳。赤身裸体的豪罗兰夫妇和他们阴暗的水池使我的情绪低落。就我的体力而论，泳程是太长了。

我们不能容忍第一人称叙述者以这里需要的方式，在故事结束之前隐瞒信息。我们甚至不能容忍他让我们跟着他穿过一个个后院。而且，他听起来并不沮丧，也没有喝醉。他听起来有点……咬文嚼字。在这个例子中，作者向我们介绍了一个有限的他者，我们希望作者奉上一场优雅的脱衣舞表演，一点一滴地揭示这个人物。

我们已经讨论过如何通过人物的眼睛看世界，使作品更有深度。然而，有时候一部作品需要作者更多地展示自己的存在。以我们在第 3 章中讨论过契诃夫的故事开头为例，试试看删除契诃夫对古罗夫的判断。"他认为他已经受够了沉痛的经验教训，可以随意骂她们了，可是话虽如此，只要他一连两天身边没有哪个'卑贱的人种'，他就过不下去。"如果契诃夫不告诉我们这些，我们又为什么要阅读古罗夫和安娜这段婚外情的每一个细节呢？

在有许多人物的长篇小说，或者事无巨细地讲述每个人物生平的历史小说中，读者最容易感觉到作者声音的缺席。我们想要见证一场婚礼或者前往埃利斯岛（Ellis Island）的原因可能很明显，但是读者会问："我真的需要知道山姆在 1934 年是如何获得房屋抵押贷款的吗？""我有必要在 1976 年跟随梅莉莎去买面试穿的套装，把她试穿过但最后没买的每一条裙子都看一遍吗？""我们需要看她面试吗？不能直接从她第一天上班开始吗？"在这些情况下，作者的引导就很重要了，作者需要在每一章的开头或者读者可能失去兴趣的关键时刻告诉他们，为什么要描写这个场景。你可以把它看成这一章的电梯演讲。作为叙述者，你可能想保持安静和低调，但是你仍然需要提醒读者，为什么要讲述这个故事。

大纲不仅有助于决定情节的发展，也有助于确定风格和声音。你如果正在修订一部小说，试着只用一两句话来总结每一章，你可能看到：（1）这一章中有没有重要的事情发生；（2）你有没有说清楚重点是什么。有时候，这个过程不仅能揭示哪些章节可以删除或合并，还能让你利用在初稿中没有意识到的方法帮助读者建立主题上的联系。你也可以将同样的技巧用于短篇小说的各个部分，冷静地评估叙事的进展。

我知道，每个人都嘲笑电梯演讲的概念浅薄、哗众取宠。的确，出版市场上的图书宣传语经常使用这种博眼球的方法："德黑兰的《欲望都市》""姐妹版的《路》"。虽然这些例子很愚蠢，但是，你必须清楚地说明人们为什么应该购买这本书，这本书有哪些独到之处，对喜欢类似图书的读者（亚马逊网站上的"其他人也在看"）有何种吸引力，否则你的书就卖不出去。这种总结甚至能够帮你澄清，为什么你要这样描写一段情节，或者让它这样发展。

通常，初稿只是跟随场景中的动作，没有引导或浓缩。重点或视角经常在后续的修订中被修改。根据我的经验，小说的开头通常需要最多的修改。随着故事的展开，你越写越有信心，你的声音会更加坚定，你的直觉也会更加准确。所以，你要经常回到开头，用你在写作过程中不断积累的经验进行修订。

结尾：著名的结束语

我们在本书中已经讨论过小说的开头和有意义的片段，但还没有涵盖小说的全程。优秀的结尾也与视角的选择有关。读到结尾时，读者希望知道自己对所叙述的事件应该作何感想。他们知道的可能比人物自己知道的还要多；当然他们也可能完全不了解人物的感受。

我们在书中引用的片段既有来自长篇小说的，也有来自短篇小说的，但就结局而言，这两种体裁有着天壤之别。当你已经读了关于人物的几百页的故事时，你肯定希望知道他们的命运——即使结局并不是他们真的走到生命的尽头。《曲终人散》的叙述者能保住他的工作吗？《欢愉》中人类学家的大胆研究是否为她赢得了应得的荣誉？杰弗里·尤金尼德斯的《婚变》（*The Marriage Plot*）中的玛德琳（Madeleine）最后有没有跟那个从大学期间就迷恋她的男人在一起？相反，短篇小说通常在更狭窄的时间框架内讲故事，有时候是一天，甚至是一场晚宴。很少有当代短篇小说像托尔斯泰的《伊凡·伊里奇之死》（*The Death of Ivan Ilyich*）那样，涉及人物的整个人生。所以，读者要问的是，为什么他们要听到这件事——是什么让这件事值得关注？

让我们来看几个短篇小说中暴力死亡的例子，看看视角的选择是如何影响结局的。

在《好人难寻》中，弗兰纳里·奥康纳塑造了一个非常典型的人物，连名字都没有，你却完全能够想象她是个什么样的人——她的自以为是、她的操纵欲和自私。在故事的结尾，作者让你对这个老太太产生了意想不到的感觉。这个故事的基调经历了惊人的反转，一家人在度假，孩子们在后座上争吵，然后遇到一个冷酷的杀手——从《假期历险记》（*National Lampoon's Vacation*）开始，以《路》告终。

类似地，托拜厄斯·沃尔夫（Tobias Wolff）在《脑中的子弹》（*Bullet in the Brain*）中塑造了一个自以为是、心胸狭隘的主人公安德斯（Anders）——"一个以礼貌的毒舌著称的书评人，他评论的所有图书几乎都得到了这种评价"——很快，他在一次持枪抢劫中被射杀。作者离开现实中的银行场景，进入这个人的大脑，探索他弥留之际最后的思想，包括所有的格格不入、童年的棒球，以及某个孩子不合语法的南方俚语。从某种意义上讲，沃尔夫的故事与奥康纳的著名短篇小说的血腥结局遥相呼应。安布罗斯·比尔斯（Ambrose Bierce）的短篇小说《鹰溪桥上的绞杀》（*An Occurrence at Owl Creek Bridge*）也是如此。这个故事的主人公是一个被绞死的内战士兵，直到最后，我们才知道整个逃跑的过程都是他脑海中的幻象。正如我们讨论过的许多例子一样，这个故事讲的不只是突然死亡，而且是小说如何以最理想的方式正视和理解这样一个事件，是小说如何捕捉我们的思想、教我们认识世界。

迈克尔·奥多诺休（Michael O'Donoghue）在著名的《国民讽刺》（National Lampoon）杂志上戏仿各类所谓的"写作指南"，提出所有的故事都应该以这句话结尾："突然，每个人都被一辆卡车碾过。"短篇小说通常只涉及一个事件，甚至一个片段（比如伊丽莎白·塔伦特的《人无秘密可言》只涉及一段车程），结局可以是一个人改变主意或者有了新的理解。詹姆斯·乔伊斯把这种认知上的转变称为顿悟。用创意写作研讨班的术语来说，无论讲述的事件多么琐碎或暧昧，到故事结束时，人物都必须"成长或改变"。查尔斯·巴克斯特在《反对顿悟》（Against Epiphanies）一文中指出，在短篇小说中，灵光一现的"突然顿悟"已经成为一种陈旧的结局，失去了让我们眼前一亮的力量。

尽管如此，在伟大的短篇小说的结尾还是会有一些微妙的时刻，让读者发自内心地感到认可，这种认可的性质视所叙述事件的规模和性质而定。来看一个例子，我们在本章前面的部分讨论过这个故事。

雷蒙德·卡佛的《大教堂》中，没有名字的第一人称叙述者与一位盲人共进晚餐。基本上，这就是小说的全部情节了。故事发生在一个晚上，人物的性格不可能彻底改变，叙述者不太可能经历过这件事就准备去医院做志愿者或学习盲文。但是，他的确抽了些大麻，在妻子睡着后继续与这位盲人聊天，闭上眼睛与他一起画大教堂。这个故事的结尾很著名：

> 但我仍旧闭着眼，我想我就这样再多闭一会儿。我觉得我应该这样做。
>
> "怎么样？"他说，"你在看画呢吗？"
>
> 我的眼睛还闭着。我坐在我自己的房子里。我知道这个。但我觉得自己无拘无束，什么东西也包裹不住我了。

> 我说:"真是不错。"

但这是什么意思?叙述者的最后一句话只是"真是不错"?分析认为,这个结局既是顿悟的也是反顿悟的。叙述者已经摆脱了他的先入之见。这是对"什么东西也包裹不住我了"的积极解读,那一刻他几乎获得了一种超凡的体验。尽管如此,"我觉得自己无拘无束,什么东西也包裹不住我了"并不是他与那个盲人的深层联系。他仍然是超然的、孤立的,并且生活在阴影之下。但是……或许与以前相比,与同伴之间的隔阂少了一点点?或许,现实地说,改变只能一点点实现?这个结局既达到了高潮,又保留了开放性。

卡佛的叙述者使用的语言很简单,但我们能意识到他背后卡佛的存在,是卡佛巧妙地构思了这个普通人的故事。大教堂的隐喻——人类的宏大抱负,与世俗生活相反——不是叙述者的。"盲人引导盲人"的隐喻属于卡佛,而不是叙述者。结尾的巧妙转折——不是顿悟的顿悟——也属于卡佛。卡佛越过第一人称叙述者的头顶对读者讲话。当然,他对主人公的狭隘表现出一种有保留的同情,但是在这里,真正的关系并不是两个喝醉酒的男人之间的关系。虽然故事是用第一人称写的,但它仍然让我们与作者建立了关系。卡佛给了我们围绕这部短篇小说写一篇论文所需要的一切:这个故事之于过去的伟大文学(和伟大建筑),就像这个酗酒、顽固的男人之于奥德修斯(Odysseus)一样。当代美国人的生活不完全是精神层面上的,但我们仍然可以享有片刻的祝福和恩典。

所以,事实上,卡佛可以对读者讲话。在这种情况下,顿悟更多地属于我们,而不是人物,即使卡佛明确表示他不是这个意思:

> 哦,人物对盲人充满了偏见。他改变了,他成长了……他把自己放在了盲人的位置上。这个故事证实了一些东西。这是一个积极的故事,所以我很喜欢它。人们说它是对其他事物的隐喻,对艺术,对创作……但不是这样的,我想到的只是那个盲人握着

他的手这种身体接触。

这里谈到了我们前面提到过的意图谬误。无论最初是什么激发了卡佛的想象力,那些宏大的主题就在那里,读者有权注意到它们。毕竟,卡佛让两个人物看了一部关于建造大教堂的纪录片。他没有让他们看《大白鲨》,也没有让他们画鲨鱼的满嘴尖牙。

诚然,这是一个相当非正式的调查,但大多数小说家会告诉你,结尾需要的修改比开头少得多。到了最后,他们总是知道自己在做什么,要到哪里去。

短篇小说的结局要更棘手一些。根据我的经验,失败往往会导向两个截然相反的方向。一个是过于明显地总结故事的主题。这种结局的典型代表是詹姆斯·乔伊斯——毕竟,他发明了顿悟式结局。《阿拉比》(Araby)中的年轻叙述者来到他迫不及待想去的市场,结果发现它既俗气又无聊。他告诉我们:

> 抬头向黑暗中凝视,我看见自己成了一个被虚荣心驱使和嘲弄的动物;于是我的双眼燃烧起痛苦和愤怒。①

但是,在当代短篇小说中,作家很难发表如此高调的宣言。他们如果试图这么做,往往会显得浮夸,甚至有点愚蠢。事实上,他们经常走向另一个极端,用一段卡佛或海明威式的对话,以一种好像说了些什么又好像意犹未尽的方式作结。就像《白象似的群山》的结尾:

> "你觉得好些了?"他问。
>
> "我觉得好极了,"她说,"我又没有什么毛病。我觉得好极了。"②

在短篇小说的结尾,将随意性和决定性完美地结合在一起没有技

---

① 译文摘自:乔伊斯. 都柏林人. 王逢振,译. 上海:上海译文出版社,2010。——译者注

② 译文摘自:海明威. 乞力马扎罗的雪:海明威短篇小说选. 杨永宽,陈良廷,鹿金,等译. 上海:上海译文出版社,2006。——译者注

巧可言。只有通过练习，才能让结局既清楚明朗又耐人寻味。在上面的例子中，你肯定知道怀孕的女孩要去做手术，这一点都不好。海明威不需要告诉你。

读到一部伟大小说的结尾时，你对人物和事件的看法已经得到充分的扩展，就像海绵动物胶囊吸水泡开一样。希望你读完这本书，对小说中的视角也能有这样的理解。

最后，让我们用几个著名的结尾来结束这一章——以及这本书。为了避免剧透，我会用后现代的拼贴方式把它们摆在一起，不注明出处。不过，我常说，我不相信剧透，除非是NBA总决赛第七场的最后比分。

不管怎么说，明天就是另外一天了。

我做了一件比我所做过的好得多——好得多的事；我就要去比我所知道的好得多——好得多的安息处。

那刀劈下去，只差几英寸就能砍到他，于是他逃走了。

我再未见到他们中任何一位——除了警察。还没有人发明告别警察的方法。

但现在我必须睡了。

还有问题吗？

……他的心在狂跳，然后真的我才开口答应愿意。我愿意，真的。

练 习

- 在你的故事中找到一处俗套的舞台指导——扬起眉毛或者双手叉腰——然后试着找到一个能够真正揭示人物的动作。

- 从你的小说中选择一个你担心过于冗长的场景,尝试把它压缩成一个充实、紧凑的段落。比如一场晚宴,有五页长,试着想象它在回忆中会是什么样子——只剩下最重要的会面或对话。

- 检查你的作品中有没有令你感到不舒服的自传性质的细节。能否在不破坏小说可信度的前提下,让情节不那么忠于现实生活?把你的六年级老师改成一名飞行员会怎样?要融入他的视角,你需要了解关于飞行员的哪些信息?

- 从你的小说中选取一个第三人称的场景,问问自己,能否将标准的全知视角改成第三人称有限视角。你的人物知道什么、看到了什么,从而表现了他特定的世界观?关注视觉以外的其他感官。

- 想想你是怎么写"呈示部"的。你的小说中有没有一个详细描写的关键场景,如果浓缩一下会更有力量?反过来,有没有一个关键场景是一笔带过的,如果我们能够听到对话,或者亦步亦趋地跟随人物的行动,会更有力量?

致谢

首先，非常感谢三叉戟传媒（Trident Media）的艾伦·莱文（Ellen Levine），以及诺顿出版公司（W. W. Norton）的吉尔·比安洛斯基（Jill Bialosky）和德鲁·韦特曼（Drew Weitman）负责了本书的出版。文字编辑尼娜·赫纳托夫（Nina Hnatov）和策划编辑丽贝卡·门罗（Rebecca Munro）也做出了重要的贡献。

感谢这些作家和朋友阅读了初稿，并提供有益的修改建议：泰勒·霍夫曼（Tyler Hoffman）、威廉·菲茨杰拉德（William Fitzgerald）、杰伊·麦基因（Jay McKeen）、苏珊·科尔（Susan Coll）、雷切尔·帕斯坦（Rachel Pastan）、詹姆斯·马库斯（James Marcus）、迈克尔·迪格勒（Michael Deagler）和斯蒂芬妮·马努扎克（Stephanie Manuzak）。

感谢罗格斯大学卡姆登分校（Rutgers-Camden）所有上过我的视角写作课的艺术硕士生。他们帮助我完善了本书的论点，并提供了许多有用的例子和反例。

参考书目

Adams, Richard. *Watership Down*. New York, Macmillan, 1974.
Adichie, Chimamandah Ngozi. *Americanah*. New York: Alfred A. Knopf, 2013.
Adler, Warren. *The War of the Roses*. New York: Warner Books, 1981.
Albert, Elisa. *After Birth*. Boston: Houghton Mifflin Harcourt, 2015.
Alvarez, Julia. *In the Time of the Butterflies*. Chapel Hill, NC: Algonquin Books of Chapel Hill, 2010.
Amis, Martin. *Money: A Suicide Note*. New York: Penguin Books, 1986.
——. *The Rachel Papers*. New York: Alfred A. Knopf, 1974.
Atwood, Margaret. *The Handmaid's Tale*. Toronto: McClelland and Stewart, 1985.
——. *The Testaments*. New York: Nan A. Talese/Doubleday, 2019.
Austen, Jane. *Emma*. Edited by Stephen M. Parrish. 2nd ed. Norton Critical Edition. New York: W. W. Norton, 1972.
——. *Pride and Prejudice*. Edited by Donald Gray. 3rd ed. Norton Critical Edition. New York: W. W. Norton, 2001.
Auster, Paul. *Timbuktu*. New York: Henry Holt, 1999.
Baker, Nicholson. *The Mezzanine*. New York: Vintage Books, 1990.
Banks, Russell. *The Lost Memory of Skin*. New York: Ecco, 2011.
Barnes, Julian. "The Saddest Story." *Guardian*, June 6, 2008.
Barthelme, Donald. "The Photograph." In *The Teachings of Don B.: Satires, Parodies, Fables, Illustrated Stories, and Plays*. Edited by Kim Herzinger. New York: Turtle Baby Books, 1992.
——. "The School." In *Sixty Stories*. New York: Putnam, 1981.

Barthelme, Frederick. *Bob the Gambler.* New York: Houghton Mifflin Harcourt, 1997.

———. "Shopgirls." In *Moon Deluxe.* New York: Simon & Schuster, 1983.

Barthelme, Frederick and Steven Barthelme. *Double Down: Reflections on Gambling and Loss.* New York: Mariner Books, 2001.

Barthes, Roland. *The Pleasure of the Text.* Translated by Richard Miller. New York: Hill and Wang, 1975.

Bartlett, John. *Bartlett's Familiar Quotations.* New York: Little, Brown, 2012.

Baxter, Charles. "Against Epiphanies." In *Burning Down the House.* New York: Graywolf, 2004.

———. "A Relative Stranger." In *A Relative Stranger.* New York: W. W. Norton, 1990.

———. "Gryphon." In *Gryphon: New and Selected Stories.* New York: Pantheon Books, 1998.

———. "Westland." Ibid.

Begley, Adam. "Guardian Review: Timbuktu by Paul Auster," *Guardian,* May 29, 1999.

Bell, Madison Smart. *All Souls' Rising.* New York: Pantheon, 2000.

———. *Master of the Crossroads.* New York: Pantheon, 2000.

———. *The Stones that the Builder Refused.* New York: Pantheon, 2004.

Bender, Aimee. "Separation Anxiety." *New York Times,* September 16, 2010.

Bierce, Ambrose. "Occurrence at Owl Creek Bridge." In *Fiction 100.* Edited by James H. Pickering. 10th ed. New Jersey: Pearson Publishing, 2012.

Bloom, Harold. *The Anxiety of Influence: A Theory of Poetry.* New York: Oxford University Press, 1973.

Booth, Wayne C. *The Rhetoric of Fiction.* Chicago: University of Chicago Press, 1983.

Borges, Jorge Luis. *Labyrinths.* Edited by Donald A. Yates and James E. Irby. Preface by André Maurois. New York: New Directions, 1962.

Boswell, Robert. *Tumbledown.* Minneapolis, MN: Graywolf Press, 2014.

Bowles, Paul. *The Sheltering Sky.* New York: New Directions, 1949.

Boyle, T. C. "Sorry Fugu." In *T. C. Boyle Stories.* New York: Viking Press, 1998.

———. *Tortilla Curtain*. New York: Viking, 1995.

Brodesser-Akner, Taffy. *Fleishman Is in Trouble*. New York: Random House, 2019.

Bronte, Emily. *Wuthering Heights*. Edited by Alexandra Lewis. 5th ed. Norton Critical Editions. New York: W. W. Norton, 2019.

Brown, Dan. *The Da Vinci Code*. New York: Doubleday, 2003.

Bushnell, Candace. *Sex and the City*. New York: Atlantic Monthly Press, 1996.

Byatt, A. S. *Possession*. Modern Library Edition. New York: Random House, 2000.

Cahalan, Rose. "17 Great Books on the Border to Read Instead of *American Dirt*." *Texas Observer*, Jan. 23, 2020.

Camus, Albert. *The Stranger*. Translated by Stuart Gilbert. New York: A. A. Knopf, 1946.

Carver, Raymond. "Cathedral." In *Cathedral: Stories*. New York: Alfred A. Knopf, 1983.

Charles, Ron. "Marilynne Robinson's 'Lila:' an Exquisite Novel of Spiritual Redemption and Love." *Washington Post*. September 30, 2014.

Cheever, John. "The Country Husband." In *The Stories of John Cheever*. New York: Alfred A. Knopf, 1978.

———. "The Swimmer." Ibid.

Chekhov, Anton. "The Lady with the Little Dog." In *Anton Chekhov's Short Stories*. Selected and edited by Ralph E. Matlaw. 1st ed. Norton Critical Editions. New York: W. W. Norton & Company, 1979.

Choi, Susan. *Trust Exercise*. New York: Henry Holt and Company, 2019.

Christie, Agatha. *And Then There Were None*. 75th anniversary ed. New York: William Morrow, 2011.

Cleland, Lance. "Tumbledown: An Interview with Robert Boswell." *Tin House*, September 16, 2013.

Coetzee, J. M. *Disgrace*. New York: Viking, 1999.

Cohen, Leah Hager. *Strangers and Cousins*. New York: Riverhead Books, 2019.

Cohn, Dorrit. *Transparent Minds: Narrative Modes for Presenting Consciousness in Fiction*. Princeton, NJ: Princeton University Press, 1978.

Conrad, Joseph. *Heart of Darkness*. Edited by Paul B. Armstrong. 5th ed. Norton Critical Edition. New York: W. W. Norton, 2016.

Coover, Robert. "The Babysitter." In *Pricksongs & Descants*. New York: Dutton, 1969.

Crichton, Michael. *Jurassic Park*. New York: Alfred A. Knopf, 1990.

Cummins, Jeanine. *American Dirt*. New York: Flatiron Books, 2020.

Davis, Lydia. "Example of the Continuing Past Tense in a Hotel Room." In *Collected Stories of Lydia Davis*. New York: Farrar, Straus and Giroux, 2009.

———. "Spring Spleen." In *Collected Stories of Lydia Davis*. New York: Farrar, Straus and Giroux, 2009.

DeMaupassant, Guy. "The Necklace." In *Fiction 100*. Edited by James H. Pickering. 10th ed. New Jersey: Pearson Publishing, 2012.

Diaz, Junot. "This Is How You Lose Her." In *This Is How You Lose Her*. New York: Riverhead Books, 2012.

Dickens, Charles. *A Tale of Two Cities*. Edited by Robert Douglas-Fairhurst. Norton Critical Edition. New York: W. W. Norton, 2020.

Doctorow, E. L. *Ragtime*. New York: Random House, 1975.

Doerr, Anthony. *All the Light We Cannot See*. New York: Scribner, 2014.

Donoghue, Emma. *Room*. New York: Little, Brown, 2010.

Dostoevsky, Fyodor. *Notes from Underground*. Translated by Michael R. Katz. 2nd ed. Norton Critical Edition. New York: W. W. Norton, 2000.

Dubus, Andre. *Voices from the Moon*. Boston: D.R. Godine, 1984.

Egan, Jennifer. *A Visit from the Goon Squad*. New York: Alfred A. Knopf, 2010.

Elie, Paul. "How Racist Was Flannery O'Connor?" *New Yorker*, June 15, 2020.

Eliot, George. *Middlemarch*. Edited by Bert G. Hornback. Norton Critical Edition. New York: W. W. Norton, 1977.

Ephron, Nora. *Heartburn*. New York: Knopf, 1983.

Erdrich, Louise. *The Round House*. New York: Harper, 2012.

Eugenides, Jeffrey. *The Virgin Suicides*. New York: Farrar, Straus and Giroux, 1993.

Everett, Percival. *Erasure*. Hanover, NH: University Press of New England, 2001.

Faulkner, William. "A Rose for Emily." In *Fiction 100*. Edited by James H. Pickering. 10th ed. New Jersey: Pearson Publishing, 2012.

———. *As I Lay Dying*. New York: J. Cape, H. Smith, 1930.
Feld, Ross. *Only Shorter*. San Francisco: North Point Press, 1982.
Ferrante, Elena. *My Brilliant Friend*. New York: Europa, 2016.
———. *The Lost Daughter*. New York: Europa, 2008.
Ferris, Joshua. *Then We Came to the End*. New York: Little, Brown, 2007.
Fitzgerald, F. Scott. *The Great Gatsby*. New York: C. Scribner's Sons, 1925.
Flanagan, Richard. *The Narrow Road to the Deep North*. New York: Alfred K. Knopf, 2014.
Flaubert, Gustave. *Madame Bovary*. Translated by Margaret Maudon. London: Oxford World's Classics, 2008.
Flynn, Gillian. *Gone Girl*. New York: Crown, 2012.
Foer, Jonathan Safran. *Extremely Loud and Incredibly Close*. Boston: Mariner Books, 2005.
Ford, Madox Ford. *The Good Soldier*. New York: Vintage Books, 1951.
Fowler, Karen Joy. *We Are All Completely Beside Ourselves*. New York: G. P. Putnam's Sons, 2013.
Franzen, Jonathan. *The Corrections*. New York: Farrar, Straus and Giroux, 2001.
Garner, Dwight. "A Bowl of Cherries Left to Dry in the Sun." *New York Times*, April 2, 2014.
Gay, Roxane. "Review of *My Absolute Darling* by Gabriel Tallent." Goodreads, September 6, 2017.
Gibson, William. *Pattern Recognition*. New York: G.P. Putnam's Sons, 2003.
Gilman, Charlotte Perkins. "The Yellow Wallpaper." In *Fiction 100*. Edited by James H. Pickering. 10th ed. New Jersey: Pearson Publishing, 2012.
Greene, Andy. "Stephen King: The Rolling Stone Interview," *Rolling Stone*, October 31, 2014.
Greenidge, Kaitlyn. "Who Gets to Write What?" *New York Times*, September 24, 2016.
Greer, Andrew Sean. *Less*. New York: Little, Brown, 2017.
Groff, Lauren. *Fates and Furies*. New York: Riverhead Books, 2015.
Gruen, Sara. *Water for Elephants*. Chapel Hill, NC: Algonquin Books, 2006.

Haddon, Mark. *The Curious Incident of the Dog in the Night-Time.* New York: Doubleday, 2003.

Hale, Benjamin. *The Evolution of Bruno Littlemore.* New York: Twelve, 2011.

Halliday, Lisa. *Asymmetry.* New York: Simon & Schuster, 2018.

Heckerling, Amy. *Clueless.* Los Angeles, CA: Paramount Pictures, 1995.

Heiny, Katherine. *Standard Deviation.* New York: Alfred A. Knopf, 2017.

Heller, Joseph. *Catch-22.* New York: Simon & Schuster, 1961.

Hemingway, Ernest. "Hills Like White Elephants." In *Men Without Women.* New York: C. Scribner's Sons, 1927.

Hosseini, Khaled. *The Kite Runner.* New York: Riverhead Books, 2003.

Ishiguro, Kazuo. *Never Let Me Go.* New York: Alfred A. Knopf, 2005.

Jackson, Shirley. "The Lottery." In *The Lottery and Other Stories.* New York: Farrar, Straus and Giroux, 2005.

Jagernauth, Kevin. "Stephen King Says Stanley Kubrick's *The Shining* Is 'Like A Big, Beautiful Cadillac With No Engine Inside It.'" *IndieWire*, February 3, 2016.

James, Henry. *The Portrait of a Lady.* Edited by Robert D. Bamberg. Norton Critical Edition. New York: W. W. Norton, 1975.

Janowitz, Tama. *Slaves of New York: Stories.* New York: Crown Publishers, 1986.

Johnson, Adam. *The Orphan Master's Son.* New York: Random House, 2012.

Johnson, Denis. "Car-Crash While Hitchhiking." In *Car Crash While Hitchhiking and Emergency: Two Stories.* New York: Picador, 2020.

Jones, Thom. "Cold Snap." In *Cold Snap: Stories.* Boston: Little, Brown, 1995.

Jong, Erica. *Parachutes and Kisses.* New York: Signet, 1985.

Jordan, Peter. "Chekhov's Letters." *TSS Publishing*, July 7, 2019.

Joyce, James. "Araby." In *Dubliners.* New York: B. W. Huebsch, 1916.

———. *Portrait of the Artist as a Young Man.* New York: B. W. Huebsch, 1916.

———. *Ulysses.* Modern Library Edition. New York: Random House, 1946.

Kafka, Franz. "Leopards in the Temple." In *Parables and Paradoxes.* New York: Schocken Books, 1961.

———. *The Metamorphosis*. Edited by Mark M. Anderson. 1st ed. Norton Critical Editions. New York: W. W. Norton & Company, 2015.

Kertesz, Imre. *Fatelessness*. Translated by Tim Wilkinson. New York: Vintage International, 2004.

Kesey, Ken. *One Flew Over the Cuckoo's Nest*. New York: Viking Press, 1962.

Kincaid, Jamaica. *Annie John*. New York: Farrar, Straus and Giroux, 1985.

King, Lily. *Euphoria*. New York: Atlantic Monthly Press, 2014.

King, Stephen. *On Writing: A Memoir of the Craft*. New York: Scribner, 2000.

———. *The Shining*. Garden City, NY: Doubleday, 1977.

Kirn, Walter. "My Hard Bargain." In *My Hard Bargain*. New York: Alfred A. Knopf, 1990.

Koepp, David. *Cold Storage*. New York: Ecco, 2019.

Kozloff, Sarah. *Invisible Storytellers: Voice-Over in American Fiction Film*. Berkeley: University of California Press, 1989.

Kubrick, Stanley. *The Shining*. Burbank, CA: Warner Home Video, 1980.

Kakutani, Michiko. "Woman Caught in the Paradox of Being Adrift and on a Journey." *New York Times*, September 28, 2014.

Kushner, Rachel. *The Flamethrowers*. New York: Scribner, 2013.

Kwan, Kevin. *Crazy Rich Asians*. New York: Doubleday, 2013.

Lee, Harper. *To Kill a Mockingbird*. Philadelphia: Lippincott, 1960.

Lethem, Jonathan. *Motherless Brooklyn*. New York: Doubleday, 1999.

Levin, Ira. *Rosemary's Baby*. New York: Random House, 1967.

Levy, Ariel. "Nora Ephron: Everyone's Arch and Insightful New Best Friend." *New Yorker*, June 18, 2017.

Mantel, Hilary. *Wolf Hall*. New York: Henry Holt, 2009.

Márquez, Gabriel Garcia. *One Hundred Years of Solitude*. Translated by Gregory Rabassa. New York, Harper & Row, 1970.

Marra, Anthony. "Wolf of White Forest." In *The Tsar of Love and Techno*. New York: Hogarth, 2015.

McAdam, Colin. *A Beautiful Truth*. New York: Soho Press, 2013.

McCann, Colum. *Let the Great World Spin*. New York: Random House, 2009.

McCarthy, Cormac. *The Road*. New York: Alfred A. Knopf, 2006.

McDermott, Alice. *Charming Billy*. New York: Farrar, Straus and Giroux, 1998.

McEwan, Ian. *On Chesil Beach*. New York: Nan A. Talese/Doubleday, 2007.

McInerney, Jay. *Bright Lights, Big City*. New York: Vintage Contemporaries, 1984.

McLaughlin, Emma and Nicola Kraus. *The Nanny Diaries*. New York: Griffin, 2003.

Messud, Claire. *The Woman Upstairs*. New York: Alfred A. Knopf, 2013.

Mishima, Yukio. "Patriotism." In *Short Fiction: Classic and Contemporary*. Edited by Charles H. Bohner. New York: Prentice-Hall, 1994.

Mitchell, David. *Cloud Atlas*. New York: Random House, 2004.

———. *Ghostwriter*. New York: Random House, 2000.

Modiano, Patrick. *Suspended Sentences: Three Novellas*. Translated by Mark Polizzotti. New Haven, CT: Yale University Press, 2014.

Moody, Rick. *The Black Veil*. New York: Back Bay Books, 2003.

———. *Hotels of North America*. New York: Little, Brown, 2015.

———. *The Ice Storm*. New York: Back Bay Books, 2002.

Mooney, Ted. *Easy Travel to Other Planets*. New York: Little, Brown and Company, 2015.

Moore, Lorrie, "Two Boys." In *Like Life: Stories*. New York: Vintage Contemporaries, 2002.

———. "People Like That Are the Only People Here: Canonical Babbling in Peed-Onk." In *Birds of America*. Picador: New York, 1988.

Morrison, Toni. *Beloved*. New York: Knopf, 1987.

Munro, Alice. "Amundsen." In *Dear Life: Stories*. Alfred A. Knopf, 2012.

———. "Haven." Ibid.

———. "In Sight of the Lake." Ibid.

———. "To Reach Japan." Ibid.

Nabokov, Vladimir. *Lolita*. 50th anniversary ed. New York: Vintage, 1989.

O'Brien, Edna. *Girl*. New York: Farrar, Straus and Giroux, 2019.

O'Brien, Tim. "The Things They Carried." In *The Things They Carried*. New York: Houghton Mifflin Harcourt, 1990.

O'Connor, Flannery. "A Good Man Is Hard to Find." In *A Good Man Is Hard to Find*. New York: Harcourt, Brace, 1955.

O'Donoghue, Michael. "How to Write Good." Workable Web Solutions.

O'Hara, J. D. "Donald Barthelme: The Art of Fiction." *Paris Review*. Issue 80, Summer 1981.

Okparanta, Chinelo. *Under the Udala Trees*. New York: Houghton Mifflin Harcourt, 2015.

Olsen, Tillie. "I Stand Here Ironing." In *Tell Me a Riddle: A Collection*. Philadelphia: Lippincott, 1961.

Owens, Iris. *Hope Diamond Refuses*. New York: Knopf, 1984.

Ozick, Cynthia. "The Shawl." In *The Shawl*. New York: Alfred A. Knopf, 1990.

Parker, Dorothy. "Big Blonde." In *The Portable Dorothy Parker*. New York: Viking, 1957.

Parker, Ian. "Edna O'Brien Is Still Writing About Women on the Run." *New Yorker*, October 7, 2019.

Poe, Edgar Allan. "The Cask of Amontillado." In *The Collected Tales and Poems of Edgar Allan Poe*. Modern Library Edition. New York: Random House, 1992.

———. "The Fall of the House of Usher." Ibid.

Polanski, Roman. *Rosemary's Baby*. Paramount Pictures, 1980.

Proulx, Annie. *Brokeback Mountain*. New York: Scribner, 2005.

Pynchon, Thomas. *The Crying of Lot 49*. New York: Perennial Library/Harper & Row, 1966.

Robinson, Marilynne. *Lila*. New York: Farrar, Straus and Giroux, 2014.

Roth, Philip. *The Human Stain*. Boston: Houghton Mifflin, 2000.

Roupenian, Kristen. "Cat Person." In *You Know You Want This*. New York: Scout Press/Simon & Schuster, 2019.

Russell, Karen. "Engineering Impossible Architectures." *Tin House*, December 11, 2012.

———. "St. Lucy's Home for Girls Raised by Wolves." In *St. Lucy's Home for Girls Raised by Wolves*. New York: Alfred A. Knopf, 2006.

Russo, Richard. *Empire Falls*. New York: Alfred A. Knopf, 2001.

Salinger, J. D. *Catcher in the Rye*. Boston: Little, Brown, 1951.

Salter, James. "Last Night." In *Last Night: Stories*. New York: Alfred A. Knopf, 2006.

Saunders, George. "The Perfect Gerbil: Reading Barthelme's 'The School.'" *McSweeney's*, no. 24, 2007.

———. "Victory Lap." In *The Tenth of December: Stories*. New York: Random House, 2013.

———. *Lincoln in the Bardo.* New York: Random House, 2017.

Schulman, Helen. "Russell Banks Imagines a Paroled Sex Offender's Future." *New York Times,* October 7, 2011.

Schumacher, Julie. *Dear Committee Members.* New York: Doubleday, 2014.

Semple, Maria. *Where'd You Go, Bernadette?* New York: Little, Brown, 2012.

Senna, Danzy. *Caucasia.* New York: Riverhead Books, 1998.

———. *Where Did You Sleep Last Night?* New York: Farrar, Straus and Giroux, 1999.

Shapton, Leanne. *Important Artifacts and Personal Property from the Collection of Lenore Doolan and Harold Morris.* New York: Farrar, Straus and Giroux, 2009.

Shepard, Jim. *The Book of Aron.* New York: Alfred. A. Knopf, 2015.

Shteyngart, Gary. *Absurdistan.* New York: Random House, 2006.

Smith, Zadie. *White Teeth.* New York: Random House, 2000.

Spencer, Scott. *Endless Love.* New York: Knopf, 1979.

Spiegelman, Art. *Maus: A Survivor's Tale.* New York: Pantheon Books, 1986.

St. John, Emily. *Station Eleven.* New York: Alfred A. Knopf, 2015.

Sterne, Laurence. *The Life & Opinions of Tristram Shandy, Gentleman.* Modern Library Edition. New York: Random House, 1950.

Svorecky, Josef. *The Bass Saxophone.* Translated by Kaca Polackova-Henley. Toronto: Anson-Cartwright Editions, 1977.

Tallent, Elizabeth. "No One's a Mystery." In *Time with Children.* New York: Collier Books, 1988.

Tallent, Gabriel. *My Absolute Darling.* New York: Riverhead Books, 2017.

Tawada, Yoko. *Memoirs of a Polar Bear.* Translated by Susan Bernofsky. New York: New Directions Publishing Corporation, 2016.

Tolstoy, Leo. *Anna Karenina.* Translated by Louise and Aylmer Maude. Edited by George Gibian. Norton Critical Edition. New York: W. W. Norton, 1970.

———. *War and Peace.* Edited and with a revised translation by George Gibian. New York: W. W. Norton, 2001.

Torres, Justin. *We the Animals.* Boston: Houghton Mifflin Harcourt, 2011.

Twain, Mark. *The Adventures of Huckleberry Finn*. Edited by Thomas Cooley. 3rd ed. Norton Critical Edition. New York: W. W. Norton, 1998.

Updike, John. "A&P." In *Pigeon Feathers and Other Stories*. New York: Alfred A. Knopf, 1990.

———. *Rabbit, Run*. New York, Knopf, 1960.

Vida, Vendala. *The Diver's Clothes Lie Empty*. New York: Ecco, 2015.

Waldman, Katy. "*Fleishman Is in Trouble* Turns the Marriage Novel Inside Out." *New Yorker*, June 27, 2019.

Wallace, David Foster. *Infinite Jest*. New York: Back Bay Books, 2006.

Whitehead, Colson. *The Underground Railroad*. New York: Doubleday, 2016.

Williams, Joy. "Taking Care." In *Taking Care: Short Stories*. New York: Random House, 1982.

———. "The Visiting Privilege." In *The Visiting Privilege: New and Collected Stories*. New York: Alfred A. Knopf, 2015.

Winik, Marion. "Powerful *Euphoria* Reimagines Margaret Mead." *Newsday*, June 19, 2014.

Wolff, Tobias. "Bullet in the Brain." In *The Night in Question and Other Stories*. New York: Alfred A. Knopf, 1996.

Wolitzer, Meg. *The Female Persuasion*. New York: Riverhead Books, 2018.

Wood, James. *How Fiction Works*. New York: Picador, 2008.

Woodrell, Daniel. *Winter's Bone*. New York: Little, Brown, 2006.

Yeats, W. B. "The Second Coming." In *The Collected Poems of W. B. Yeats*. New York: Scribner, 1997.

Yost, Graham. *Speed*. Directed by Jan de Bont, Los Angeles, CA: Twentieth Century Fox, 1994.

引用信息

"The Saddest Story" by Julian Barnes, published in THE GUARDIAN in 2008.

Excerpt from "A Relative Stranger" by Charles Baxter. Originally published as "How I Found My Brother" in *Indiana Review*, collected in book form by W. W. Norton & Co., Inc. Copyright ©1987 by Charles Baxter.

Excerpt from "Westland" by Charles Baxter. Originally published in *The Paris Review*, first collected in book form by W. W. Norton & Co., Inc., and currently collected in *Gryphon: New and Selected Stories,* published by Pantheon Books, a division of Penguin Random House LLC. Copyright ©1998 by Charles Baxter.

Excerpt(s) from "Cathedral" from CATHEDRAL by Raymond Carver, copyright© 1981, 1982, 1983 by Tess Gallagher.

Dwight Garner, "A Bowl of Cherries Left to Dry in the Sun," ©2014 The New York Times Company.

Michiko Kakutani, "In 'Lila,' Marilynne Robinson Gives a Pequel to 'Gilead,'" ©2014 The New York Times Company.

Excerpt from Kaitlyn Greenidge, "Who Gets to Write What?", ©2016 The New York Times Company.

Excerpt from "Car Crash While Hitchhiking" from JESUS' SON by Denis Johnson. Copyright ©1992 by Denis Johnson.

Excerpt from "Wolf of White Forest," from THE TSAR OF LOVE AND TECHNO, ©2015 by Anthony Marra, published by Hogarth Press.

Excerpt from "Two Boys" from LIKE LIFE: STORIES by Lorrie Moore,

Copyright ©1988, 1989, 1990 by Lorrie Moore. Published by Alfred A Knopf.

Excerpts from DEAR LIFE: STORIES by Alice Munro, Copyright ©2012 by Alice Munro.

Excerpt(s) from LOLITA by Vladimir Nabokov, copyright © 1955 by Vladimir Nabokov, copyright renewed 1983 by the Estate of Vladimir Nabokov.

Excerpt from "The Things They Carried" from THE THINGS THEY CARRIED by Tim O'Brien. Copyright © 1990 by Tim O'Brien.

Excerpt from "A Good Man is Hard to Find" from A GOOD MAN IS HARD TO FIND AND OTHER STORIES by Flannery O'Connor. Copyright ©1953 by Flannery O'Connor, renewed 1981 by Regina O'Conno.

Excerpt(s) from "I Stand Here Ironing" from TELL ME A RIDDLE by Tillie Olsen. Copyright © 1956 by Tillie Olsen. Published by J. P. Lippincott & Co.

Excerpt from "The Shawl" from THE SHAWL by Cynthia Ozick. Published by Alfred A. Knopf. Copyright © by Cynthia Ozick.

Excerpt from "Big Blonde," copyright 1929, renewed ©1957 by Dorothy Parker; from THE PORTABLE DOROTHY PARKER by Dorothy Parker, edited by Marion Meade.

Excerpt(s) from "Victory Lap" from TENTH OF DECEMBER: STORIES by George Saunders, copyright © 2013 by George Saunders.

Excerpt(s) from "A & P" from PIGEON FEATHERS AND OTHER STORIES by John Updike, copyright © 1962, copyright renewed 1990 by John Updike.

Excerpt(s) from TAKING CARE by Joy Williams, copyright ©1972, 1973, 1974, 1976, 1977, 1980, 1981, 1982 by Joy Williams.

创意写作书系

这是一套广受读者喜爱的写作丛书，系统引进国外创意写作成果，推动本土化发展。它为读者提供了一把通往作家之路的钥匙，帮助读者克服写作障碍，学习写作技巧，规划写作生涯。从开始写，到写得更好，都可以使用这套书。

综合写作		
书名	作者	出版时间
成为作家	多萝西娅·布兰德	2011年1月
一年通往作家路——提高写作技巧的12堂课	苏珊·M. 蒂贝尔吉安	2013年5月
创意写作大师课	于尔根·沃尔夫	2013年6月
渴望写作——创意写作的五把钥匙	格雷姆·哈珀	2015年1月
与逝者协商——布克奖得主玛格丽特·阿特伍德谈写作	玛格丽特·阿特伍德	2019年10月
文学的世界	刁克利	2022年12月
从创意到畅销书——修改与自我编辑	詹姆斯·斯科特·贝尔	2016年1月
来稿恕难录用——为什么你总是被退稿	杰西卡·佩奇·莫雷尔	2018年1月
虚构写作		
小说写作教程——虚构文学速成全攻略	杰里·克里弗	2011年1月
开始写吧！——虚构文学创作	雪莉·艾利斯	2011年1月
冲突与悬念——小说创作的要素	詹姆斯·斯科特·贝尔	2014年6月
视角	莉萨·蔡德纳	2023年5月
悬念——教你写出扣人心弦的故事	简·K. 克莱兰	2023年5月
情节与人物——找到伟大小说的平衡点	杰夫·格尔克	2014年6月
人物与视角——小说创作的要素	奥森·斯科特·卡德	2019年3月
情节线——通过悬念、故事策略与结构吸引你的读者	简·K. 克莱兰	2022年1月
经典人物原型45种——创造独特角色的神话模型（第三版）	维多利亚·林恩·施密特	2014年6月
经典情节20种（第二版）	罗纳德·B. 托比亚斯	2015年4月
情节！情节！——通过人物、悬念与冲突赋予故事生命力	诺亚·卢克曼	2012年7月
如何创作炫人耳目的对话	詹姆斯·斯科特·贝尔	2016年11月
如何创作令人难忘的结局	詹姆斯·斯科特·贝尔	2023年5月
超级结构——解锁故事能量的钥匙	詹姆斯·斯科特·贝尔	2019年6月
故事工程——掌握成功写作的六大核心技能	拉里·布鲁克斯	2014年6月
故事力学——掌握故事创作的内在动力	拉里·布鲁克斯	2016年3月
畅销书写作技巧	德怀特·V. 斯温	2013年1月
30天写小说	克里斯·巴蒂	2013年5月
从生活到小说（第二版）	罗宾·赫姆利	2018年1月

写小说的艺术	安德鲁·考恩	2015年10月
成为小说家	约翰·加德纳	2016年11月
小说的艺术	约翰·加德纳	2021年7月
非虚构写作		
开始写吧！——非虚构文学创作	雪莉·艾利斯	2011年1月
写作法宝——非虚构写作指南	威廉·津瑟	2013年9月
故事技巧——叙事性非虚构文学写作指南（第二版）	杰克·哈特	2023年3月
自我与面具——回忆录写作的艺术	玛丽·卡尔	2017年10月
写我人生诗	塞琪·科恩	2014年10月
类型及影视写作		
金牌编剧——美剧编剧访谈录	克里斯蒂娜·卡拉斯	2022年1月
开始写吧！——影视剧本创作	雪莉·艾利斯	2012年7月
开始写吧！——科幻、奇幻、惊悚小说创作	劳丽·拉姆森	2016年1月
开始写吧！——推理小说创作	劳丽·拉姆森	2016年7月
弗雷的小说写作坊——悬疑小说创作指导	詹姆斯·N.弗雷	2015年10月
好剧本如何讲故事	罗伯·托宾	2015年3月
经典电影如何讲故事	许道军	2021年5月
童书写作指南	玛丽·科尔	2018年7月
网络文学创作原理	王祥	2015年4月
写作教学		
剑桥创意写作导论	大卫·莫利	2022年7月
小说写作——叙事技巧指南（第十版）	珍妮特·伯罗薇	2021年6月
你的写作教练（第二版）	于尔根·沃尔夫	2014年1月
创意写作教学——实用方法50例	伊莱恩·沃尔克	2014年3月
创意写作思维训练	丁伯慧	2022年6月
故事工坊（修订版）	许道军	2022年1月
大学创意写作·文学写作篇	葛红兵 许道军	2017年4月
大学创意写作·应用写作篇	葛红兵 许道军	2017年10月
小说创作技能拓展	陈鸣	2016年4月
青少年写作		
会写作的大脑1——梵高和面包车（修订版）	邦妮·纽鲍尔	2018年7月
会写作的大脑2——怪物大碰撞（修订版）	邦妮·纽鲍尔	2018年7月
会写作的大脑3——33个我（修订版）	邦妮·纽鲍尔	2018年7月
会写作的大脑4——亲爱的日记（修订版）	邦妮·纽鲍尔	2018年7月
奇妙的创意写作——让你的故事和诗飞起来	卡伦·本基	2019年3月
有个性的写作（人物篇＋景物篇）	丁丁老师	2022年10月
成为小作家	李君	2020年12月
写作魔法书——让故事飞起来	加尔·卡尔森·莱文	2014年6月
写作魔法书——28个创意写作练习，让你玩转写作（修订版）	白铅笔	2019年6月
写作大冒险——惊喜不断的创作之旅	凯伦·本克	2018年10月
小作家手册——故事在身边	维多利亚·汉利	2019年2月
北大附中创意写作课	李韧	2020年1月
北大附中说理写作课	李亦辰	2019年12月

创意写作课程平台

从入门到进阶多种选择，写作路上助你一臂之力

扫二维码随时了解课程信息

"创意写作课程平台"由中国人民大学出版社"创意写作书系"编辑团队精心打造，历经十余年积累，依托"创意写作书系"海量素材，邀请国内外优秀写作导师不断研发而成。这里既有丰富的资源分享和专业的写作指导，也有你写作路上的同伴，曾帮助上万名写作者提升写作技能，完成从选题到作品的进阶。

写作训练营，持续招募中

- **叶伟民故事写作营**

  高人气写作导师叶伟民的项目制写作训练营。导师直播课，直击写作难点痛点，解决根本问题。班主任 Office Hour，及时答疑解惑，阅读与写作有问必答。三级作业点评机制，导师、班主任、编辑针对性点评，帮助突破自身创作瓶颈。

- **开始写吧！——21天疯狂写作营**

  依托"创意写作书系"海量练习技巧，聚焦习惯养成、人物塑造、情节设置等练习方向，21天不间断写作打卡，班主任全程引导练习，更有特邀嘉宾做客直播间传授写作经验。

精品写作课，陆续更新中

- **小说写作四讲**

  精美视频 + 英文原声 + 中文字幕

  全美最受欢迎的高校写作教材《小说写作》作者珍妮特·伯罗薇亲授，原汁原味的美式写作课，涵盖场景、视角、结构、修改四大关键要素，搞定写作核心问题。

- **从零开始写故事**

  高人气写作导师叶伟民系统讲解故事写作的底层逻辑和通用方法，30讲视频课程帮你提高写作技能，创作爆品故事。

精品写作课

作家的诞生——12位殿堂级作家的写作课

中国人民大学习克利教授10余年研究成果倾力呈现，横跨2800年人类文学史，走近12位殿堂级写作大师，向经典作家学写作，人人都能成为作家。

荷马： 作家第一课，如何处理作品里的时间？
但丁： 游历于地狱、炼狱和天堂，如何构建文学的空间？
莎士比亚： 如何从小镇少年成长为伟大的作家？
华兹华斯和弗罗斯特： 自然与作家如何相互成就？
勃朗特姐妹： 怎样利用有限的素材写作？
马克·吐温： 作家如何守望故乡，如何珍藏童年，如何书写一个民族的性格和成长？
亨利·詹姆斯： 写作与生活的距离，作家要在多大程度上妥协甚至牺牲个人生活？
菲兹杰拉德： 作家与时代、与笔下人物之间的关系？
劳伦斯： 享有身后名，又不断被诋毁、误解和利用，个人如何表达时代的伤痛？
毛姆： 出版商的宠儿，却得不到批评家的肯定。选择经典还是畅销？

一个故事的诞生——22堂创意思维写作课

郝景芳和创意写作大师们的写作课，国内外知名作家、写作导师多年创意写作授课经验提炼而成，汇集各路写作大师的写作法宝。它将告诉你，如何从一个种子想法开始，完成一个真正的故事，并让读者沉浸其中，无法自拔。

郝景芳： 故事是我们更好地去生活、去理解生活的必需。
故事诞生第一步： 激发故事创意的头脑风暴练习。
故事诞生第二步： 让你的故事立起来。
故事诞生第三步： 用九个句子描述你的故事。
故事诞生第四步： 屡试不爽的故事写作法宝。

WHO SAYS? Mastering Point of View in Fiction by Lisa Zeidner

Copyright © 2021 by Lisa Zeidner

Excerpts from LOLITA by Vladimir Nabokov: Copyright © 1955 by Vladimir Nabokov, used by permission of The Wylie Agency (UK) Limited

Excerpts from Taking Care by Joy Williams: Copyright © 1972 by Joy Williams, used by permission of ICM Partners

Simplified Chinese translation copyright 2023 © CHINA RENMIN UNIVERSITY PRESS Co., Ltd.

Published by arrangement with Trident Media Group, LLC and The Grayhawk Agency Ltd.

All Rights Reserved.

图书在版编目（CIP）数据

视角 /（美）莉萨·蔡德纳（Lisa Zeidner）著；唐奇译. -- 北京：中国人民大学出版社，2023.6
（创意写作书系）
书名原文：WHO SAYS? Mastering Point of View in Fiction
ISBN 978-7-300-31688-8

Ⅰ.①视… Ⅱ.①莉… ②唐 Ⅲ.①小说创作 Ⅳ.①I054

中国国家版本馆 CIP 数据核字（2023）第 079680 号

创意写作书系
视角
［美］莉萨·蔡德纳 著
唐 奇 译
Shijiao

出版发行	中国人民大学出版社	
社 址	北京中关村大街 31 号	邮政编码 100080
电 话	010-62511242（总编室）	010-62511770（质管部）
	010-82501766（邮购部）	010-62514148（门市部）
	010-62515195（发行公司）	010-62515275（盗版举报）
网 址	http://www.crup.com.cn	
经 销	新华书店	
印 刷	天津中印联印务有限公司	
开 本	720 mm×1000 mm 1/16	版 次 2023 年 6 月第 1 版
印 张	16.5 插页 1	印 次 2023 年 6 月第 1 次印刷
字 数	213 000	定 价 59.00 元

版权所有　侵权必究　印装差错　负责调换